南园村故事

谢尚发 著

北京出版集团公司
北京十月文艺出版社

目　录

哭丧

0

冬日天寒，夜也黑得快。

一黑天，人就喜欢蜷在屋里，烧锅做饭。围着锅廊子，说暖和不暖和，不暖和还怪得劲。除了出门回来晚的，拽牛草的和弄菜明儿个卖的，谁还搁外头，紧着冻呀！天冷，人就不好熬，好好走着，跐得很，摔倒了，说不定哪根骨头就断了。年轻人还中，老年人可就苦啦。这不，南园村里，一个年底下，去了三个。除掉锁住出外打工，死在了北乡府，抬回来埋的，那俩，都是老年人哩！老年人熬冬天，挨过一天是一天，说得真不假。三个按说，够了吧？还不中，大全奶，十一月二十一日夜里，一场雪，冻去阎王爷那

1

了。早息起来吃饭，大全端着稀饭碗去喊吃饭，咋喊，就是个不应。掀开门帘子，屋里瞧瞧。奶咋还睡哩！就还喊，还是个不应。手一摸，娘吔①，俺奶呀——吓得碗掉地下，摔碎了。颤巍巍的，哭腔不是哭腔，喊声不算喊声，抖着嗓子，乱叫哩！大全娘就知道老婆子是不中啦。哇一声，也跟着哭哩。俺的个娘啊——哭得呀，干干的，涩涩的，带着苦味，还有点疼。跟个人吃饭样。去走亲戚，一辈子就是个不吃面条，可偏巧，人家非做了顿面条。是吃不是，不吃也不是。端着个碗，搁那，挑一筷头子，捞出来，晾多高，又落回碗里。再挑一回，筷头子上可就只剩下了一根面条。还是挑恁么老高，晾恁么长远。咋还热得恁么烫嘴哩。抻抻嘴，凑了凑，要吃不带吃的，不吃还朝嘴里送着，那别扭劲，可别说了。大全娘扯着嗓子，攒着劲，把那哭，堆着，垒着，任着嗓子朝外推挤，就成了干号啦！大全爹端着碗，跑到瓠纽子家，厨屋边上，喝稀饭去了，听着家里动静，心一颤，端着半碗稀饭，慌忙跑回去。手里端着碗，还怕洒了稀饭，就胳膊不动，上半身也不动，光是俩腿，唰唰地跑着。回到家，搁好了饭碗，跑到西屋里，撩开帘子进去，瞧着娘直挺挺地躺在床上，知道娘是不中啦，扑通就跪下了，没听着哭声，就见着俩眼，呼突突地冒眼泪水，淌也淌不完，流也流不尽。嘴巴张着，合不拢，可就是说不出一句话，哭不出一个声儿。瞧着有点傻，还有点呆，愣愣地梗那了。大全的媳妇桂霞，春上才嫁过来，平日里奶还怪疼哩。寡淡落落地，也杵在西屋空当

_____

① 吔，yē，叹词，表示惊异，惊讶和感叹等。

2

地，小着声细细地哭着。声不高，倒怪悲哩！眼泪水，漓漓地，朝下淌。滑过腮帮子，沿着下巴颏儿，滴湿了脚面子哩！一会工夫，住挨门的谢法本，耷拉着棉袄，来了。听着哭声，就知道咋回事了，想是老嫂子这一回，定是躲不过啦。进了西屋，拿手拍拍大全爹，半是劝，半是怪，哭啥？还有啥好哭哩？抓紧了，办后事啊！脸只阴沉着，没了声响，也没有眼泪水，鼻子都不吸溜一下。按说，谢法本可是大全爹的亲叔哩，嫂子死了，咋管不哭哩？可谢法本啥事没见过？爹老，是他操心埋的。大全爹死，还是他操心埋的。哪儿恁么多眼泪水呀，哪儿恁么多好哭的啊。人还不都得死？早死晚死，还不都一个样！还能逃了阎王爷的手？只是站那儿，不言语了，使使劲，重重地咽了一口唾沫。脸还仍旧耷拉着。

　　大全爹就起身，抹了一把脸，不哭了。喊大全，叫他赶快骑车子，去张庄给大姑报丧去，去吕庄给二姑报丧去，再去魏营子给四姨奶报丧去，去溪湾村给舅爷报丧去。又说，喊大富一声，叫他去三里庄给你大姐报丧，去十里铺给你二姐报丧。只见大全，咧着个大嘴巴，哼哼哈哈地，哭没个哭相，也没个哭声样，淌着眼泪站起来，拿袖头子横了一把眼，跟谁有仇样，脸上恨恨地，一甩手，把门帘子撩得老高，甩身出去了，连媳妇都不管啦。大全爹瞧着大全走出去，连带着一看，咋儿媳妇也搁这屋里哭起来了。一跨步过去，连忙地说，桂霞，哭一声好了，恁奶知道就中。身上还搂着一个哩，咋敢搁这屋里站着，赶紧出去，回屋里，躲着。没得淹了孩子的祥气。要说，还是大全爹跟大全奶疼桂霞，啥东西，大全爹非得从艾亭镇街上买回来不可。天天赶集，从没有过。就这，大全奶还是撅着嘴唠叨他，咋恁么小气哩，东西都不舍得买，那可搂着小儿哩呀，省个啥嘞！大全爹就怪娘，瞎操心个啥！等你想起来，人都饿坏了！你不说，啥时候也没冇过呀！桂霞不想走，想瞧瞧奶，大全爹咋着也不叫，非回屋不中。谢法本也说，年轻人，别上前，阴气重。桂霞就叫撵出去了。大全爹瞧大全娘还哭，一把拽起来，瓮声瓮气的，还哭啥？这回死了你得劲了吧？省得天天磨嘴！还不赶快去找三婶二嫂四大娘，烧锅做饭。大全娘一恼，想顶嘴。瞧着大全爹恁难受，脸上淌满了泪，憋憋，还是把气给咽回去了。谢法本过来打圆乎，说大全爹就那样，恁难受哩，啥也别说了，找铁蛋娘她们赶快来，预备了针线，缝孝服，做百年饭吧！大全娘一呼啦地，又是个哭，一边抹眼睛，一边朝外走。谢法本家的、铁蛋娘、文化家的、三意儿家的……喊了得有七八个婆娘，到了大全家，先去西屋哭上一回——俺的个奶呀！拉着腔儿。俺的个婶子呀！拖着腔儿。俺的个老嫂子呀！扬着腔儿。俺的个大娘啊！拽着腔儿。哭一回，抹一把眼泪水。就都去到东屋里，悲戚戚地，不言语，不着声，只是闷着坐着，等白布买来，等啥都齐了，好干活。

也没敢停身，大全爹去喊了来全爹，哥俩商量着，得赶快去买白布，割肉灌酒啊。来全爹连去屋里瞧一眼亲娘都来不及，就跟着哥，骑着摩托车三轮车，风样地刮到了艾亭镇街上。白布扯了十几二十丈，捆起来，一搂子。肉割了百十斤，装起来，一袋子。杂七杂八，买了满满一三轮车，摩托车前后都挂满了。又风一样地回到了南园村。妇女们赶紧卸下白布，去东屋里，铰布做孝服，俩兄弟、大全来全大富来富四兄弟，重亲近戚，十多件哩！撕布做腰带，得撕几十条哩，族里恁么多爷们儿，加上抬棺材的，妇女娘儿们的。拿针缝孝帽，男人头上都得有一顶，得七八十个。铁蛋娘回家，叫铁蛋几个赶快去帮忙，顺便给家里的缝纫机抬过去。东屋里就吡吡喇喇，嘣嘣噔噔，响着声动。大全爹也不敢停了，叫来全爹瞧了一眼亲娘，哭一会，赶紧拉出来，哥俩商量着去买棺材啊。说去练村镇买吧，就喊上虎子，开着拖拉机，去拉棺材了。

院子里，找来帮忙的，抬桌子，搬凳子。还请了谢尚云，南园村的厨师哩，专门过来做百年菜。几个妇女打下手，择菜，切菜，刷碗，端菜。谢尚云砌了口大锅，就生炉火，煮肉。来富几个年轻人，找来大胶布子，临时搭起了棚子，爬树上，给绳子拴得老高。啥都弄好了，算是收拾停当了，就等着吊孝的来奠哩！

1

路近的，就先到了。溪湾村的舅爷，听着门口摩托车响，端着饭碗出去瞧。大全摩托车都没熄火。骗腿下来，从怀里掏烟，让了一根给舅爷。着急忙慌地说，舅爷，俺奶不中了。说着，眼圈子就红了。舅爷一愣，饭碗差点掉地下去。说上个月才去瞧的俺姐，咋就不中嘞！又自言自语样，人老啦，说有哪天没哪天的。一掉头，急着进屋里去了。换衣裳，奔丧去呀。倒给大全忘门口了。大全说舅爷，俺还去三里庄哩，走啦哈！舅爷慌忙掉转头，说好，那你走，我脚后跟来。大全摩托车呼突一声，不见影了。

舅爷到了南园村，瞧着大全家人来人往，稠密晃眼。一进院门，哽咽了下，眼泪水可就下来啦。也不见哭，没声，只一个劲地朝西屋走。妗奶跟在舅爷脚后跟，还没进门，就哭声连天。俺的个姐呀——声儿大且高，烟囱喷着样，呼突突地往外冒，一头扎进天空里，风一吹，还畸扭拐弯地，绕着树梢，飘到远地，再打个旋儿，扭着腰身，寸寸层层，攀着蹬着，跑上天去。哭到痛处，一呼啦就瘫啦，旁边的妇女慌忙地过来，拽着胳膊，架着陪到西屋。舅爷坐在大全奶床边，伸手握着三姐的手，不出声，淌着眼泪水。妗奶嗷嗷地，哭得呼天抢地，拍着床，一口一个姐——俺的亲姐呀。你咋走了吧。你走啦。俺咋弄吧。俺的三姐呀。你咋走恁急啊。俺还来瞧你哩。你咋就走了吧……一屋子的人，拉着拽着劝着，说着宽心话。谢法本就把舅爷带到堂屋里，坐着。坐下，舅爷带着哭腔说，俺三姐命苦啊，往年个没吃的，吃草根子，吃槽里猪吃剩下的豆瓣子。今儿个日子好啦，一天的福没享着，怎么地，咋就走了。谢法本说，人走得安详，没受啥罪，算是走得齐全哩。老辈子的事儿，就不提啦！老嫂子人好，去那边，人都待见着哩，没享完的福，去那边接着享。还说，俺嫂子去那边，还管跟俺哥搭伙过，他们搁那边，也团聚了哩！说着，哭腔也出来了。

三里庄和十里铺在一条线上，大全就一路过去，给大姐和二姐报了丧。没叫大富，好搁家里搭把手，帮忙弄丧事呀。二姐夫在家里开商店，不出外，开着摩托车，衣裳都没来得及换，赶紧慌忙着，带着二姐，到了三里庄。到了大姐家，大姐可就走过啦。大姐夫在煤窑掏煤，大姐就一个人，骑着洋车子，朝南园村去。可巧，在艾亭镇北头，碰着了，就把洋车子撂人家院门口，三人一块，坐了摩托车，去了南园村。到了家，大姐二姐一递声地哭，此起彼伏，错落有致。声不大，可声悲，还细，绵绵地，可有劲哩！跟山里的溪水样，哗啦啦地流不停，碰着石头绕着淌，陡峭处奔跑跌落，平缓处静水深流，荡漾着，旖旎着，波纹一圈圈呼散开，弥漫了整个院子，整个西屋子。大姐哭，俺奶，俺奶，俺奶吧……二姐也哭，俺奶，俺奶，俺奶啊……瞧着奶走远了，喊着奶回来哩。就跟小时候呀，奶牵着手，赶三月十八会，听戏哩，还买糍粑吃，还买角子馍吃。就越想越伤，越伤越想，哭声慢慢地变大了，恁么多山溪水流，就汇成了河流哩。

大全从艾亭镇北，绕着，去了吕庄。二姑正好吃过饭，刷锅哩！大全进门，声音酸酸楚楚地喊二姑，说俺奶不中啦。二姑一听，当下，娘吧，一发声，昏死过去了。大全不知道咋弄，连忙拦腰搂住，要不得摔地下哩。二姑夫赶忙从堂屋里出来，掐人中，打脸，喊，摇晃。缓了半晌，二姑高低慢着醒了。一醒，喊一声，俺的个娘啊——嘤嘤着，一满脸都是泪，哭得直不起腰，六神无主，眼里都虚茫了。大全不知道该咋劝，眼巴巴地瞧着二姑夫，自个儿也一个劲地淌眼泪水。还是二姑夫不慌，说他娘，不哭啦，得收拾收拾，去南园村哩，不得瞧娘最后一眼哪。二姑好歹收住了，身子发虚，脚发飘。二姑夫扶着，算是站起来了。大全忙说，还得去给大姑报丧哩。二姑满脸无辜样，茫茫然着，说大全，咋弄吧？俺娘没啦！说着，又是哭了。大全也哭，不知道咋弄。二姑夫就叫大全赶快着，去大姑家报丧啊。大全就走了。

大姑和二姑，前后脚到了大全家。人才到南园村路口，就撕心裂肺地哭啦！到了门口，鼻涕一把，眼泪一把的，伤心人哩！那哭声，就成了烧火的时候，不管是干柴还是湿柴火，都朝一起堆啊。也不知道是烧火哩，还是沤烟雾。火没烧着多大，烟倒是一箩筐。那烟还不是抻直了朝上走，而是铺散一地，氤氲着，仙气腾腾，都管给人淹住了。俩人哭得呛人，声儿都不成声儿了，细细的，就听不着了。听不着，可却扎心，呛人得很，由不得也跟着，吸溜鼻子，抹着眼泪。一到了床前，俩姐妹一下子扑了上去，盖着了娘的身子，晃荡着，想给娘拉回来哩。大姑就哭着哭着，一声没出来，人就背过去了。旁边的人，就都赶快过来，架着朝外走，去当门，掐人中，灌凉水。二姑瞧着大姐晕了，也不管，也不顾，还是自顾自地哭啊，趴在娘身上，跟小时候睡娘身边样。娘啊，俺的娘啊，娘吔……就是喊娘，啥也不说。大姑哭累了，不哭，就只淌泪，瘫坐在地上，眼巴巴地瞧着西屋。瞧着，咋恁么空吧，咋恁么虚吧，跟个瞎子样，啥也瞧不着，还非要瞧，想从瞧不着的地方，瞧出娘来哩！人就痴呆了，傻乎了。

最后来的，是魏营子的四姨奶。这会子，大全爹、来全爹买棺材回来了，棺材就卸在门外，还特特儿地，在下面垫了两个麻秆个子。棺材黑漆漆的，大，厚，重。村子里见了的人都说，大全奶真是全乎了，一辈子行善积德，疼小孩，从没跟人吵过架。还死得恁么利索，不受罪，不折磨，儿孙孝顺，买恁么老好的棺材。正私下里小声说着，就看着打北边来了个老太婆，颤颤巍巍，还哭着，抹着泪水。四姨奶到了，搁在门口，就哭软啦。喊着三姐，三姐啊，俺的个三姐吧，咋也不等俺来瞧瞧你再走哩……舅爷听着外面的哭声，赶紧从堂屋里走出来。四姨奶还没抬眼，听着声音，瞧着了哥，倒有劲儿了，站起来，一搂子扑过去，俺的亲哥啊，咱三姐咋就走了呲……抱着舅爷呜呜地哭着，怎么放肆哩。大胆得很，啥也不怕，挂了一盏灯，走夜路样，还走得怎理直气壮哩！瞧上去，走着顺当，步子是步子，手摆是手摆的，心里头，可就畏惧着呢，头不动，眼四处瞟，还有随时闪了的打算。四姨奶怎么哭，把不哭的舅爷带着，又红了眼圈，哗啦啦地淌着泪，搂着四姨奶，哽咽着，说三姐她，去那边找姐夫去呀，去那边，享福去啦！四姨奶就不说了，还是个哭，挣脱着，去西屋里，瞧三姐一眼。

半晌午，亲戚就都来了，拎着一刀纸，带上阴阳票，吊孝哩。大全爹，来全爹，大姑和二姑，外加舅爷跟四姨奶，大全，来全，坐在厨屋偏房里，商量着咋给大全奶出丧哩。咋出丧哩？还不是得晚上洗身子，穿人老衣，路把送火，挖坟，请阴阳先生，撒五谷，摔火盆，扛幡，下葬，送衣，送人老饭？头七烧纸，五七烧纸，七七圆坟烧纸？大姑就带着哭腔，说俺娘一辈子吃苦，没享啥福，往年拉扯俺们四个小的，累死累活，死了死了，得给她后事弄排场点啊。来全说，奶是老死的，没病没灾。谁还没个老死的时候？老死的，得大办哩，刚才俺还跟大全哥说，得请个班子哩，哭丧哩！来全爹说，就你艄①台得很。现如今，抓火葬管得怎么严，省怕着人家知道，都偷偷儿地埋哩。你倒好，省怕人家不知道样，请班子，哭丧，拿着高音喇叭，广播广播？来全说那怕啥，他跟街上的参豹

---

① 艄，néng，方言，聪明，逞能。

9

玩得好，人家二不赖，还搁政府里上班，都说好了，七千块钱，啥事没有，啥都不用管。恁都别说了，俺跟大全，一人四千，剩下一千送人事，不叫恁们操心。老偟子①们听着，那还咋说？除了不出钱甩不下脸面，啥事，小辈儿都想好了，还能咋说？都说请吧，都不用往外跑，庄里的巧英，整个临泉县都有名，连北乡府的人都请去哭丧。都说巧英哭丧，老偟子哪一个不梦着？天天搁墙根，都想着能给自个儿哭上一回，死了活着都值得哩。大全奶都说过，要不来全咋想到非得大办，非得请班子哩？都说，请！请班子的钱，大姑二姑二话没说，一人掏出六千块钱，一万二哩，递给大全，说去请恁五娘，好歹请来。人家给一万，咱给一万二，叫哭上三天吧。今儿个晚上穿衣哭一回，明儿个晚上下葬哭一回，后儿个送火送衣送饭哭一回。大全接过钱，二话没说，又从个人腰里掏出一千，垫上——行情变了，啥啥都涨价，人家恁么大一个班子，五个人哩！

　　巧英一时不在家。大全只得叫玉红爹给五娘打电话。巧英正从艾亭镇东的竹园子回娘家，听玉红爹说大全奶死了，只叹口气，说知道了，一会儿就回去啊！挂了电话，心说一句：老婶子啊，上路只拣通天路，莫恋人间繁华处。红尘总归红尘土，西天清享西天福。俺的个娘吧——拉长了声儿，忽悠着，就飘去了云天上啦。

---

　　① 老偟子，方言，老辈人。

2

　　要说哭丧，还得数南园村的巧英。

　　这谁不知道？十里八乡，从艾亭镇到草窗镇，再到香坞镇，絮落镇，南水镇，湖荡镇，数吧，西乡府，北乡府，临泉县，淮滨县，潢川县，就是到了谢州城，想大办丧事，请唱哭人，还得是巧英。往年个，巧英一人担着帮儿，走南绕东，拐西奔北，顶多哭个两三时辰，来回打个尖儿，不耽误种庄稼不耽误活。越往后，日子好了，请的人就多了，一个人咋着也忙不过来。人家不单听唱哭，还得听响儿啊。就拉着几个人，弄了个班子，唱哭人就越哭越有名啦。有名了，价钱也跟着上去了。价钱一上去，就又反过来，显得人更金贵了。人一金贵，名声就高，传得就远，那请的人也就越发地多了，钱也就越高哩！可巧英就是巧英，不是一般唱哭人哪！且不说唱哭唱得好不好，哭得好不好，巧英懂人心哩，知冷知暖。人家那唱哭，都是朝着心窝子里哭哩！人还忒仁义，听上去唱哭一场一万多，可近亲、一个庄的，收的就少。要是给德高望重的人唱哭，少不得减了不少钱。十里八乡都是老好人的，不收钱，也是常有的事。可越是不收钱，请唱哭的人家，反倒越是要给钱，给得多，还给得心甘情愿。巧英的名声，就传得更加远啦，走州过府，要不是怕离家远，来回一趟不容易，哭丧的事，都管出省了哩。巧英哭丧好，人也长得排场，精巧，可人意儿哩！哪个村子的老年人，坐一块，晒暖，吃饭的，咋一唠叨就唠叨到巧英身上，都想着哪一天老了，要是能请上巧英唱哭一回，一辈子也就值了，死了也才死得舒坦哩！人家都说，巧英是前世的闺女，这辈子才见着。

怎么地，也因着南园村这地界，哭丧可不是一般的哭丧。横死的，不请。出外死的，不请。年纪小的，不请。只有老死的，百年了，才请。可是，日子过到今儿个，这些都不管了。不论年老年少，咋死的，哪怕是喝药死的，上吊死的，投水淹死的，也都请唱哭人，哭丧哩！巧英的哭丧词里，就变啦，一开始，上嘴的是，俺的个亲娘啊——俺的个爹啊——俺的个亲奶啊——俺的个亲爷啊……这么着。到后来，就越变越多了，俺的个弟啊——俺的个姐啊——俺的个亲嫂子啊——俺的个哥啊——俺的个排场的妹子啊！把个哭丧，哭成了唱戏。丧事儿人家忙着，忙着忙着就停下来了——寿衣都穿啦！棺材抬过啦！人都下葬啦！就都停了脚步，那时候，唱哭就成了主角儿。一个庄子的人，都摘着耳朵听，静心短气地，管足足地听了一夜黑儿哩。可人心里都知道，哭丧却不比唱大戏。唱大戏没日没夜地唱，哭丧白天可不中，一声都没有。啥时候日头落了，黑天了，高音喇叭挂在树梢上，清一清嗓子，唱哭才开始哩！不唱怎么晚，也不歇怎么早，天黑到半夜，准时地停了。那唱哭弄一夜，自家不睡，别个明儿还有活计干哩！不管是谁家，多讲究排场，多有钱，多有势，给多少钱，许多少好，巧英都是这样哭丧。那哪能是因为唱哭累了哩！那是巧英仁义！哭出了气势，唱出了心痛，也到点就得停哩。

请巧英哭丧，也不是怎么容易。去年艾亭镇街上一霸，死了爹，预备下两万块钱，要请巧英哭丧。还说老死的，要热闹热闹，就又写了戏台班子，说要唱三天哩。可钱送到巧英那，巧英说嗓子坏啦，伤风哩，哭不成啦。还嘶嘶哑哑地啊两声，装得像哩！一霸再霸道，管靠着计划生育的名，借着收一事一议钱的口，管给人家的腿打断，管扒房子牵人家牲口，还能管得了巧英的嘴，管着巧英的哭丧？瞧那德行，死了熏天！还哭丧哩！自然，要说请巧英哭丧，哪一时候，瞧着也是怪容易哩！田家庄老王没了老伴儿，家里还穷，拿不了钱，老伴心心念念着巧英的哭丧。说哭一回，死了也值。老王却咋着，也不敢迈腿进巧英家的门槛。谁也想不着，下葬的那天，巧英带着班子，自个儿地就来啦！觑得人眼都不转了，嘴都凉啦！巧英唱哭一晚上，第二天走，一分钱没拿。老王瞧不过，说死要给钱。末了，巧英还是没要钱，说给一块烧纸肉，就中！就割了下葬时候，烧纸，上供给没了的人的肉。人家都不用问，知道巧英是感念老王老伴的好哩！说是巧英八岁那年，赶艾亭镇的三月十八会。那会儿多穷啊，还饿得很，咋管吃得起糍粑哟。又欠得很，就趄趄着，磨磨叨叨，围着糍粑摊子转，眼巴巴地，瞧着糍粑，搁在铁架子上，冒着烟，还香喷喷的，人就走不动啦。还是老王的老伴，可怜人家妮儿，掏三毛钱，给买了块糍粑，说闺女你吃吧，瞧都饿得慌哩。人家都忘几百年了，巧英却记着哩！啥也不为，为那一块糍粑，巧英那一场哭丧，掏了一百二十分的力气哪！十里八乡都说，听过巧英唱哭恁么多年，数那一回哭得最有气势，最伤人心，也最劲儿足，过瘾！听着悲，可还听着得劲！该高高，还要高；该低低，还更低。说扬是扬，起得好；说抑是抑，压得稳。走着轻，拎着重；举着飞，抬着准。抻手一揽，满身水；回头一望，都是泪。挠着的，不疼不痒；膈着的，着急八叉；沉下去，憋得难受；露出头，长出一气。觉着像长虫爬上了身，黏乎乎，滑溜溜，湿瀹瀹①，还嗞嗞地响，跑得快。那一夜，大王庄，小王庄，前王庄，后王庄，小谢庄，几个庄子，人都没睡着。听罢了，还想，还回味。呷吧呷吧嘴，捋捋心思。想不想地，竟然都哭了。不带出声的，就是个淌眼泪水。都管给枕头淌湿哩！第二个儿，可巧是晴天，就瞧着家家户户绳上，咋都晒着枕头哩！见了面，也不说啥，瞧着各自的眼泡子，肿胀着，还红着，就会心一笑，都过去了。人都说，老王家里的，死得是真值哩！前后十来个庄子，都给她哭丧哪！谁家的丧事，管给办怎么排场过？独一家哩！管你是达官贵人，还是富商巨贾，顶不上一个巧英的唱哭。谁说不信哩？事儿搁眼面前摆着哩，不信不中哪！

远远近近，越传越神乎！巧英的名儿，就长着膀子啦，扑啦扑啦飞到这儿，扑棱扑棱飞到那儿，还管飞到人心里哩！大姑二姑兜里都揣着钱，瞧着，是早准备好了。该都是心里暗暗想着了哩——娘这一老，咋着，也得请巧英哭丧一回呀，那娘的一辈子才没有白过哩！请巧英哭丧，不为啥排场，为的是给娘再尽最后一回孝啊。

吃罢晌午饭，巧英先自个儿到了大全家。家里忙碌，散乱。谢尚云忙着炸肉，做菜，生的和熟的，掺杂在一起。孝服将将缝完，大全爹娘，来全爹娘，一家子都穿上了孝服，戴上了孝帽。来的人，亲的近的，穿着孝服，远的疏的，都系着白绫搁腰里。人穿来

---

① 瀹，yuè，浸渍。

走去，乱忙忙地。搭锅用剩的砖头，散乱一地。还有跑来跑去的孩子，觉着咋恁么热闹啊，就人堆里，钻来钻去，嘻嘻哈哈，怪好玩儿哩！巧英到门口，都说，巧英来啦！就传到屋里啦。说巧英来了，快，巧英来了哇！来全爹，大姑二姑，连忙起身，迎到门口。大全爹一瞧着巧英，喊了声巧英嫂子，眼泪水又呼啦啦地，淌下来了。巧英比大全爹还小好几岁，可巧英男人比大全爹大三个月。那也得叫嫂子！大全跟着，就得叫五娘哩，那可不是五婶子。五娘是五娘，五婶是五婶，差着恁么老远哩。喊一声嫂子，就站在那，嗫嗫嚅嚅地，连朝里让着巧英进屋，都给忘了。倒是大姑二姑，姐俩也喊了声，巧英嫂子啊，俺娘，俺娘她……侉着腔儿，哭着，走过来，一人拉了巧英的一只手，哭个不停。巧英一听，姐俩儿是恁心疼啊，哭得是剜心割肉差一点儿，更不是钝刀子割肉抓心疼，倒是伤了心，却不卖命。到底是经过了风雨，有事也拿得住，哭就不走腔跑调，稠密，黏乎，可不拖拉，干净利索，一声是一声，声儿里藏着娘的魂，娘的心。不像自个儿，那会儿年轻，掏心窝子地哭，倒不如了两姐妹。瞧着这样，巧英心里就有了几分，知道晚上的哭丧，该是个怎么的哭法，哭六唱四就中啦！这可是亲闺女哩，定了这么个尺寸。巧英有巧英的法子，这场面，她知道该咋出点子，能把哭丧弄好。进了堂屋，让着，巧英坐下了，大姑二姑才松开手。可还是个哭，娘吔，俺的个娘啊——巧英劝了几句，也没多说，拉着大全爹的衣裳，说俺婶子没灾没病的，咋就不中啦？大全爹说，夜儿个……睡……瞌，还……好好的……俺娘——说着哽咽了，又哭上了。一个大男人，四十多岁，顶天立地哩，哭起来，怎么不讲究，咧着嘴，啥也不顾不管，哭得恁么老实啊！巧英心下就存了几分，劝着，人老啦，不中哩，走啊走啊地，阎王爷就来请啦。该是想来全爷哩，去那边当神仙去啊！大全爹说，你看着咋弄，要啥，言语一声，我就去弄。又低下头，啜泣着，有一声儿没一声儿地，像是哭，又忍着不敢出声，不出声，可还是憋不住，嘤嘤地，哭着。巧英拽着大全爹胳膊上的衣裳，说咱去你家闲屋里说啊！闲屋？大全爹一下子慌神了，乱忙叨咕地，哪儿有闲屋啊？忽儿个，想着了桂霞屋子，还留着一个人，躲着哩。就前头走，带着巧英，过去啦。

还没有进屋哩，就听着屋里有细细绵绵的哭声。声儿依旧是不大，还柔得很，可咋觉着，里面得有一根钢丝啊，恁么硬气，牵着，扯着，拽着，拉着，可总也走不完，总也是断不了的。任凭风吹雨打，哪怕拿个斧头砍，也斩不断。那斧头砍上去，就跟砍在棉花上啊，软哝哝的，等拿出来，斧头可就缺口了哩！棉花软，可也硬着哩！就瞧着那哭声，咋就跟春天里的柳絮子样，风吹还是不吹，就是不停地从柳枝上，飘一朵，又一朵，高高低低，上上下下，搁半空里，荡漾啊，漂泊啊，浮着站起来，浪打沉进去，空里就成了水里啦，咋淌都淌不完，咋舀也舀不干。巧英心下想，还是小女子心性硬，啥也不依仗，才是白纸，是日头光亮呀，恁么透着宽敞，一眼管瞧到底哩！等到了门口，推门进去，就瞧着桂霞挺着肚子，侧身歪在床上，上半身垫着老高的被子。哭得啊，四仰八叉地，散落一地，啥也不管不顾，决了堤，是小马驹哩，搁秋后的田里，撒欢儿地跑哪。蹬蹬腿，踢踢蹄子，扭扭屁股，头就左一摇，右一晃，马鬃摆呀荡呀，就一屁股卧在老牝马身旁，娇着声儿，吭吭地叫着，还拿头抵抵牝马。进屋来，桂霞慌忙坐身起来，当口儿地，住了声，咬着嘴唇，喊了声爹，又喊了声五娘。大全爹省着桂霞是不好意思，羞了。巧英可知道，女人心哩！桂霞就让着巧英坐床帮子上，自个儿挪了挪屁股，坐着一边。巧英就说桂霞你招呼下，小着心，你奶才不愿瞧着你这样哭哩！桂霞说俺知道，俺奶……俺奶她，俺想俺奶了啊——收住的声，又哭出来了。嘤嘤地，不大，细水长流样。大全爹瞧着俩女人说话，杵一边，没个着落，桂霞这一哭，他倒更伤心了，哽哽唧唧，夜里冻着的猫娃子样。拉着大全爹过来，巧英心里就知道，晚上的哭丧，不能是哭六唱四，得哭八唱二哩！可到了桂霞屋里，一说一哭，巧英看着听着，心里就明白了，晚上这哭丧，哭八分还是不够啊，得九分，十分哩！冲着桂霞这哭样，婶子也是有福的人啊。素常里，不咸不淡，伤风感冒啥的，婶子还兜着鸡蛋来瞧瞧哪！有个灾，得个病的，婶子还割肉来瞧巧英哩！虽说跟庄子里的他们也一样，可婶子眉毛里慈祥着哩，像亲娘啊，嘘寒问暖。巧英想着，鼻子一酸，竟也泉了满眼眶子的泪水，没盖住，眨巴下眼，高低还是淌下来了。大全爹瞧着，觉着受不起这眼泪，忙说嫂子，要啥，你尽管说，我去弄，我就去弄呀。巧英找手按着鼻子，吸两下，说啥也不要，要桂霞那眼里的几个泪花子，就够啦！桂霞一愣，也没说啥，悄着声，还是不停着，哭哪！巧英起身就走了，说日头落了，再来。

日头就朝西天里，一步一步地挪呀。也想听一回巧英哭丧哩，不愿意走哪，可没那福分喽。月牙子，星子，可比日头得劲多哩！为啥？就为着，管听巧英，搁晚上，哭丧啊！

3

巧英搁家里早早地做了晚上饭，喊来的人蹲在门口，吸溜溜地，喝着稀饭，就着咸蒜瓣子，吃着怪带劲哩！都知道，吃饱了，人没精神，腿没劲，更别说吹喇叭，拉弦子，抻着嗓子哭丧。恁么多年哭丧，巧英都摸熟化了。晌午得吃硬菜，吃饱了，晚上喝碗稀饭，哭起来嗓子不累，人还轻松。到了夜里，主家还得给做顿夜饭，填下肚子，哭一夜都没事哩！喝稀饭，简单，省事儿，三下五下，就管吃完了。刷锅洗碗，都留给了玉红爹，巧英就带着三个人，去了大全家。

高音喇叭架起来，搁树梢子的权权上。得喊一个八九岁的小孩，爬得老高，腰上拴了绳子。等爬到树梢权权上，坐好了，下边把喇叭筒子系紧，喊一声，朝上拉。搁树上，拿麻绳，连着树枝，给喇叭捆绑紧。四个喇叭哩，东南西北，屁股对着屁股，连在一块。绑紧实了，还找手按按，压压，保准刮风下雪都不会掉。小孩才吡溜声，下来了。哭丧就准备得差不多了。喇叭打开，对着话筒噗噗，吹两口气，十庄八村的，都管搁脸上抹一把唾沫星子。再拿手敲敲话筒，嘣嘣嘣地，恨不得西乡府的人，都试着头上谁敲了下，还怪疼哩！还不信，又对着话筒，嗯嗯两声，得到连沟里的鱼，窝里的鸟和鸡，都抻着脖颈子，听动静哩，哭丧才算真的开始啦。

高音喇叭里嗡的一声，接着就是悲苦的调子。拉弦子的，摁着弦，硬着弓，轻推慢拉，左手轻柔地动弹着。喇叭里，就听着那弦子，低着声，沉沉着。先是使劲拽，管把弦子从怀里，拉到人脸上。接着是，慢慢推回去，就跟那边孝子们，正给大全奶穿孝衣，悄悄着，细致得很。慢里还有快，就见个手，抖啊抖的，像捞金子，不敢使劲，一使劲儿，捞金子的绳断了样。就三步两退，退两步再上三步，三步两步地，走走退退，退退走走，高低还是走得，远了再远了。人都瞧着，没风的天呀，大全奶坐在锅门前，烧锅哩！一把柴火是一把柴火，火是火，烟是烟。火燎着锅底，锅里的水呀，就悄慢着，冒热气。热气蒸腾着，爬上去，搁屋里打着旋，拐头跑这个屋角，再拐头，跑案板底下，还围着大全奶。一根烟的工夫，大全奶头发上是水汽，眉毛上也下霜了样。水就热啦！热了，就咕咕嘟嘟地，冒泡。水泡一冒出来，噗呲，一下子就炸开了。炸开了，还是个水，又滴回去了，揉吧揉吧，仍旧成了一团，再咕咕嘟嘟地，冒泡。那烟咧！青烟，不呛人，小牛犊子样，啥也不管，钻出烟囱，腾地一脚踏空，呼啦一下子，变成了浆糊，就瘫在房脊子上，沿着红色的瓦，*丝丝缕缕*地，沉着沉着，就雨水样啊，想从瓦沟里，滴出屋檐哩！咋就有风，还吹着哩！烟就一掠，轻飘着，天女散花嘞，恁么就盈盈着，不沾不连，昂头朝天里跑。就抻直了身子，从腔子里，往外薅头，越薅越长，越长越薅，头就长满头发，头发就拉直了，竖起来，飘飘洒洒，散散漫漫，一缕一丝，就见不着影儿了。人听着，就觉着，心咋沉了。端着饭碗吃饭的，嘴巴就嚼不动啦，空张着，怔怔着，不是出气，是哈气哩！乍马会儿还汪汪咬着，叫个不停的狗，哽哽唧唧，缩着头，摆着尾巴，卧在家门口，不动了。把个脑袋，朝俩前腿上一摆，耷拉着耳朵，怪可怜哩！弦子声高一点，狗耳朵就支棱起来，拿鼻子嗅嗅，终又趴下，不动弹。喇叭一响，十里地，啥啥的，人呀草呀树呀庄稼呀畜生呀的，全都安静了。谁也不言语，不大声出气，都默默地，各干各的。偶尔谁家婆娘笨手笨脚，刷锅洗碗地，咋就叫碗碰着了锅沿，三五里地的人，都管听着那动静，啪的一声响，吓得心头肉乱跳，颤颤巍巍，慌了一下神。人就搁心里哄①，缺德的唁，着急忙慌，投胎去啊！这可是听巧英哭丧哩！那婆娘人家还没说，她先自个地，脸红脖子粗了。赶忙轻手轻脚，收了碗，再不敢大意，悄没声地，就刷锅洗碗，终是罢了。

十几二十里地，都支棱着耳朵，悄着声，勾着心尖子，大气不敢喘，翘盼着巧英的哭丧哩！

弦子最后嘎的一声，断了样，喇叭就喑着，哑了。隐隐地，大全的俩姑，给娘穿着衣裳，哭着喊，俺的个娘吔，俺的娘啊，你咋就走了吧，你走了，俺咋弄吔……借着这个哭腔儿，巧英就开始哭丧啦！

——俺的个奶呀……嗓子硬着，压着块儿石头哩！声就低着，慢着，摊着，推着。怎么不舍得，又怎么没办法。认了事实，可心又不甘，眼睁睁地瞧着，喊吧喊吧，那人还是走了。话在前边，说哩！哭就在后边，藏着哪！说里带着哭腔，可哭不是哭，是说话哩！就越往后拖，越是哭腔稠了，话音稀了。像奶闭眼睡着，弥留

---

① 哄，jué，方言，骂。

之际，桂霞坐在床边，喊奶的魂。轻着声，怕吓着魂。又担着心，怕着奶叫牛头马面牵走了。压着，抑着，末了，还是哭出了声，说话就不是说话，是哭呀！喊奶，低头看着奶，下巴颏儿就把嗓子给压住了，喊奶的声就重了，低了，硬了。瞧着奶高低是不中了，一扬脖子，声儿就烟花样，嘭地炸了出来，呼啦一闪，吭的一声，怎么黑的天，一噗啦地就都照亮啦。得是一支穿云箭，嗖的一声，飞上天，点着了天灯，引着了闪电，瞬间一明一亮，连树的影子都照在地上，压得人喘不过来气啊。连大全头上浓黑的头发根里，一根白头发，都照得闪闪发光。可愁坏了桂霞，怎么年轻，就白头了？再看看，是大全爹吶，就照出了干瘦干瘦的人，眼都塌下去啦！从上朝下照着的影儿，盖住了脸上的坑坑洼洼，瞧不清眼睛嘴巴，那么一刹那，来全爹就省着，大哥咋变成了鬼哩？别不是叫娘给一把子下，给拉走了吧？也去找爹啊？那可咋办呀！就惊吓了，一声哭腔，却不是哭大哥叫娘拉走了，是哭娘，叫再留会，别连大哥也带走了。哭声就悲了，带着惨味，借着大喇叭，盖着哭，就都是放老闷的腔啦。

——你咋走了吔……听听，不是桂霞在哭，也不是来全爹哭，还是巧英搁那儿哭哩！闸门一打开，里面堵着的水呀，就哗哗啦啦，轰轰隆隆地，喷出来啦！五煌①六月，下大暴雨啊！三天三夜不停歇，把人都下霉了，浑身上下都淌着水。头顶着水，脚踩着水，水都淹着脖颈子啦。要是有个浪，就把人给埋进去啦。埋进

---

① 煌，huáng，火光。

去，可就没法出气啦。就憋着啊。憋着憋着，就瞧着鱼呀，虾呀，搁水里游着，咋怎么得劲吧。想横就横，想竖就竖，歪着，斜着，躺着，卧着，蜷着。人就憋得不行啦！俩手就乱扒拉，好歹抓着了一个啥，狠命一扽①，咋就咔嚓一声，断了。是根稻草哩！人可就绝望啦！啥念想也存不下哩！咋就有一个小船，撇下一根水绳，慌忙地拼命攥在手里呀！人才给捞出水面，高低出了一口舒畅的气，吸进口新鲜的气。就看呀，满沟满壑地，漫山遍野地，咋哪儿哪儿地都满了吧，都是水呀！咕咕嘟嘟，翻着涌着，哪低洼朝哪去，连沙带泥，一下子都卷了，奔着，跑着，虐虐地。捎带着，给树都连根拔起。房子推倒，瓦呀梁呀，一股脑地，都朝下拥啊！水里边就漂着牛呀猪呀的，扒拉着水，也洑泳哪，顺着水流，就跑走啦。咋就到了南园村西边的闸口了，挡住了。就收了势，减了涌，撞了个回头。舔着腰身，打着旋儿，着急忙慌地，乱转圈。上面的水就又涌了来，撞在转圈的水身上，打得生疼。还是个走不掉，又回过头去。头就越回越远，越回越高，扭着腰身，不知道咋着才好。背地里，听着闸门吱吱响，门锁快撑不住啦。终于，还是嘣的一声，开了个小洞，水就慌不择路，钻着头，挤过去。啪的一声，冲了出去，高低是畅快了，就撒欢地跑呀。管它是南是北，是东是西，闷着头，浪呀！后面的就都锲了来，小口子就撑不住啦，闸口就一寸一尺地，从小口子，变成了大口子。冲掉一点，再冲掉一点，末了，连大坝都叫水给啃啦，咬啦，一河道里，啥都没啦，水就扯呼

---

① 扽，dèn，拉、猛拉，使伸直或平整。

着，高高低低，前前后后，上上下下，你追我赶，踩着脚后跟，撞着胸前背后，乱跑啊。终了，到底跑到了开阔地，恁么大的平原呀，水就没劲了，不挤就没趣啦，各跑各的。那跑就成了走啦，走就成了挪啦，挪着挪着，沟就还是沟，河就还是河，江湖就还是江湖，平静了，也坦荡了。可水的劲，却没有减，遇着一块石头，一个土堆，就一提，一按，照样有漩涡哩！水就扯得，恁么长呢，老远老远地，看不着头啦，看不着边和沿啦！水心里都明白着呢。水跑到海里，就真成了无边无际的洋啦！水就没有了，水就消失在水里啦！

巧英哭着，哭腔里藏着唱，唱又不是唱，一唱三哭哩！言语间，还有埋怨，说奶咋走了呀，走了不管俺们啦？不管俺们了，那俺们该咋过呀！怨着怨着，怨就成了舍不得，就成了离不了，就成了想啊，念啊，惦记啊，落到心坎上。接着，巧英就又是一声哭——俺的个娘吔，你咋走了呀！你一天的福还没有享啊，丢了俺，叫俺该咋弄啊……人们就瞧着，东天里，月牙子上来啦！咦，咋还恁么羞答答的哩！小媳妇呀，就头一回，入了洞房，进来自家的男人，头就一扭，脸朝里，背对着，啥也不说。心扑通通跳着，想叫男人过来呀，还不好意思。不叫过来呀，那又是自家的男人。就走走停停，停停走走，不情不愿地，还心甘情愿地。就入了怀，还找手推着男人的身，挣脱着。挣脱着，还依偎着，半推半就，半就半推，热火着渴哩，满心的怯呀！颤着，怯着，终了，还是睡下啦！月牙子就露脸儿了，高低还是跳出来了。盘桓着树梢子，就照啊！洒下光像水，朦朦胧胧，光都湿着哩！顺着树枝，流到杈子上，沿着树干，铺撒着，滚烫烫地，摆在地上，搁在土里。还逮着人，抚着头发，摸着脸颊，触着手背，碰着指头，扑在怀里。还搂着肩膀，缠着，绕着，箍着，拢着，就浑身上下，哪儿哪儿都是湿润润的月亮光呀。说是清辉，却照人眼恍惚的。瞧着了，拿手一碰，就碎了一地。清脆着声，吧吧啦啦地，弹着跳着，人就惚然惚然地，迷糊了。

就有云彩呀，不咸不淡地，拽成一绺，围巾样，丝绸样，隔住了月牙子，隐现着。露一下，没一下，可光就不含糊，还是个照。就把云丝儿，给照透明，晶莹着，剔透着，一块玉哩。透亮，就看着敞快啦！啥也不隔，啥也不挡，脸上的喝酒窝，汗毛孔子，咋都看得一清二楚哩。可把人给艳羡死啦！就是够不着，就是拿不到，急得跳起来，搬着凳子，还举着竹棍，任谁，都别想碰下那块透亮的玉。云丝儿一来，月牙子咋就跟跑了样，朝着南天里，奔呀！越走越高，越高越亮，越亮越远，越远越亲，越亲越挠人，挠着就叫人心里难受，痒也变成了痛，痛就化成了水，找个口子就要钻出来。可耳不叫，嘴不叫，鼻子也不叫，单单独地，留着一双眼，咕嘟嘟地，跑着水，流着痛哩！心就也成灰啦，月牙子照着，咋也像透亮的玉，飘荡荡，粘在痛上，化成水，都淌出来哩！人就没有心啦！心一空，就茫茫着，虚虚着，想也想不成，痛也没有痛，人一下子，恁轻吧，就飘啦，就飞啦。飘着，飞着，就迎着月牙子，碰着那块透亮的玉啦，就摸着了月牙子啦！娘吔，咋恁么冷冰冰的呀，寒人哩。那冷，冰，寒，就搁手指头上一冻，一瞬子，凉到心里啦！心一凉，就上冻，一冻着，就结冰，冰一压，咋就觉着，腔子里不空呀，心还是心哩，人还是人哩，满满着呀，没飘走啊。心一沉，人就重啦。人一重，就从半空中，呼啦一下子，摔在了地上。摔下来，身子倒没有摔坏，地也没有砸个大坑，软绵绵的，还暖和。可心，上冻了呀，结冰了呀，老重老重哩，就悬着的一根绳儿，这么一撞，扽①断了，晶莹剔透的心，哗啦下，摔碎了一地，捡也捡不起，拾也拾不上，只能干瞧着。

冰凉凉的心，撒落一地，嘶嘶地冒着白烟气，化啦！化成水，又嗞嗞地，都散在了泥土里啦！怎么着，心就又没啦，人就又空啦，就飘哇，还朝着月牙子上飘哩！轻盈盈地，翩跹飞哪！月牙子就从云里钻出来啦，怎透亮的光吧，就照着，跟大白天样。低眉一瞅，怎么南的南边，咋一大片桃花林子呀，还都开得怎么浓哩！红霞艳的桃花，迎着微风，轻轻巧巧地那么一吹，笑啦。花瓣晃着，花朵曼着，花枝漾着，可桃树就稳稳地，不动不摇哩！蜜蜂啊，蝴蝶啊，一个个地，鼻子灵得很，凑着热闹，嗡嗡嗡地乱飞，跨着一蹬，从一朵桃花上，就飞过去上边，落另一朵花上。碰一下花朵，采蜜哩。又尖着嘴，悠忽着，刷地飞开去了。飞走了，又慢悠悠地，凑了过来，落下去，待一会，再振着翅膀，扑啦啦地离去。咋还有梨花白呀，杏花浓呀。人就轻飘飘着，也飞到花丛中，穿梭着，来来去去。在花和枝间，晃呀荡呀。轻悠悠地，氤氲着。低低地，浅浅地，飞呀飘呀。魂儿就出窍啦，神儿就散漫啦。可巧，咋就一个怎么大的桃子，寿桃哩，长得大而圆，润且香，红又艳。可

---

① 扽，dèn，一松一拉的动作；拽；拉。

着劲地，美滋滋呀，就想去摘哩！手还没伸出去，寿桃就掉下来啦！恁重的寿桃哩，掉得也恁么快，寒光一闪样，一下子砸住啦！砸住了，人就跟着朝下落呀。冷不丁地，又摔下来喽！还是个不疼，软绵绵的。心是没有啦，可腔子里装着寿桃哩。寿桃就是心啊！心就是寿桃哩！人就还是人呀，不飘了，就看着月牙子，弯弯地，照着，笑着，哭着，唱着，一路挪到南天里。再从南天里，慢一步，快一步，伴着云丝儿，朝西天里落去啦。就还照着，洒下冷冷的光，沾身就化，都给人打湿了。潮潮着，心里不是个滋味，又啥滋味都有，酸甜苦辣咸，柴米油盐酱醋茶，压着抑着，喷着迸着，流着淌着。

恁么多的人，十里八乡，各家各户，就都跟着巧英，跋山涉水，上楼下梯；过草地，穿树林，滚沙漠，跑雪窝；吃花瓣，嚼萝卜，啃骨头，喝茶水；扳手腕，踢毽子，掏鸟窝，偷黄瓜；蹦着跳着，蹲着坐着，站着跪着，卧着躺着；瞅着瞄着，瞧着睨着，觑着觎着，窥着觅着。人都累了，可巧英不累，还拔个高，一蹦，跃到树邋子上，脚再一点，就跳到云彩头，站在云彩上，飘一会儿，纵身一扑，呼的一声，掉下来。掉下来，可摔不住，咋又叫飞着的仙鹤接住了。站在仙鹤脊背上，再飞一程。连仙鹤都累了，巧英还是停不下。仙鹤咋着也飞不动啦，巧英才恁么不情愿地，跳下来。一跳下来，不偏不倚，正巧落在弹簧上。又叫弹起来多高呀。弹起来恁么高，还一伸手，咋就抓住老鹰的爪子啦。又叫老鹰带着，起起伏伏，跑了恁么大一段路程哩。觉着差不多了，才松手，高低算是下来。下来了，也不瞧人一眼，自顾自地蹲河边，拿着棒槌，捶衣裳哩。就着河水，哗啦啦地漂洗，叭叭地拍水，滴哩哩地撩水。人都没精神了，巧英就猛一回头，朝着人笑哩，怎么甜，怎么排场，迷人呀！都跟着笑眯眯的。人都笑眯眯了，过一下地，猛然，巧英却头一摇，又变脸啦。红通通着，转着，煞白煞白的，一张嘴，喷出红烫烫的火苗子，烧人哩。人就惊慌了，赶紧跑啊。跑也跑不脱，躲也没处藏，就叫火给烧着啦。烧成灰，烧成麻秆，也烧成水，淙淙地流着，涓涓地淌着。都看不着尽头在哪呀。茫茫一片，远了还远，还远更远，都抻着脖颈子，头都扭酸了，非要想看尽头搁哪儿哩。正抻头瞧呀望呀的，可就嘎的一声，巧英却停住了。远就没远了，远就在眼前啊。可眼前瞧着，就是个啥也没有哇，空空一片，摸不着，看不见，听不了。

接着是吹喇叭。响啊，吵人！又嘶哑地，闷着声，水就流淌到沙子里啦，动不了，还是流呀。流啊淌啊，就成了渗，成了漏，也成了滴答。人的心呀，就慢悠悠地，扶着墙，一步步地走回了家，睡在了腔子里。人就安心啦！心安了，想想还是个悲，就开始哭了。一哭，听不着，只枕头上，就一滴滴地，出汗啦，下雨啦！赶明儿个，还得就着日头，晒枕头不可！

4

拉弦子，巧英哭，吹喇叭，三个调换着。拉弦子，是收人家的心，不叫乱七八糟的事给搅和了，专心听哩！要听的，还是巧英的哭丧。就捏捏嗓子，扯了扯，拎出来，管足足地唱哭一两个小时不停歇，还有模有样，不变形。越朝后来，越哭得悲切！最后，找喇叭一捞，沉下去的心，就给拉出来，人就好了。人好了，也到半夜了，该睡瞌哩！哭丧就停啦。可人都还是个睡不下，连身子都不想翻一回，搁在床上，默着。两口子睡一头的，也不递一句话，背对着背，各朝一面。都哭哩！闷着沉着，得到鸡叫三遍。天快亮了，实在累啦，昏昏沉沉，眯一会儿。还有人，一夜都睡不着，想东想西，想南想北，想爹想娘，还想吃苦受累，活着的不容易，日子的艰难处。一股脑地，都倒将出来了，就一宿不停地哭。巧英的哭丧，就把人心都给搅和乱啦。巧英哭完，就算了事。人听完，可不中，事才起个头哇。人就都得哭，那哭，是收拾心里的乱哩。否则，心里头乱糟糟的，哪里能安稳啊。别说睡了，就是日子，都过不好哩！哭罢了，心里才能得劲些，舒坦些，心里的乱，才管收拾好，理顺喽。怎么着，日子才管接着过下去呀。

都说唱哭人，才得劲，管回到家，倒头就睡，一点儿不假。搁以往，巧英回到家，脱衣裳就钻被窝，夜里指定得打鼾，均匀地，细细地，还悠忽悠忽地。今儿个不知道咋啦，从大全家回去，巧英咋着也不瞌睡。也不累，也不乏，可就是个睡不下。平躺着，拿眼瞧房顶。月牙子落下去了，天怎么黑，啥也瞧不着。瞧不着，也瞧个不停。瞧着瞧着，就瞧见了一个穿得破破烂烂的小闺女，搁艾亭镇街上，挤在人群里，钻着。春上了，天却寒。清明一过，柳絮飘飞。日头暖了，风吹着，还是冷。巧英家里穷，没有线衣，没有秋衣，里面穿着娘的衣裳改做的单褂子，外面就生硬地，套了一个袄。袄上打着补丁，颜色都一样，一块块却也分明。娘瞧着巧英怪恓惶，可日子里，也啥办法都找不着。东门的燕妮喊她去街上赶会，三月十八会呀，唱大戏哩！巧英眼馋巴巴地，想去，可找啥去哩？不去，心里羡羡着，不舍得。娘一狠心，给了巧英一毛钱，说巧英，你也跟燕妮一趟儿，赶会去。巧英的眉毛都笑了，一挑一挑的，欢喜。街上人真多，赶会的，卖东西的，挤满了一路。路边上摆着竹筐，大的小的。筲箕，打麦场上用得着。还有木锨，扬场哩！卖卷席的，卖麦苁子的。少不了卖吃的，糍粑，油果子，糖糕，菜角子。还有冰棒，雪糕。燕妮才一去到街上，就说饿了，去买糖糕吃。巧英说糖糕太甜，不吃。燕妮叫她去买糍粑，说糍粑是咸的，好吃。巧英也想吃糍粑，就去人家炉子边问，糍粑多少钱一块。人家说一毛五。巧英心里咯噔下，想跟人家讲价钱，一毛中不中，脸皮子又薄，说不出口。说不出口，不讲价钱，还想吃。吃，钱又不够。就定定地站在那，走不是，不走也不是。挪一下，动一下，脚步就是个定着。炸糍粑的人忙活着炸糍粑，卖糍粑，也没管没问巧英。一个八岁的小妮儿，站在那，也不出人啊，就叫人给忘了。想了恁么长远，燕妮都等急了，搁戏台子边上喊，咋还没买好啊？戏都快开始啦！巧英你快呀！巧英就咬咬牙，扣着嘴唇，低声慢语地问人家，一毛钱一块卖不？声儿太小，街上又吵，人家压根儿没听见，连瞅都没瞅一眼，瞥了一下，心想这小妮咋还没走哇！买还是不买啊？巧英脸腾的一下，刷地，红到了耳根子。捋捋头发，别在耳朵后头，壮了壮胆，大着声儿问，一毛钱一块，卖不卖？也还是细若游丝，嗡嗡嘤嘤。炸糍粑的高低听着了，冷一下，问巧英买几块。买十块就管便宜。巧英眼圈子就红啦，想哭又没敢

29

哭，想扭头走，还想跟人家讲价钱。人就冷那了。也不知道啥时候，身后站着一个婶子，怪年轻哩，拿了五毛钱，递给炸糍粑的，说要两块。人家就找纸包着，递过来。年轻婶子说不包一块，分开。人家就又取了一张纸，包上。巧英瞧着人家的糍粑，焦黄焦黄的，透着亮儿，定是香喷喷，好吃得很。真有钱，一下子管买两块啊。两块哩！舔了下嘴，咂吧咂吧，焦渴的样子，咽着唾沫。寡不淡淡地，没啥意思，舍不得，也要走了，就扭头想走。谁知道，那年轻的婶子，手咋就搭在巧英的肩膀头上，说闺女，想吃吧？来，给你一块吃，香喷喷的，可好吃！就递给巧英一块糍粑。巧英啥也没想，缩缩唧唧地，伸手就接了。那一个手，赶紧从兜里，掏了娘给的一毛钱，说婶子，俺身上就一毛钱，欠你五分，赶明儿个，俺上你庄，再给你还去。婶子乐呵了，说傻闺女，给啥钱，就是给你买的哩！一毛钱呀，装身上，去买个扎辫子的红头绳去。婶子可不要。巧英就问婶子是哪庄的，婶子说是艾亭镇南的，田家庄。说俺家也有个闺女，买两块，你一块，俺闺女一块，正好！巧英就难为情了，心想婶子买糍粑，不是自个儿想吃，却是给闺女的。巧英就举着糍粑，说婶儿，咱俩一块儿吃，你吃一口我吃一口。婶子脸上就变了表情，说恁懂事儿的闺女哟！俺闺女要是个小子，咋着也找媒人去你庄，说亲去呀。还说婶子不饿，油大，吃不下。巧英就信了，自个儿吃了。燕妮一喊，就赶紧跑走了。田家庄的婶子站那，不动，瞧着巧英走恁远，才心满意足地要走。炸糍粑的说，你心是真好！我都舍不得。婶子说，你那是生意哩！生意敢随便送人，还咋做生意。我不一样，一个赶集的，瞧着恁可怜人，想着了俺闺女。闺女吃苦，一辈子不舒服啊！闺女得富养哩。炸糍粑的人笑笑，说好人有好报，你管活一百岁哩！婶子也笑笑，就走了。后来巧英才知道，田家庄的老王家，人好，名声好，百里挑一。有心想去瞧瞧，也找不着个说法。一块糍粑，说出去，怪轻哩！

　　巧英回家，把事儿就给娘说了，还叫娘对她讲，去田家庄，路咋走。赶明儿个，去给人家还钱啊。娘没言语，眼眶里就湿了，打着旋儿，说俺闺女遇着好人了。扭过身子，抹眼泪。巧英看着，心里不是滋味，想娘的苦，谁也不知道哩！一窝把子小孩，恨不能割了身上的肉喂喽！又没办法，只得起早摸黑地，下地干活。三月十八会末了，外舅来了。外舅是娘的堂哥，说赶会哩，顺道瞧瞧妹子。还说四叔四婶子没赶会，拿了钱，叫给外甥女巧英割二斤肉。那一晌午，巧英可算吃着肉了，香喷喷的，肥肉越嚼越香，一点儿也不肥。瘦肉少，掺在肥肉里，吃着都管当神仙哩！吃罢饭，爹娘就陪着外舅，搁堂屋里坐着叙话。咋就提到了外舅知道的一个班子，说是红白事都唱，白事儿多，还怪混钱哩！偶尔一提，说咱家巧英恁大了，也管学个手艺了。有了手艺，一辈子不愁饿着啊！爹眼里就亮了，叫外舅回家问问，看人家收徒弟不。娘打了句岔，说那唱戏的，不中，哭丧哩！巧英恁么小，成天见死人的。那可不中。爹就说娘，你懂个啥！见识短。手艺就是手艺，刮风下雨不碍事，逢集背集不用管，有吃有喝，咋了不好？死人咋啦？谁还能不死？唱哭哩，不比种地强？天天累得跟个驮轿驴样，也还是个吃不饱，就恁好？种地中，那人家还出去当官？娘就不言语了。也是这么一说，板子都没有，找哪儿钉钉啊！

秋后，种罢麦，外舅又来了。骑着个洋车子，呼呼啦啦响着。来到就说，巧英的事儿有门啦！还说人家也急哩，叫今儿个就带着去见识见识，瞧瞧孩子咋样。爹一听高兴着，说那中。赶紧去买酒。外舅拦着了，说来就是带巧英的，吃不得饭，人还等着哩！说晚上人家就要出活，才带孩子历练历练。娘就不舍得啦，说闺女小，才过了九岁的生儿，经不住。终于拗不过，说要不俺陪着闺女去。外舅说妹子，放宽心吧，保准没事儿。你跟着去，那像啥样子哩。哪有闺女学艺，娘陪着的。咱哪有恁么金贵？娘舍不得也不中，就掏了三块钱，装给巧英的兜里。外舅说给啥钱哩！出远门哪？不远，近得很，就是艾亭镇北的，五里桥。娘一听，噎下，心掉肚子里了。说哦，恁近呀，那中。明儿个就管回来了吧？外舅说，夜黑儿里就管回来。要是来得及，我给送回来，太晚了，就搁她姥家住一夜黑儿呀。娘脸上就高兴了，说这敢情好。我收拾收拾，也去俺娘家，瞧瞧俺娘去。外舅要先带着巧英走，说晚了怕来不及。娘就一个人，赶晌午前，回娘家。

　　巧英跟着师父，去了五里桥一户人家，才死了爹。师父叫小俏红，方圆十里，哭丧是小有名气的。对外人说，都是红白喜事一起来，人心里都知道，小俏红唱哭行，唱喜不中。多少年了，小俏红都想收徒弟，说手艺不能丢了。可多少年了，也没收着一个徒弟。哭丧哩，听着就晦气，谁干？拉棍要饭，都比哭丧强！小俏红一听外舅说，外甥女想学唱哭，第一下出活，就想带着徒弟，先叫见识场面。意思里，是要练练胆子。巧英穷出身，穷人家的孩子早当家，去了小俏红家，一口一个师父地叫着，叫得小俏红心里开了花，说妮儿啊，跟着师父，保准不叫你吃亏。咱今儿个晚上就出活，师父先带你瞧瞧。干咱这一行的，头一个，不管怕死人。一说到死人俩字，巧英心里就抖一下。奶死的时候，还小，三岁哩，人多，好玩，还管披麻戴孝，怪威风哪！等到六岁上，庄子里前进爹死了，玩着玩着，咋就瞧着了出殡的棺材，黑乎乎的，吓坏了。晚上就做梦，说自己个儿死啦，哭着喊着娘，娘就是听不着。呜呜哝哝地，憋醒了，才知道是梦。打从那起，就怕了死人。小俏红一说，胆一颤。脸吓得恶煞煞白！小俏红倒笑了，说妮儿你怕啥，死人有啥好怕的，睡着了哩！还管坐起来，抓你辫子啊？说得巧英更怕了。小俏红一瞧，还是得先见识，才能学手艺。要想本事学到手，还不得掉三层皮啊？就对巧英说，妮儿你别怕，不是还有师父的吗！跟着师父走就中，啥也不用怕。

去到五里桥，还没进庄子，巧英就感着，阴凉凉，冷飕飕的，一股子歪风，从脚后跟刮过来，撩着衣裳，钻进了脊梁骨上，爬进了头发棵里，吹得头皮发麻。手就不自觉地，拽紧了师父。师父用劲儿捏捏她的手，找眼看了一下，怎么坚决地，拉着巧英，就进庄了。到了人家院子里，早瞧着一口棺材，黑漆压压地，停落在东房窗户下。巧英一噤噤，浑身抖了一下，想去尿尿。人家就出来迎接师父，说师父需要啥。师父说啥也不需要，端碗凉茶就中。师父就跟着人家，牵着巧英的手，去了东房。恁些子人围拢着床，哭着哩。出声儿的，不出声儿的，慢哭的，快哭的，细哭的，粗哭的，还有不紧不慢，不粗不细地哭着的。巧英心想奇怪，棺材都停到外头了，咋都围着屋里的床，搁那哭开嘞！瞧瞧床，就睡着一个爷爷，脸上都是枯皱皮，头发都白了。恁么些子人哭，还挡不住他搁床上安心地睡瞌。该是有多瞌睡呀！师父瞧瞧床上，就跟着人家的闺女出来了。到了西房里，人家闺女一听是哭丧的来了，哭得更厉害了，说爹呀爹，你走了，俺咋办呀。巧英才模模糊糊地知道，床上睡瞌的，是死人哩！就又吓了一跳，手一紧，上去牵着了师父的手，拽着衣裳。师父摸摸她的头，给人家说，这是俺徒弟，老人家的孙女哩！人家闺女就哭着叙话，说爹咋好，咋吃苦养他们兄弟姐妹四个，咋样疼他们。师父陪着坐了一会，天就黑了。叫吃饭，师父说，喝稀饭就中。人家没稀饭，凑合着，喝了一碗面汤。巧英也要喝，师父却叫她吃饭。人家就给她盛了一碗粉子肉，带着细粉，馓子，还有一块大肉搁里边。又端了一碗白亮亮，香喷喷的干饭。巧英哪吃过恁么好的饭呀，见着肉，甩开腮帮子，就吃起来了。一吃饭，死不死人的，就啥也不怕了，光想着吃哩。肉是真香啊，咋嚼着跟吃了神仙肉样哩！按理说，一个小妮儿，盛两大碗饭，吃不了啊。人家那样盛，是礼数这样哩！却不曾想，巧英硬是给一碗干饭，一碗菜，吃完了。吃了打饱嗝，眼巴巴地还想吃。肚子里哪还有恁么多的空呀，撑死了。师父进进出出，不放心巧英。等吃过饭，瞧着巧英的眼神，馋得很。心下一边可怜着巧英，一边也知道，只有吃饱了肚皮，巧英才会念着哭丧的好哩，才会愿意跟着学手艺哩。就叫人家再给菜拌干饭，说妮儿跟着俺是地下走来的，累坏啦。人家就又盛。像这样吃过了，还叫盛的，言语了，必得是肉多菜少，饭多汤少。巧英撑了，可还是拿着筷子，又埋头吃了起来。半碗菜饭，吃得干干净净，米粒儿都不剩下一个。吃完了，师父才领着她，进了堂屋。

堂屋里供桌上，点了蜡。香炉里烧着香。两边铺着麻袋，跪着孝子孝女。人家说，师父，开始吧。师父就一开口，跟叙话样，喊了一声，俺的爹呀——后面就带着哭腔，唱哭着《寿衣经》：爹呀爹，日头下山一点红，你走在东房里床当中。闺女俺喊声哥呀，快去艾亭镇，买上三尺布，带着五点红，推开账房门，买来寿衣用。第一件买来贴身衣，穿着暖和人不凄；第二件买来家常衣，不要粗麻要绸匹；第三件买来出场衣，排排场场去赶集；第四件买来绣花衣，逢年过节多喜气；第五件买来还愿衣，烧香许愿神瞧起；第六件买来换洗衣，春夏秋冬四季替；第七件买来冬棉衣，刮风下雪不着急；第八件买来穿鞋衣，合脚合心合人意；第九件买来夏单衣，坐在门口风习习；第十件买来老寿衣，穿上永远不脱去。再买毛巾脸盆接上水，给咱爹洗身勤擦洗。爹呀爹，穿上老寿衣，仙鹤唤来骑。去到世那边，成神当仙去。师父哭着唱，唱着哭，越哭越唱，越唱越哭。哭得声儿拉恁长，就听出了悲来。师父跪在当门正中，人家拿了麻袋垫在巧英的腿下，巧英就跪在师父的屁股后面。吃饱了，心里虽说还怕，可总算是缓过来了。人家对她还恁么好，愣愣傻傻地跪着，也不知道干啥，就低着头。师父一哭丧，巧英就机灵了，到第三句，也跟着师父哭呀。还会编词儿，一套一套的唱不出来，可开口哭里，带着文辞哩！一开口，就是俺的个爷呀，俺的个爷。哭来哭去，就这么些文辞。师父小俏红一听，一边哭丧，一边心下想着，这妮儿中！心里一高兴，把恁么些年练出来的哭丧功夫，都使了一番，是教给巧英咋哭哩，也是哭给人家听的。那一晚上，小俏红的哭丧，又增了许多名声。人都说，还带着个妮儿，班子看来是大啦！

师父心里是怎么想，巧英哪知道呀？说白了，也就是个门外汉，只听出来热闹，知道师父哭得悲呀伤呀，却听不出那里边的门道儿。啥时候该换气，啥时候该细声慢语地歇着。那都是学问，巧英没入门，师父哭丧教了也白搭。那一晚上，头一次哭丧的巧英，越哭越悲，越悲越哭。哭着哭着，咋想起了自家饿肚子、吃不饱，又想着了家里穷得叮当响，弟弟寒冬腊月，还穿着露屁股的棉裤，割一斤肉，爹娘不舍得吃，都盛给了她和弟弟妹妹，就想着了爹娘的苦和累，还想着了刚才，吃了人家怎么些子肉，还有干饭，不想都知道，人家是好人哩！就想着伤心啦，反正就是哭呗，管它咋使劲儿，可着嗓子，朝外推就对啦！巧英就扯着嗓子，一口一个爷地，哭得别提多伤心啦。师父哭丧，到如今看不着眼泪了。巧英不一样，哭着，那眼泪水，跟泉样，冒个不停。人家就瞧着了，说这妮儿哭得好，心下受了多少安慰。也随着巧英，哭得更直啦！师父听了巧英哭，心想这妮儿明儿个，咋着也得哑声了不中。哭丧着哩，没法停下来呀，更没法儿教巧英咋哭啊，只能心里干着急，还一边心里高兴着。收不着徒弟，可这徒弟一来，就是个厉害的角色，心里满意哩！巧英怎么地哭着，一开始还中，哭声大，拉着腔，一个小时还管，过了俩小时，声就小了，人也累了，是嘴巴也干，喉咙也燥，哭着就开始咳嗽，嗓子难受。人家就给端来了水，喝几口，接着哭。师父啥样哩？还没开始，水就搁那了，哭到最后，也没喝一口，嘴一点都不干。也没有高音喇叭，也没有扩音

36

器，师徒俩愣是靠着哭腔，声儿弄得，满着一个庄子，没有听不着的。因着这，走的时候，人家不但多给了十五块钱，还外装了一盒子大肉，说给师父补饭的。师父心想，亲娘吔，真没白哭。看来，巧英还真是个吉祥人儿，走哪都中。多给了，也不是额外的。起先可没说还带着个小妮儿，人多了，自然得加钱。谈好了是二十块，人家一下子加了十五块，那就成了额外的了。加钱，也顶多是三块两块哩。回去后，小俏红说，妮儿啊，人家十五块钱里，有十块钱是给你的，五块钱是外加的。人家说妮儿也累坏啦！末了，师父竟一下子把十五块钱，都给了巧英。那一盒子大肉，也都给了巧英。说妮儿啊，以后跟着师父，保管不叫吃亏了。咱好好地哭，人家给得多，日子就好啦！学一门儿手艺，你瞧，多好，饿不住，也累不着。巧英一张嘴，说师父，俺心里知道哩。俺以后，肯定好好哭哩。一张嘴，师父就心疼上啦。省着这哑声，也得过一夜呀，咋回来就哑声了呢？恁快？就听着，呧呧啦啦地，声儿挤不出，还得说，就有点石头磨沙子，踬绊得很。

师父心疼巧英，那晚上，就没有叫去姥家。小俏红赶走了老伴，新换了床单被子，搁巧英一头，搂着，睡了。睡了，不睡着，迷迷糊糊地，搂着巧英叙话。叙啥话？告给巧英，哭可不是那个哭法。哭有哭的门路哩！愣头青样，朝那一跪，上来就哭，早晚得伤着嗓子不可。那咋哭哩？师父就说，得慢条斯理地，悠着劲儿，高低错落着，高的时候不扯嗓子，要搁身上持劲，从小肚子那，朝外推，像吹气样，从身子里出来。可不敢拎着嗓子，喀啦啦地喊。那是哭哩，不是喊。低的时候，要带着拖腔，把一个哭腔，拖成十个八个，再转个弯儿，绕一圈，然后换气、找调。扬声的时候，可不管掏劲，要把身子里的声儿，起头，抬高，托着，扶着，推着，举着。全凭着嗓子，咋管给哭起个高头哇！要下的时候，可不敢压着，摁着，按着，慢慢地，下楼梯样，一步一磴地。朝前一跨步，脚不就得踩着空了？你要是身上长膀子，哪管有意无意地飞着，咱不是没有膀子吗，就得一磴一磴地下。还得学着拉长，得会抻，会扯，一根面能拽出十根面怎么长，还不断，那是好手。咋了抻？得轻，得慢，得抹着油朝前搓麻绳样，见长，还得见硬。扯断了，那就不是咱唱哭人，嗓子可就折啦。光长还不中，长里还得有短。要短得是时候，夹劈柴棍样，给板凳弄楔子，别板凳腿是一下，楔子是一下哩！搁长里揉着短，短里才能有长。短是哭，长是唱。长是慢悠悠地，管歇着，管放开，听着好听，可没啥用；短是真功夫，管入心，管哭人，听着悲，心里疼，那才是人家要的。那咋短哩？短就得顿，得断，得一截儿化作三截儿，三截儿化作九截儿。那咋个顿哩？得喘气，得挂尾，得出头小、低，抬尾高、亢。这样才会急，有急，短才管是好短。那咋着断哩？断，你可得学会了打嗝。这打嗝可不是那打嗝，一口气，找嗝打，断上几回，短就出来啦。这就是一口气一截儿，断就是截成三截儿。一口气要是管断上九截子，你这唱哭就管出师啦。你听好喽！师父就真的，哭了一声长，再微微吸了一口气，咯咯地，断了七截儿。师父说，这还不中哩，得多了才中。又说，短要是哭好了，可就是长哩！可长哭不好，咋着也成不了短。说，还得学会轻重，不分轻重，就跟你今儿个哭样，那都是重，哭一嗓子，是一嗓子，那不中。得轻，巧着劲儿，徐徐地出来，缓缓地进去，慢慢地走着，贴着声儿飞，不能扛着哭声跑。扛着跑，咋着也给你累得够呛。你看那燕子，哪一回飞水面，不是沾一下就走？哪能像老鹅样，脖颈子抻到水里，撩出来，嘎嘎叫哩！可也得有重。重就是你得哭得狠，狠劲才是真伤心哩！好啦，不说怎么多啦，说了，你也记不住。多跟着师父出活，你就管学会啦。学会了，师父这一辈子，就没有白活，手艺是有传人啦。

巧英听得迷迷糊糊，不懂。却知道，自个儿乍马会儿那样哭，是不中哩！等到下一场出活，再改。想着，就睡着了。睡着了，又吧唧吧唧嘴——还是肉好吃，管饱！

5

一想着吃肉，巧英心里就难过，睁眼瞎地瞧着夜黑儿，就哭啦。人啊，不管是谁，还能逃了吃喝？哭丧哭得再好，不也还是为了填饱肚子？不吃，那人还能干啥哩？吃饱了哩！吃饱了还干啥？吃饱了，就睡啊！睡到死，算毬！睡不中，多没劲，睡得头疼，晕！吃饱了，就琢磨着哭丧吧！师父瞧得起，不为吃肉，为了师父，也得给哭、唱好了。巧英迷迷糊糊，似睡非睡，不睡又睡地，就又回去了二十几年前。

跟着师父出活，一年也没有几回的。小俏红名气到底不中。再说，十里八乡，也不是天天都有丧事。一年下来，按照师父的说法，巧英还是运气好，死的人多，得有二十来个活哩！这自然要是算着，因许多人家死了人，也不是都愿意请哭丧的，出的活，也还占着少数哩。巧英记得，出活第五回的时候，自个儿才不怕，不用牵着师父的手。也敢跟着师父，从从容容地哭丧了哩。怕啥哩，死了，就是睡了哩。死了还睁着眼的，都见过了，也没有啥呀。何况那闭着眼睛，睡去了的。反正就是，死了，不说话了呀。心里不怕了，就搁哭上下起了功夫。这么着，巧英的唱哭，就慢慢地上去了。加上悟性高，懂事，师父又教得勤，巧英觉得哭丧就顺多了。出过几个大活，哭丧三天的，巧英也没有再哑过声，还不试着累，就省着，自个儿是管了哩。师父也满意，带着徒弟，徒弟唱哭也好，请的人比以前就多不少哩。有那么几回，伤风了，嗓子不得劲，就自家领着，开个头，后面巧英管哭三个小时不带停的。末了，自家再哭几嗓子，收个尾，哭丧的活儿就毕了。师父第一回觉着，该放手了哩，叫巧英一个人出去闯啊。可那时候，巧英也才十五六岁的姑娘，还是小妮儿哩。那哪敢，一个小妮儿出门在外，还得夜里走野地，不吓死，有坏心的人，也得给抢了。师父就还是跟着去。日子长了，慢慢地，师父虽是应下活，跟着去，跟着回，自家可就不哭了，只在旁边招呼着，安排孝子们行礼、跪拜、祭奠。这么一弄，哭丧的活反倒越发地好了。这边喊一声，孝子们磕头啦，就一片白帽子，磕头。一叩首，磕一个。再叩首，又磕一个。三叩首，还磕一个。孝子们上香啦！就一个个地，起身，鞠躬，上香。有时候大活，还得喊，孝子孝女们，穿寿衣啦！抬胳膊，穿袖子；抬身子，扣扣子；抬腿啦，穿裤子；抬腰身，系腰带啦！越是喊得好，人家越是高兴，一套一套的，纹丝不乱，整整齐齐，人都说这丧礼，排场，攒劲！师父这面喊丧，巧英那边哭丧，两不耽误，哭丧还多了东西，名声就慢慢地传得更开了。传开了，请的人就多了。名字不见走远，可越走就越稠密了。人家都愿意请哭丧了。

那日子里，师父成了巧英的另一个娘啦。啥都操心。十二岁来红，正赶上哭丧毕了。瞧着淌血，巧英自个儿吓坏了。还是师父，找干净的布，去厨屋里挖青灰，过筛子，细细地。又备棉花，抻着扯成面子。青灰搁里边，铺匀了，棉花包外面。再找干净的纱布，裹起来，缠紧。纱布再顺长，跨着骑在两腿间，朝腰里一系。裤子就不脏了，也用不着担心染红啦。那几天，巧英都没敢回家，搁师父家住了。师父天天给换纱布，倒青灰，重新备棉花。亲娘哩！亲娘虽没管这事，管的却是胸的事。一针一线，给巧英缭小衣裳，穿在胸前，就不怎么胀了。巧英俩娘照顾着，就长成大姑娘啦，管说媒成亲，嫁人啦。

要说，巧英还是巧。师父又好，觉着不能亏了师父的带着和勤快的教，就越发掘劲卖力地学。出一回活，长进一点，再出一回活，又长进一点。到了第三年，巧英哭丧就成了老把式啦。师父后来能说的，都说完了，再也教不了啥，巧英就自个儿悟。慢着，巧英就明白了，哭丧不是哭哩，是唱！就想着，咋着才能给唱，唱成哭，把哭，哭成唱。还好听，不吵人，还管把丧事，哭得热闹，不一般。哭成了唱，唱也管出神哩！那唱就变成了叙话，叙一天，也不觉着累。巧英就知道，唱不是光掘力气哩，还管歇着唱，哭着唱，忙着唱，闲着唱。唱着歇着，不累人，声儿就得拉得忒长，还

41

得细，还得柔，是一缕青烟哩，咋着飘得远，飘得高，还飘不散，才是唱得真好呀！巧英还知道了，哭着得学会换气，学会歇着。声儿得从腔子里冒，才是长久的。就学会了，咋着舒舒服服地唱，展展呱呱地哭。从那以后，巧英的哭丧就算是成啦！

不管咋说，巧英心里明白，人家夸她哭丧好，是没有看出门道。师父也夸她唱得好，是师父她老人家心里，装着的哭丧就是这样子的。像唱戏，那可不是哭丧。为啥？那哭丧，都是唱八分，哭二分，请三天的大活是这么个唱法，请一天的小活，还是这么个唱法。嗓子一开，亮了一出，下去就是唱，不管词儿咋样，随口编也好，唱套曲也中，呜呜哝哝，咿咿呀呀，跟个唱戏的没二样。唱戏的都不如巧英的唱哭，因着在唱哭里，随意着停，随意着歇，咋着也累不住。累了，顶多是腔拉长一点，铺平一点，拽圆一点。唱戏得跟着调子走，荒腔走板可不中。哭丧虽说也有调子，可管随意地改，这就大不同了。巧英憋着劲地难受，觉着不该就从师父手里学来这么些手艺，得把哭丧这个活儿，做好。

想是这么想，做起来可真难。从始至终，从师父那学会的，就是唱哭。也不知道咋改，也不知道咋弄。就算有心要改一点，还没有开始哩，就跑偏了，还是跑回到老调子上去了。巧英就留了个心。哭丧是假哭哩，是唱哭哩！那可不是真哭。真哭是啥样的？想不起来，也不能为了真哭一回，找不自在呀。再说了，年纪大了，看啥，都不值得一哭了。小时候，叫人家抢了糖，会哭，长大了，就是想为了糖哭，也觉着不值当。思来想去，觉着还是得从人家孝子孝女身上看，从人家身上学。那以后，再去哭丧，都早早地吃了晌午饭，去找人家闺女叙话。哪儿是叙话呀，就是听人家哭，瞧人家哭。巧英知道，孝子是不中的，哭这事儿，都是妇女的活儿哩。找来的媳妇，也不中，哭得比巧英还假。就得找闺女，听人家哭，咋着个伤心，咋着个真哭。学了哭丧，巧英就知道听门道，气息咋样，声音咋样，咋吸气出气的，咋高低长短轻重的。慢慢着，连师父都开始蒙了，说巧英你哭丧，哭得比俺好啦！哭得越来越真，有几回，都把俺给哭哭了。要不是看你还是个妮儿，咋着，俺也叫你自个儿出去揽活儿哩！巧英说师父，你别说外话，俺哭得再好，还不都是你教的。咋着，俺还是你的徒弟呀！走哪儿，啥时候，俺师父还都是俺师父。师傅就觉着收着了可心的徒弟，说咱娘俩，是前世修来的缘分哩，老了老了，俺还管有这福气。就是死了，也啥都不想啦！

　　给恁么些子人哭丧，见过恁么些子死人，一听师父说她要是死了，巧英就觉着，有个啥东西，打了自个一闷棍，给一下子就敲晕了，迷糊了。才想起来，哭丧究竟还是搁死挨在一块儿哩！才明白，自个儿日日里，哪是哭丧呀，是哭死哩！唱哭不是唱哭，是唱死哩！心里就猛地抖了一下，不知道师父死了，该咋弄，是个啥样子。就想着，自个儿要是死了，又是啥样子？天天出活，学手艺，练本领。不怕死人了，就不知道死了。不知道死了，哭丧才管哭恁么好。那要是知道死是个啥，哭丧不是哭得还要好？谁又没死过，咋知道死是啥样子哩。哭丧哭的死，还都是人家的死呀，哭得再悲，还都是人家的悲呀，跟自家啥关系哩？巧英蒙的呀，找不着东南西北是小事，都不知道，自个儿还活着呀。摸摸，身子是身子，

43

脸蛋是脸蛋，还是巧英啊。可就觉着，啥都不在了，都空了，虚了。一眼望不到边，就是啥也望不着了。死，不就是啥也望不着了吗？

师父的一句话，叫巧英几天几夜睡不着。那以后，哭丧虽说还是哭丧，却日日里，都是唱哭，哭唱。有一两回，还癔症了一下，不知道究竟是哭丧，还是在哭死；是唱哭，还是在唱死。半年下来，巧英倒瘦了十好几斤，脸就成了刀削的啦。

6

巧英真正出师，还是她嫁到南园村半年后。媒是师父说的。师父带着她去南园村哭丧，西头谢式君十月里去了，他儿子谢法岭去请的哭丧。那是个大活，离家又有点远，谢法岭就叫俩人搁南园村歇了。谢法岭还请了不少帮忙的，抬棺材，照应丧事席面的。玉红她爹，谢尚民，就是帮着照应席面的。白天里不哭丧，师父和巧英也坐席面吃饭，端菜的就是谢尚民。谢尚民人老实，读过书，在艾西小学教书，看着是个文面人。师父逮眼瞄了一下，心里记着了。谢法岭家丧事过了七七，烧了百日纸后，师父在艾亭镇街上碰着赶集的谢法岭，就打听了下谢尚民。说还没有娶人哩，家里穷，不好说亲。虽说是老师，工资也不多，还不如出外打工混钱。师父说，没钱怕啥，只要人正，不愁没钱。亲事一下子就说成了，相对象那天，巧英也瞧着谢尚民怪出眼，心里就羞啦！师父看着巧英，就知道她快出师啦。

说好了，就简单。办事，结婚呀。没钱没事，巧英都没有要彩礼。结婚送礼，摆席面的钱，竟都是师父偷偷拿给谢尚民的。谢尚民不要，打死了不要。师父知道谢尚民是个老实人，咋会怎么地拿钱啊。就说是借的，有钱了再还，不就中啦。谢尚民才接了钱，没有全要，要了一半。师父瞧着，就放心啦，知道巧英嫁过来，准不会吃亏。婚事办的，排场着哩！人都说，谢尚民有福，找个怎么好的妮儿，人长得俊，还能干。人还都说，巧英有福，找个教学的先生，是旱是涝，不用发愁，吃啥喝啥不用看老天爷的脸色。结婚后没多长，师父就喊巧英出活，是大阔庄的一户人家，也是个大活。从这个活开始，师父逢人就说，俺要退啦，老啦，不中啦。以后再找，就找巧英呀！出了五六回活后，人家再找哭丧的，找的就是巧英，而不是师父啦！师父眯缝着眼，得意扬扬，坐在墙根儿晒日头。巧英打那以后，高低算是出师啦。出师啦，也有求着师父的时候。巧英怀玉红的时候，挺着大肚子，咋还管出活啊，就喊师父去出活。出了几回，人都说，师父唱哭，还是比不过巧英。徒弟是上了高枝哩！传到师父耳朵里，师父不气，还高兴，就知道以后，巧英的活儿，管做得比她大，比她远，比她响亮。

　　谁说不是的哩！巧英用心，去哭丧，不单去拉着人家闺女叙话，还提前去，琢磨一家人是咋哭的。知道人家咋哭的，就知道老去的人，最疼谁。不一定都疼闺女，怎么些子老去的人，还有不少，是隔辈儿亲哩！偏巧隔辈疼孙子，还更疼孙媳妇。那孙媳妇哭起来，就不大声，眼泪水不少。声细，软绵绵的，可就是不绝，不断，那是真伤心哩！舍不得老去的恁远呀。巧英再哭丧，词儿就改啦。以前一开口，就是俺的个娘啊，俺的个爹啊。到后来，看谁哭得声悲，哭得伤神，就改成了俺的个爷呀，俺的个奶呀。有那么一两回，换成了俺的个姨呀，俺的个姑呀，俺的个爹爹呀。爹爹，就是儿媳妇在哭哩。这样一哭，反倒哭到了人心里，再搁中间，补了俺爹俺娘的唱词，都齐全了，哭丧就更圆满啦。虽是捯饬着，掉了个次序，那唱哭却大不同哩。人都听不出那个道儿，巧英却知道。听清了的，都说巧英厉害，眼毒，耳朵也毒，一看一听，就知道朝哪唱哭。谁说不是哩，人家老去的人，就是疼孙媳妇，比自家的外女还疼。怎么地，声名就越来越好啦，活儿就越做越大啦。一个人忙不过来，就拉了娘家的一个堂兄弟，南园村的两个妇女和一个拉弦子、吹喇叭的。两个妇女也学着哭丧，主要的活儿，却是帮着照应。班子就拉起来了，走得更远啦。

活越多，巧英就越是喜欢琢磨。咋着哭丧，才是好哭丧哩？是替人家哭，还是给人家装门面，耍排场哩？哭里到底有多少唱？唱里到底有多少哭？分不清，更拿捏不准。按说，她的唱哭都恁么好了，不用改哩。可好也不是好在，唱五分，哭五分？就不管跟着人家的情况，随意调配哩！人家是大办丧事，要显摆一下，那就得唱九分，哭一分；人家是既要排场，又要真哭，实打实，五分哭，五分唱，也就中了。偏巧，有人家不是张扬，是真要给老人尽孝，要真哭，咋弄呀？得九分哭，一分唱哩。是累人，可咋着不都是值得吗？巧英心里煎熬，不管咋弄，她还都没有哪一回的哭丧，是哭十分，而没有一分唱的呢。那还是说，她哭丧，是唱哭哩，不是哭丧，更别说，那是哭死了。

日子过着，平平淡淡。人活着，就有死，巧英就还是日日里出活。嫁到南园村一年，生了玉红，欢天喜地。带着玉红走满月，说娘病了，还睡床上。问娘咋啦，娘说没事儿，还是老毛病，胃里哕①酸水。啥病呀，就是哕的比以前多点罢了，不算个啥病。巧英就瞧着，娘睡的床底下，搁着一盆青灰，都叫娘哕湿完了。屋子里，满泛着酸味。外女儿走满月，娘要看看。巧英叫搂屋里，娘不叫。说屋里给哕的，都是病影子，不吉利。好歹，巧英扶着搀着，娘起身，高低算是下了床，走到堂屋。看着外女儿，笑得合不拢嘴。说巧英算是看着好日子啦，用不着吃苦了。咋说着说着，就抹眼泪了，说到往年穷，吃不上东西，一块糍粑都买不起。娘哭了，巧英也哭了，这哭就没声，光淌眼泪。娘说都是她不攒劲，养不了儿女，过不好日子，叫儿女们都跟着受苦。巧英叫娘别说了，都过去了，不都熬过来啦！娘才笑，说熬过来啦，日子就好啦。往后，不用吃苦啦，管吃饱饭哩！你们兄弟姐妹几个过好了，俺心里就踏实啦！没啥牵挂啦！巧英心想，娘今儿是咋啦？光说以前的事儿。临走，巧英给娘留了五百块钱，叫拾药瞧病。娘手攥着钱，眼里不停地流泪，一直给巧英送到南地路巴，还不回去，瞧着娘俩走远，直到走过寨竹园。

从娘家走满月才回家，明儿个早息起来，吃罢饭，巧英的老弟憨子，骑着摩托车来了，说娘不中了，走了。巧英端着的猪食盆，嘡啷一声，掉地上了。啥？娘没了？心里想着喊声娘，可咋着，嗓

---

① 哕，yuě，呕吐，气逆。

子就叫棉花团堵住啦，啥声都出不来了，吁吁着，就是个哭。俩眼眶子，是盆哩，朝外倒水呀！憨子站一边，说姐你别哭啦，咱娘临走的时候，说你不管哭，满月里的小娃，你哭了，长着不壮哩，还伤身子！娘还说，都是她不争气，净是给玉红找晦气哩。又说，不叫姐去吊孝，也不叫俺来报丧。是爹叫俺来的，俺才敢来。巧英挤了半天，从嗓子里，高低喊出了一句：娘吔，俺的个娘啊——声儿就干涩涩的，瘪趴趴的，有气无力，沉着闷着，跟拿了一把木刀样，还劈柴火哩，就钝得很，还糙得很。一口气没憋过来，巧英晕过去了。慌得憨子连忙喊姐夫，抬着拽着，好歹抬上床。谢尚民扶着巧英，半坐着，给灌了口凉水，才算是醒过来。醒过来，就还是个哭，声儿倒是出来了，又细又小，艰涩得慌，别扭得很。也没敢耽搁，巧英就想搂着玉红，跟谢尚民赶快去奔丧啊。憨子却说，咱爹不叫你搂着玉红去，说孩子才满月，不敢去奔丧哩。巧英才想起来，赶快把玉红搂给南台子上文化家里的，她家的孩子还没满月，看着分点儿奶水给玉红。都来不及收拾下头发，就赶着奔丧去了。

回到家，一头扎进娘的屋里。酸味还是怎么稠，娘却不说话了，也不啰了。巧英六神无主，虚虚晃晃地哭着，有声像没声，没声还有声，一句句地就是个喊娘。可咋喊，还是个喊不出来。哭得难瞧，也不中听。等晚上，得给娘穿寿衣了，巧英想着，得给娘唱哭了，唱《穿衣经》。就憋着，没哭，想了想，甩开嗓子，才出口，就听着嘶哑的声音，呲喇喇，玻璃划着钢筋样，刺耳。都没有调子啦，别说唱哭，连哭都不是哩。总感觉着，嗓子里堆满了沙子，满地都是，一脚下去，埋着了脚脖子。试着，脚掉进沙子里，就拔不出来啦。沙子堆起来，恁高呀。像有东西在底下吸着一样，巧英就一下下地，掉进了沙坑里。啥水灵灵啊，啥水汪汪呀，全不见了。整个嗓子里，干燥着，还漏风，吹着哨子样，叽里哇啦，乱茫茫一片不说，还扎人。巧英就想，该是没有缓过来神哩，打算着，等入殡了，再给娘哭丧吧。

天黑了，没有风，没有云，也没有月牙子。黑漆漆一片。娘就要入殡了，是憨子背着，巧英几个扶着，出了门。憨子的弟弟愣子，站在棺材边，从憨子背上，搂过娘，转身，再弯腰，像娘小时候哄自个儿睡瞌样，轻轻地，搁在了棺材的被子上，巧英走过来，拉着被子，给娘盖上。想着得给娘哭丧了呀，就要唱哭。还没开口，就觉着腔子里点着了火，烧得噼里啪啦，呼呼乱叫。火就找着嗓子眼儿，死命地朝外挤，就把嗓子给烧坏啦。巧英盖着被子，哭一声，喊娘吧，才知道，哑声啦！都哑声啦，还咋哭丧哩？巧英就恨自个迁，恁么不中用。出活哭丧，哪一个不是哭得一个比一个好？哭上三夜都不带打弯的。可一到临身上，咋就恁么快，哑声了哩？娘这一死，咋着都再见不着啦！娘就远走高飞啦，真就唤来仙鹤骑，当神做仙去啦！给娘盖好被子，手一滑，巧英又晕过去了。爹连忙叫憨子和愣子，快把你姐弄屋里睡着，叫谢尚民，别走了，搁屋里陪着去。爹一瞧，不敢麻糊了，喊阴阳先生，说出殡吧，下葬吧！还说都怪我，非要去报丧。我没有听你的呀，都怪我呀，巧英她娘。你好好地走吧，可不敢再叫巧英哭啦。恁么多的亲戚，女人都戴着孝，哭成一片，随着男人们。男人们抬起棺材，朝挖好的坟地去。

出殡了，下葬了，巧英才醒过来。谢尚民没有摇晃她，也没有掐人中，爹不叫哩。说叫巧英睡吧，等埋了她娘，再醒才好哩。还说，巧英娘，你要是知道，就等送走了你，再喊醒巧英吧。都怪我啊。巧英醒了，就问娘哪儿去了，翻骨碌爬起来，就要去找娘。没想，腿上一虚，没站好，噗噔摔着了，头又偏巧磕着了桌角子，就淌血啦。也不管不顾，爬起来，还是出门瞧瞧。一看，娘的棺材就叫抬走啦，院子里都空啦！巧英不知道咋的，呼啦一下子，哑着声，哭出来了，声音虽然别扭，却畅快，像淌水样，哗哗啦啦，倒着。就哭娘啊，你临死还惦记着我呀，操恁么些子心，咋还撇下我呀……玉红才瞧你一回呀，你咋就走了啊。你走了，玉红去哪儿找姥娘啊！我的个娘啊……哭着，就从那声儿里，听出了十里八乡的人，以前都听着的东西。这么哭着，瞧见了师父咋从门外来了，说给巧英娘吊孝来了。进了院子，瞧着巧英在哭，拍拍巧英的肩膀，说妮儿，别哭啦，人死为大，入土为安。死了，才是好哩！不疼不痒，不渴不饿，大圆满哩！大功德哩！死可不是没啦，是升天啦，成天地瞧着咱们哪！巧英就一扭头，钻到师父怀里，还是个哭。那哭，可就不是哭丧的哭，是哭亲娘的哭。有一声没一声的，有一句没一句的，断断续续，沥沥渫渫①，拖泥带水，还有点儿不干不净，夹杂着泥呀沙呀的。师父就轻轻地拍着巧英的头，像小时候娘哄她睡瞌一样。过了好一会，巧英才住了声儿，一瞧，眼可就肿啦！

一直有大半年，巧英都是恍恍惚惚，迷迷瞪瞪的。谢尚民也不

---

① 渫，là，方言，滴落。

敢叫她做饭，也不敢叫她干活，里里外外，全是他一个人来。玉红想吃奶，巧英的奶水就干啦，咋着也挤不出来了。吃鲫鱼，喝鸡汤，还是个没有奶水。巧英啥也吃不进去，啥也喝不进去。那大半年，整个艾亭镇，整个临泉县，就再也没有听到过巧英哭丧的声儿。要出活，也是庄子的俩妇女，帮着出活。人都知道巧英的娘走了，也就不请哭丧的了。都说，给人家哭丧容易，给自家哭丧难呀！那要真死了爹娘，谁个能哭成那样啊，谁个能把哭给哭成唱啊！巧英的哭丧，十里八乡，就慢慢地淡了。不是不想请巧英出活，是不敢请。慢慢地，也就熄了，哭丧里，就没了巧英。

不哭丧的巧英，却始终在丧事里，打滚，挣扎，痛苦着哩！

7

从啥时候，人才都知道，巧英可就重新着，又开始了哭丧的呢？是巧英的师父，小俏红的死！

小俏红算是一辈子圆满，没灾没病，活活老死的。活到九十六岁，还有啥想头？人都走不动了，还挂着拐棍，拾柴火。阴天下雨，也不耽误。谁知道，夜黑儿地吃饭，还管吃一碗饺子，明儿个早息起来，咋就没了。也怪哩，都说了好几天了，说要吃猪肉韭菜馅的饺子，儿媳妇一直都没来得及赶集割肉。才逢集，割了二斤肉回来，师父还扭着拐杖，去园子里割韭菜。饺子吃着了，人就走了。想来该是知道了阎王爷的令，求了几天的宽限，叫吃了饺子才走的。成天还搁嘴里唠叨，说死了，第一个给巧英报丧。也是不叫巧英哭，说去瞧瞧师父就中了，也不枉了师徒一场。巧英的师弟彪子骑着摩托车，头一个去了南园村，报丧。听着师父也去了，巧英慌了一下，愣住了。随着，也没哭，也没流泪，告给彪子说叫等一会，她准备下东西，去奔丧呀。等从屋里转身出来，彪子就瞧着巧英满脸是泪水。可就是没有个哭样，嘴也不张，鼻子也不吸溜，脸上也不动，只是泪水淌个不停。彪子说，姐，俺娘说啦，叫你别哭！巧英抬头，朝着彪子还笑了一下，说姐没哭，姐好着哩！可彪子就瞧着，师姐那笑，比哭还是哭哩！就一咧嘴，也哭了，声儿像是受了委屈的孩子。巧英就过来，拍了拍彪子，问说师父老的时候，还说啥了？彪子告给巧英，也没有说啥，就说叫你去瞧瞧她，师徒一场的。还有就是不叫你哭，说人死是大事，就跟生下来样。人生了，能喝满月酒。人死了，顶多是烧个百天纸。没啥！巧英就晓得，这是师父在劝自个儿哩！打从上回娘老了，师父就隔三岔五，坐着人家的拖拉机呀，摩托车的，去南园村瞧巧英。又过了多少年，巧英也不记得了。哭丧的手艺懒了，还是规规矩矩种地过日子，倒也没啥。这如今师父也走了，巧英心里嗟啦下，想着了师父带着她，走南上北地去哭丧，就醒了，知道自己的手艺，还是哭丧哩。说是要和彪子一起去奔丧，巧英又改了主意，叫彪子先去别家报丧，她一个人去。

　　到了日头快落了，巧英来了。来，不是一个人来，带着四个人，还带着大箱子小箱子。去到师父家，就叫人赶快给高音喇叭挂树梢子上，扩音器也装上新买的电池。彪子一瞧，愣了，说姐你这是干啥？巧英说，俺是来给师傅报恩哩！师父给恁些子人哭丧，临到个人老了，我这徒弟咋着，也得给她老人家，哭丧一回哩。彪子带着哭腔说，俺娘临走前，还说巧英姐你不哭丧，可惜哩！她嘱咐俺不叫对你说，瞧着你要给俺娘哭丧，俺才敢给你说呀！巧英一听，也没哭，脸上漓漓淌着，又是两行泪。使劲儿一吸气，说彪子，俺不叫咱娘失望，这就把哭丧的手艺，拾起来，叫十里八乡的老少爷们儿知道，俺巧英还是个哭丧的。天还没有黑透溜，就听着高音喇叭里，一声响：师父吔，俺的个亲娘啊——

喇叭声儿一响，人就又都知道，巧英哭丧啦！老年人都笑了，说还是叫等着了，巧英又哭丧啦！怎么些子年的苦，没有白熬哩！人都听着，巧英的哭丧，咋比以前，又好听了哩！哭不是哭，是唱。唱不是唱，是哭。还唱还哭，还哭还唱，声儿缠缠绵绵，绕着耳朵呀，细丝儿样，总也散不去。那一夜，十里八乡的人，又都默着，睡不着，想东想西，想爹想娘，想活着的不容易，想死了的苦和黑，不哭，光滴眼泪，枕头又都哭湿啦。明儿个，都还得晒枕头哩！

巧英哭丧哭得好，是巧英明白啦！娘死了，想不明白，哭不出来。怎么多年过了，凭着巧英的悟劲，想着自己的手艺，想着娘的死。心想，这哭丧到底是哭个啥？还不是唱！可那唱也不是平常的唱，就是哭呀。不管是哭，还是唱，哭丧终了，还是哭丧事。丧事是啥？是死了的人哇！人谁不死啊，真悲假伤的，用不着分恁么清楚，横竖都是一个死哩！就想通啦——

哭丧里，既没有哭，也没有唱，而只有一个字，那就是，死！可死，看不见，摸不着，谁又知道死是个啥样哩？就得朝死的反面看——那不是还有活呢嘛！不管咋样，死都是一个样的，蹬蹬腿，闭了眼，人就过去啦！活却不一样呀，千姿百态，各式各样——疯活，傻活，精活，快活，难活，过活，乐活，受活，宽活，窄活……想想，也没啥。哭丧这手艺活，天天操心着传给谁，要是传不下去，可就要绝在巧英手里啦。那样，可就咋着都对不住师父哩。等到自个儿老死那天，就没人给她巧英哭丧哩！心里不免灰灰的。可如今看来，传，还是不传，都没啥两样。哭来哭去，唱来唱去，哭的也好，唱的也罢，都是一个死字。哭成精，唱成佛，死还是个死，多没意思！只要瞧着了活，这哭丧，有还是没有，也就没啥所谓啦！明白了这个，巧英就知道，那哭丧，哭的不是人家呀，那哭的是自己个儿哩！不管哭谁，咋哭，可怜也好，心疼也罢，哭丧末了，就是哭个人哩！就搁心里自个问自个，像虚岁九岁那年，跟师父睡瞌，迷迷糊糊地，乱七八糟地，俩人之间有一搭没一搭地一问一答——

哭丧，哭啥嘞？哭死哩！哭死，哭谁嘞？哭人家，更是哭自个儿哩！那哭死，还是哭死？不是呀！哭死，就不是哭死啦！那哭死，哭啥嘞？哭死，就是哭活哩呀！

玉玉

1

秋后的大地一片狼藉。破败的玉米叶散落在裸露的田野里，残破的豆叶在豆茬之间显现出虫子咬过的破洞。剩下的，还没被收割的，就只有红薯了。但叶子也被霜给打败了，蔫蔫地耷拉着。枯草在漫野里疯狂。那是惨淡的景象，一切都现出衰败来。南园村的秋后，就是这样的，凌乱而荒凉。田埂上，能看见鸟儿们的身影——那是这秋天的唯一生机。它们蹦蹦跳跳，趁着秋天最后的时候，储备一些过冬的粮食。南园村人的身影，在这样的时候，大多都活动在菜园子里。荒废的田野就这样一直荒废着，直到能种小麦的时候，耕牛和人们的身影才在田地里出现。一个人走在这样的田野里，感觉是凉凉的，不知道这凉是从哪里来的，就只一味地，从皮肤渗进心里。这是生命的悲凉，它深到秋天的每一个角落，连带着生活在秋天里的人们和生物。

南园村像往常一样安静。村庄的安静里更多的是死寂，像是没有人的废墟，十分颓败。家家户户在吃过饭后，要么几个人聚集到一起聊天，要么就在菜园子里手痒般地摸摸这个，碰碰那个。其实，这个时候是没有什么活计的，时节未到，还不是黄牛下地的时候。

五婶门前又聚了一群人。他们慵懒地坐着，有一搭没一搭地叙着话，不停地打着呵欠，脸上满是疲倦。一丝枯寂的风，从还残留几片黄叶的树梢吹过，没有任何声息，只有树枝无聊地，冷冷摇摆两下。风并没有在池塘的水面上留下什么涟漪，很平静地，只是在有水藻的地方打个旋儿后，悄悄地消逝在微热而又昏蓝的天空中。风就这样，一掠而过。

玉玉和一群孩子在村东头的树行里玩耍。捡树叶，或者搭腿桥，叫叫嚷嚷的。孩子们的声音稚嫩，单纯，又干净。可是玉玉发现自己不管怎么玩，总不能开心，想想，也悲伤不起来。有一次摔倒了，一点一点的疼痛，遍及全身。她没哭，眼泪水打着旋儿，汪汪着。不知道咋的，她总不想哭，可心里就是有点儿难受，有些憋闷，有些失落，仿佛有些什么东西梗在心中，梗在她小小的心思里。她还来不及弄明白身边发生的一些事情，秋天就横竖来了，劈头盖脸地，刮了一阵凉风后，就再也不想走了。玩了一会，她一下子就不想玩了，一个人在孩子们的边上，孤独地蹲下来。她想哭，就无声地哭了起来，缓缓地，细细地。她光是觉着自个儿没有哭，哪里就哭了呢？哭吧，就搁没啥难过的一样，就是想哭了。

哭过之后，玉玉感觉自己要走了，她就走了。

2

她沿着小沟边上的一条路，朝这边走过来。路边的野花黄嘎嘎的，猫佝腰，趴趴在那儿。刺蔴苔长着刺捌子，黄嘎嘎的，烧焦了一样。冬梅家的园子里，还有黄瓜秧子，黄不啦叽的，横在那里，竖不竖起的，长满了杂草，旺旺的。远一点儿地，听见有人喊她，玉玉就向五婶家走过去。是豆子的奶奶喊她的，喊过后，还哀叹一声说，这孩子，真可怜的娃。

等玉玉走近了，几个妇女投出了怜悯的目光。玉玉倒没觉察出这里面的意思。她现在反而开心起来了，刚才的悲伤，一下子跑了，她就快乐了起来。奶奶喊她过来，她就觉得自个儿在大人面前像个大人了，不然，咋会喊她呢。他们可是都喊她了的。慢慢地，走到人群边上，大人们没给她拿板凳，像招呼大人那样地招呼她。可她不生气，她又不是大人。于是，就在旁边随便找了块砖头，屁股一扭，坐了下去。她的衣服上有很多灰。她看见了。坐那儿，也没人热情地搭腔她。她也不想说啥话，抓起脚边的土灰玩，像扬场那样地，把土抓起来，再在风里撩，土就飞走了。

玉玉，你最想哪一个人啊？王妈问。

玉玉低下头，很害羞的样子。她也不知道自己最想谁。她有些无主，又有些茫然。她指了指北边说，我最想那个人。

3

人人都知道，北地里的那个人是谁。他被埋在泥土里，就像刚刚睡去。玉玉的爸是一个月前，在厂里出事的，听说是被电老虎给打着了。后来，玉玉的妈妈就和爷爷一起，去了爸爸干活的那个地方，还带着她。回来的时候，带了爸的骨灰盒，还有十一万块钱。她看到爸的时候，他就躺在那里睡大觉，也不说话，也不醒。她想去跟爸爸说两句，于是就在心里边，喊了两声爸。爸没答应她，她觉着有点儿奇怪。她又在心里跟爸说了句话，说她想吃棒棒糖，可爸就是不答应她，一声不吭，就一直那样地躺着。她想走过去摸摸爸，可是她心里有些害怕，不敢走向前去。她想爸是瞌睡了。一转头，看大人忙忙碌碌，只有妈妈的哭声，凌乱不堪。她本不想哭的，可看到妈哭，她就觉着心里难受，她也就哭了。哭了，就跑过去抱着妈。妈一只手揽着她，还是哭个不停，谁都劝不好。妈妈哭，她就跟着哭。可妈老是哭！哭一会儿，她觉着没啥意思，哭不动了，就不哭了。她看妈哭，也不咋伤心了——妈总是哭。总是哭，她就不伤心了。她想出去玩。

回来后，爸就不见了，条几上放着一个铁盒子，外面包着一层白布，裹得紧紧的。她总不明白，为啥大人总看着那盒子，妈也一看到盒子，就哭个不停。玉玉没觉着更多的伤心，哭一会，还是哭不起来，想想还是不哭了。她想盒子里是不是有啥好吃的？爸买的

58

棒棒糖，别不是装在盒子里了吧？就眼巴巴地望着，舔着嘴唇，咽着唾沫。后来，大姨来了，二姨也来了，姑姑来了，连舅舅家里的红儿也来了。她就觉得真开心，家里有那么多人，还有红儿，有人和她玩了。她知道大姨是最疼她的了，一定会紧紧地抱着她的。可是不知道咋的，那天大人都怎么奇怪。大姨一来，就抱着她，可是抱着她不笑了，一开始就是个哭。等见到妈，看着妈哭，大姨就放下她，和妈妈一起哭。再后来，大姨就再没有抱她了，过了很久很久，怎么久哩。二姨、舅舅和姑姑，来了就去看妈妈了，都没有跟她说话。她心里有些生气，大人总不理她。恼了，可不知道咋着又恼不起来。就看着，他们忙碌着，东走西走，来来往往。她看见他们的脸上都有一种很奇怪的东西，还挂着眼泪，哭哭啼啼的。就又觉着想笑，大人都不知道丑哩，咋都跟她一样呀，也怎么着哭呢。再后来，她就看见大人们把条几上的盒子，装进了一个又大又黑的箱子里，然后抬着那个箱子，往北地走去了。不知道为什么，她总觉得自己很害怕那个又大又黑的箱子，觉着它像妈妈说的老瞎猫，经常出现在夜里，咬人，还吞人。那时候，她就害怕，不敢一个人钻出被窝，到尿窑罐边去解手。里面就不再装着棒棒糖，装着老瞎猫哩！

过两天，红儿、大姨和姑姑她们都走了，她就觉着很无聊了。她想找爸爸，想让爸爸再把她高高地撂起来，再很吓人地接住她。可是，当她去找爸爸的时候，却怎么也找不到了。她想，或许爸爸还睡在以前的那个床上。奇怪，怎么远的地方，睡着就怎么得劲？他为啥不跟着回来呢？家里来了那么多人，爸要是回来，就更热闹了。

4

日子寡淡得很，她总觉着没劲，没意思。心里也好像有啥东西，沉沉的，解不开一样。突然有一天，她不想再想了，就去问妈。可是妈一听到她说爸，就又哭了。妈这一下子哭得还是那么伤心，就跟带着她去见爸的时候哭得一样伤心。她看着，觉得自己也伤心了，就跟着也哭。这一下子，她觉着自己是真的伤心了，好像一大把糖，被老鼠偷吃了一样。又好像不是，这伤心，和那伤心还有点儿不一样。可是为啥伤心，她也不知道，就越哭越伤心，越伤心越是哭。妈倒哭一阵子，慢慢地小声地哭了，再哭哭，就只是抹眼泪，到最后，就不哭了，只是紧紧地抱着她，有点儿傻，还有点儿呆。她觉得妈妈抱着也好，就像爸爸抱着一样。她就又不想爸爸了，只是看着妈妈哭红了眼。她还是怎么伤心，跟着又哭。妈妈就说，玉玉，不哭了哈，妈抱着你。妈说抱着她，她就想起了爸。妈抱着，为啥爸不回来呢？妈还得做饭呢。爸爸要是回来，妈就管去做饭了，有爸爸抱她。她就又想问妈，爸爸咋还没回来。于是，她就问了。妈停了一会儿，才说，你爸去北地了。玉玉心里就别扭，原来爸回来了，去北地了——咋不回来呢？不搁家里待着？恁近！她就想去北地，找爸，叫他摞高高。于是，她就从妈的抱里下来，想去北地喊爸去。可才走到菜园边，她不知咋的，心里就怕了，不敢朝前走了。她想起了那个大大的、黑黑的箱子。她怕那个箱子。爸不是被装进去了吧？那多吓人啊！想着，她就觉着，还是算了，回家吧。妈该把饭做熟了。

秋风扫着落叶，呜啦呜啦地吹着。夜里睡觉，还是吹着。也不下雨，也不下雪，干燥燥的。南园村的地里，逐渐开始变得凌乱，荒凉。忙着收庄稼——掰玉蜀黍，割芝麻，刨红薯。玉玉就一个人在路边玩，还跑到场子里玩。玩着玩着，她就想起，夜里妈还老是哭。有好几回，她睡着了，都叫妈给哭醒了。她就想，妈是不是也想爸了。可是爸去北地了，恁近，咋还不回来呢？

玉玉也不知道啥时候，去北地找爸，成了她心头一件大事。她总想去找，可总也不敢去找。她也不问妈妈了——反正爸就去北地了。北地又不远，说不定哪天就回来了。就是，恁近，走两步不就回来了！她都能走回来的呢。

5

她想爸爸。可她找不着爸。她知道爸就在北地。北地里？她从那儿，又总看不见爸爸。想去找，又怕，怕夜猫子咬人，怕夜猫子哇唔哇唔地乱叫，怪吓人的。她指着北地，她最想爸了——爸就在北地。

玉玉猛然站起身来，眼睛里湿湿的，酸酸的，好像流出一些啥子。她心里想，赶快走吧。于是，她就走了，是奋不顾身地跑走了。她看见奶奶婶子们的脸上，都流着酸酸的东西，还唉声叹气的。看着她们的酸脸，她心里也装满了酸酸的啥子，不痛快。她就想哭。想哭，咋也不能在这里哭，她就想去别个地方了。

跑走了，她又细细地哭了一回。哭了一会儿，她就感到有些失望，总觉着不该哭，哭啥呢。她想，北地怎么近，爸又不是不回来了。爸要知道玉玉想他，他肯定早就回来了。不过没事儿，这又没几天。等过年了，说不定，爸就回来了。爸为啥非得过年才回来呢？他不知道玉玉想他吗？看来，他不疼玉玉了。

她就又想哭。于是，她就坐在沟坎子上，哭了。她一下子哭到日头落了，天开始黑了。她就又想起那个让人怕的箱子，黑黑的箱子。她心里有些惊，就不敢再哭了，赶快跑回家。

6

过了半个月，爷爷和妈妈要带她到上海种菜了。她就又高兴了，觉得爸爸不回来就不回来，反正他们要去上海了。听妈妈讲，上海是一个有大楼的地方，还有小汽车儿。她想，那里一定很好玩的。爸爸不回来，就不带他去了，他就玩不成。她想得忘了一切，也不想和云云她们玩了，一个人，在园子的小埂上，跑来跑去。她觉得去上海了，就开心了。

上海也是恁近，可不像妈妈说的恁么远，她觉得一会儿就到上海了——汽车都没坐够，就下车了。下车了，就看到好多小车儿在路上跑。她想，上海的车真多啊，她还想坐坐车子。

从汽车上下来，果然又坐车了。可是没多久，就又下车了。下车，再坐车，然后又下车，还走了一段路，她就看到了豆子，还有豆子的妹妹丫丫。她想，上海肯定会比家里好玩一点，因为豆子和丫丫都在这里，还能坐汽车。家里又没有小汽车儿，也没有长汽车，只有大汽车。

她和豆子，还有丫丫，就玩啊玩啊，一直玩到天黑。天一黑，她就想起了那个让人怕的黑箱子，怎么大，到底要装啥呢？重得很，非要抬到北地——北地？爸真是，怎么近，就是不回家。这下好了吧，她到上海了，离北地远了。爸爸要是想玉玉了，也看不到玉玉了。她想，爸活该——想他的时候，他不回去，这下，爸想她了，她也不回去了。就不回去！

7

被尿憋得很，她就醒了。她又听见妈妈在哭，嘤嘤的，细细的，好像又没有哭。她吓坏了，尿也不知道跑哪了，一个人紧紧地睡在被窝里，不敢动弹。上海的风黏黏的，还凉凉的，吹过来，她打了个寒噤。迷迷糊糊里，好像又睡着了，她就觉得有一个人，从房门那走了过来，然后睡在妈妈的身边。是不是爸爸从北地里回家了？找不着她和妈妈，也坐大汽车，来上海了？她也感觉着，有一只手，在妈妈的身上摸来摸去。妈妈就不哭了，好像还"唉"了一声。然后她就感着妈妈在喘气，很急地喘气，粗粗地，重重地。妈妈身上一动一动地。她就害怕，是不是老瞎猫来咬妈妈了？怕着怕着，她就睡着了。

早息起来，她又叫尿给憋醒了，还是刚才的那泡尿，憋得肚子难受，有点儿疼。她迷迷糊糊地睁开眼，天就没有那么黑了，她就不怕了。赶紧起来，慌忙地去尿窑罐上撒尿。撒完尿后，她觉得很舒服。转身上床的时候，她就看见了爷爷，咋也在床上睡着了，还睡在妈妈的身边。她的脑子里就魔法般地想起了另外一个人——爸爸以前也是这样地躺在床上，躺在妈妈的身边的。不过，爸爸还在北地，没有回家，也没有来上海。

她钻到被窝里，温暖地睡着了。她做了一个梦，梦见了爸爸。可是爸爸在哭。爸爸不笑了。看见爸爸哭，还很伤心地哭，她也伤心了，就跟着爸爸也哭。等爸爸不哭了，喊，玉玉，玉玉，咋还不回来啊？她还是哭。哭着哭着，她就听见妈在不远处喊她，玉玉，玉玉……

杀猪

0

腊月二十三，杀猪过大年。

南园村的年，都是大年哩。一进腊月，熬过腊八粥，年就过上了，不到二月二，年就不得完。恁么老久的日子，可不就是大年嘛！一到大年，哪能不杀猪嘞！不杀猪，吃啥哩！就一年里，打从春上起，谁家养了老母猪，刚好下了一窝崽儿，非得是搁寒冬腊月里下的不中。过了年，立了春，柳树飘絮，野花花儿香，就刚刚好地，管去人家猪圈边，相好了一个猪崽儿。拿眼瞄着——那条子，身架，那长势，皮毛，到过年，准能长成二三百斤的大猪哩。这杀猪过年，才有味儿哇！谁要逮猪崽儿，就得提前打招呼，说好了吃早饭前，拴住，扛回家的。人就陆陆续续到了。差不多齐了，一开猪圈门，男人女人的，就一哄而入，瞅着瞄好的猪崽儿，抻手就抓。猪娃子就搁圈里横竖跑着，尖叫着，穿来穿去。先前瞄好的猪崽儿，就不知道咋的，叫三婶呀，五叔的，给逮了去。只好丢了，再去相中别一个。猪崽儿叫唤得厉害，老母猪就搁圈里待不住了。哼哼地叫着，非得闯出去不可。救猪崽儿哩！主人家就赶快拿了荆条，噼里啪啦地打着——可不是打猪，都是朝着圈门，一荆条抽下去，啪啪响的！老母猪就乖乖地回去。回去了，也不甘心，听着猪崽儿尖叫，还得朝圈门上跑。不得跑，荆条打着哩，就急得在猪圈里转来转去。那边，不消一会儿，猪崽就都被按住了，从墙上抽下搓好的短麻绳，三下五除二，捆好，绑好，拎着后腿，放在当院。主人家就拿来称，过来约斤两。约好了，可不就给钱，都记在账上啊。啥时候给钱，以后再说。账算清了，还都不走，站在一边，看着挣扎着嚎叫的猪崽，你一言我一语。谁家的猪能长大，谁家的猪是个二妮子货，嘻嘻哈哈，也都不计较。猪咋样，不是吹的，是喂的。瞧过年杀猪，谁能得了二三百斤的猪肉，那才攒劲！说笑一番，主人家要留吃早息饭，就都摆摆手，说不吃啦，家里都热馍热饭，搁锅里呢！拎着，扛着，猪崽儿就变成他家的了。

像这样逮回家的猪，都叫年猪，是许下的，给老天爷留着哩！那杀年猪，可不就是只为了吃肉哇，还得敬老天爷哩。来年的风调雨顺，五谷丰登，事事顺心，就叫老天爷给保着啦！到年底，那可不得杀年猪？孝敬老天爷呢嘛！南园村的人，杀年猪就有了别一番的心思，别一样的期许，就带着更多的虔诚哩。因此着，猪崽逮回家，都精心饲养着。刷锅水不舍得倒，㧟①一瓢麦麸子，再捏几把饲料精，拌上灰灰菜，把猪食弄得稠糊糊的。还不敢喂凉水，刷锅烧热水，猪就吃上了热乎饭。那猪崽就见天长啦，一天一个样儿，看着喜人哩。小儿放学回家了，可不让出去玩呀，得㧓②着竹筐，打草喂猪哩！

到了秋天，猪就管长一二百斤呢。地里的庄稼都收仓啦，猪就得加把料，该上膘了哩。玉蜀黍打料，面儿拍粑粑馍，玉黍糁③子喂猪啊！红芋烀④一锅，人吃一两碗，剩下的也都喂猪啊！豆子榨豆油，抻豆皮子，豆饼子就还是喂猪啊！村子里人都说，属猪的生在十月，那是有福人儿哩！猪到了十月，可不就啥吃的都有啦！一冬天里，没啥事，出外打工的都走了，留下娘们儿搁家里，不操心，不着急儿地，给猪都一天三顿地喂着，搁人一样吃着哩。恁么地，到腊月二十三，可不就是一头大猪啦！

喂了一年，就等着腊月二十三，好杀猪过大年啊！

1

搁往年，杀猪可不容易！

几个庄子，得数南园村的代金富和谢法钱，杀猪一把手。毛褪

---

① 㧟，wǎ，方言，舀。
② 㧓，kuǎi，方言，意为搔、抓，或者挎。
③ 糁，shēn，谷类制成的碎粒。
④ 烀，hū，半蒸半煮，把食物弄熟。

得干净。猪腿、猪头、猪尾巴，白亮亮的，用不着回家找毛镊子夹。肉割得准，斤两不差。说是约二十斤，不割二十斤半。口碑好，来找杀猪的人就多。那可不就只是腊月二十三，杀猪过大年了。从腊八就开始，俩人算是忙上了。一直管杀到腊月二十九晌午，中间不得停一时半刻。许了老天爷年猪的人家，十一月就得张嘴说，晚了就定不上腊月二十三了。要是谁家嫁闺女、娶媳妇，可是大事，再许了年猪，非得腊月二十三不中哩！代金富和谢法钱就算着日子，给人家排好。淡日子的，让着急日子的。杀猪吃肉的，让着杀年猪的。一整个腊月，搁南园村里，热热闹闹，人都闲了吧唧地咂巴着嘴，啧啧着，翻谝书，围拢在墙角晒暖。咋一说，就说着了杀猪。抻着脖颈子，趖过去。代金富和谢法钱见有人来，就更来劲啦！杀猪就杀成了三月十八，赶集逛庙会，熙熙攘攘地。人都知道，要说过大年，还得看杀猪哩。南园村的过年，就跟别处不一样。到腊月，只要杀猪锅里烧着了热水，大年就过上啦。

可如今，杀猪的人家少了，许年猪的就更少了，都上街割肉过年去啦。代金富和谢法钱杀猪锅里的水，就一日日地冷清了下来。人家抱过去烧开水的柴火，都不够燎锅底的。越朝下，锅底就越冷清，过年就越是没劲得很。今年也差不多。除了华山家，俩人就没有听着别家有谁，要杀猪啊。

代金富和谢法钱本已打算好，这个年，就清闲着过了。也去街上割肉过年，算个毬。人都怎么老了哩！杀猪，也累得气喘吁吁了，杀不动啦！年轻人，没一个想干的——累人，钱还少！只有代金富和谢法钱知道，这杀年猪，可不只为了挣多少钱哩！搁他俩那儿，杀年猪，就跟唱大戏一样，不光要杀得好，还得杀得好看。一进腊月，他俩才是真过年哩！一个个村子里的老少爷们，抻着脖颈子瞧哩。一抓钩子，一动刀，人就精神啦！要是忙着，腾不开手，来不及搁刀子，就朝牙上一咬——那得多威风，多排场！年轻人哪懂哟！衣裳朝腰里一掖①，用不着双手拤②腰，单那架势，那劲儿，谁人不服？谁人不瞧在眼里？村子里杀年猪，肉吃不完，就喊着这家那家的，用不着去街上割肉，麻烦！到了杀猪那天，去个人，要坐盘尖儿，还是肋条，松个口，一刀子下去，不偏不倚，要瘦是瘦，要肥是肥。一天里杀上十几头猪，杀猪锅旁就没断过人。恁些子人，嘻嘻哈哈地围着锅台和架子转，还说着笑话。谁家妇女来了，朝着说两句不三不四的话，人家也不恼，就追着打两拳，多热闹。一个猪杀完割净，一拨人就走啦！还有下一个猪哩，就又有一拨人围上来。一天到晚不断人，说说笑笑，年不就过着舒心啦？玩笑闹大了，还管拿一撮子肥油，抹人家嘴上，逗得大伙儿乐！都端起碗来，躲自个儿屋里吃吃喝喝，那才不叫过年哩。得是大伙儿搁一堆，有说有笑，一顿饭尝几家子味儿，那才是过年哩！热闹！得劲儿！怪过瘾哩！

唉，只是老啦，就不中用喽。可他俩想不到，今年儿个，华山的爹娘，又许了年猪哩。可不是许那风调雨顺，五谷丰登。是盼着子孙，都管考上大学哩。也是瞧着没啥人再杀猪了，就到了腊月十

---

① 掖，yē，把东西塞在衣袋或夹缝里。
② 拤，qiá，用双手掐住。

二，才蹾到代金富门前，告给了杀猪的事儿。

代金富听了，俩眼一亮，有了豪气。二话没说，就应下了。就叫去找谢法钱，日子专定在腊月二十三。爹就去了东台子上。谢法钱正捧着碗喝稀饭哩，喝得劲淘。爹过去，递一支烟，蹲下，说事儿。谢法钱听着，脸就开了，乐呵呵地，说咋不中，管着哩！

事儿就定下了。爹忙着赶集卖菜，攒钱过年哩！腊月十六，卖完菜，就从街上买了三板香，一盒子蜡，一刀火纸，几挂鞭炮，外带着也买了冥币元宝，还有一瓶文王贡酒，三样果子，几斤苹果，一个瓷盆，三双筷子。等到腊月二十三，好杀猪过大年啊！

2

天还怪黑哩，娘就起来啦。拉亮灯，把门半开着，虚掩，候着代金富和谢法钱。转身去厨屋，准备一会儿杀年猪用的东西哩。把择好洗净的蒜苗子，切小段儿。葱拍碎，切了。姜也拍碎，切成小粒儿。再取来粉面子，掫小半碗，倒进爹买的新瓷盆里，放了盐、味精和茴香面。再倒进去一点热水，把蒜苗葱姜放进去，搅拌均匀，等着接猪衁①子呀。又悄着声地去鸡窝里，逮了过年要杀的鸡，拴住腿，搁在鸡窝边上。那边儿杀猪后，就得杀鸡呀。腊月二十三，小年儿哩！南园村的人管叫鸡灶，送灶王爷，杀鸡送神啊！

爹披着袄，去堂屋里，开始发纸，揎金元宝，拆香，摆盘子。

---

① 衁，huāng，方言，血。

火纸要发得匀称，展开了，如观世音菩萨脚下的莲花。一发子纸叠六张，薄，烧起来通红透亮，就管瞧着了老天爷的心思哩。拿出一刀火纸，把一张红通通的一百块钱，抻开，捻平，铺在火纸上。左手摁住，右手抹半边。换过来，右手压着，左手摩半边。一张票子，就都印上啦，火纸才管变成纸钱哩！烧了，才叫给老天爷送钱哪！叠金元宝，得用金箔纸，明晃晃的，大殿样。打当中折半，先着一边回头叠半，出点儿头。扭过来，另一边叠半，也出点儿头。翻过来，对角折，平齐着，像一叶小船。两个角，分别对称着当中，一边先折过去，扣在叠起来的纸缝里。翻个身儿，另一角也对着当中折了，插进纸缝里。金元宝就叠成了。从底下伸进手指头，一抻，当中鼓起来，就站在桌子上，一锭金子哩。爹说得详细，华山也听得明白，就跟着爹叠金元宝，上供给老天爷。爹说了一遍，就不再说，脸上肃穆着，怎么虔诚哩！悄着地小着心，细细地发纸。再摊开，六张一发子，捏在一起。再两手捧着，轻轻地搁在方桌上。爹怎么地，华山也不敢出大气，静悄着，学着样发纸。金元宝没有叠好，爹拿眼看了华山一下，啥也没说，手上的活儿就放得更慢了，一招一式，好不认真哩。华山就瞧一眼，抓一眼，再瞄一眼。慢慢着，就上手啦，金元宝就叠得，搁真的样。爹瞧着，说了句，恁样叠，才中哩！还剩下几张元宝纸，爹就起身去条几上，弄香。华山接着叠着金元宝。香是观音莲花香，一袋装着好多根，倒不用掰开了。可敬老天爷的板儿香，就得分开，恁么老宽的一板儿，香炉里也插不下啊。爹就从根上，缓着慢劲，俩手匀着力，一丝丝地分开着，朝头上去。弄好了，华山也叠好了，俩人就去搬供桌。供桌是方形的，比小饭桌高，比大方桌低。靠着当门儿的后墙，摆着条几。条几前置了大方桌。来客吃饭，年三十儿团圆，都用大方桌。大方桌前面，才是供桌。漆着大红色，上面还盖着一层纱，一层胶布。落灰哩！爹揭过胶布，抖了抖，搁在条凳上。又掀过纱布，叠着小四方，摆在条几上。

供桌摆在当院正中。爹从屋里请来老天爷的牌位，供在桌子北边的中央。捧来香炉，靠着牌位南边放下。取了蜡烛两根，一东一西，点着，粘上。华山去厨屋叫娘拿了三个盘子，都是夜儿个，洗净晾干的新盘子。爹接过去，摆在香炉的南边。供桌就差不多摆满了。又把新筷子拿来三双，也是夜儿个洗干净的，靠着三个盘子摆着。再拿三个小酒盅，靠着筷子摆了。小酒盅专门用来供神，平时找宣纸包了，放在柜子里。夜儿个也找清水洗净，晾干了。再回头去拿果子，吩咐华山，叫去门口看看代金富和谢法钱来了没。

华山拨开虚掩的大门，抻头一看，娘吔，天咋还恁黑唷，俩眼一麻糊，啥都瞧不着。凭着院子里开着的灯，散出几丝光亮，幽幽着。努着眼，才瞧着，从东边路上，晃着两个人影，朝这边走来。大约该是代金富和谢法钱来了。华山揉揉眼，仔细瞧瞧，觉着像是俩人。我的天爷吔，咋也都起怎么早唷！等再走近一点，代金富就是代金富了，谢法钱也是谢法钱了，不麻糊啦。看仔细点，就瞧着，俩人咋怎么老啊！走路歪歪扭扭的，还吭吭喀喀着。夜很深，深得怎么静。都管听着俩人喉咙管子里，响不响，叫不叫的，呜呜哝哝的喘气声。得是有痰，吐不出呢吧！脚就发飘，身上也轻。一股子冷风，都管刮飞喽！谢法钱佝偻着腰，驼着背，还使劲地笔直着身子，亢亢地朝前走，一手拎着杀猪刀。一忽儿，一丝灯光竟照上了，冷幽幽的寒光一闪，华山就觉着一股子冰气儿，从脊梁骨上窜来，不禁打了个寒噤。另一手提着钩棍子，连带握着毛铲子。代金富倒是不佝偻腰，也不驼背，瞧着脸上咋肿肿着，眼泡子像喝饱了水，嘟嘟着，都管耷拉到鼻梁哩！身子慢，一步步不是走，是挪哩！喘着粗气，像走了十万八千里的路样。手上也拎着砍刀，剁猪骨头的。还拎着铁扦子，挂钩，肩膀上褡褳着七七八八的东西。俩人走过来，全没了往日的英气儿，勇啊敢啊的，都叫俩老头儿给甩啦。努着手，袖在身上，趔趔趄趄走着。

立春还得几天，日子越发地寒了。怎么老早的时辰，站在门口都管冻成冰块哩。哈口气，就成雾啦！华山推开两扇门，院子里的灯光，铺洒在门口的路上一地，怪喧闹哩！再走走，代金富和谢法钱就融进灯光里，照亮啦。定睛一瞧，娘吔，咋穿恁么少呀，竟没一件棉袄！秋衣线衣倒是有，可外面只套了个老旧的中山装，拉链服。胸前的布兜掉了，留着没有洗白的印子，越发像是布兜哩！拉链服也拉不上了，斜衣襟上，找按扣儿勾搭着。穿得少，可不潦草，紧绷绷的，怪干练哩！腿上像往年样，找绑带捆着，煞①紧。腰里系上裤袋，还在外裰里面，勒了皮带。裉节儿上，一持劲，能拿得住哩！瞧着，还怪精神哩。华山就慌忙叫叔，喊着朝屋里让。

爹正拿着食品袋，把果子一样样地摆在盘子里。一看，人来

---

① 煞，shā，捆、绑。

了，就连忙停下手里的活儿，把袋子递给华山，拿到屋里。一面走过来，从衣裳布兜里，掏出香烟来，抽出，让给俩人。怕着身上的毛病，代金富戒烟了，换成嗑瓜子儿，嚼糖化。谢法钱倒还吸烟，只是抽半根，歇上半晌，咳上老半天。岁月不饶人，不服老不中哩！谢法钱笑着接过烟，把杀猪刀搁在窗台上，点着烟。代金富把东西放在猪圈墙头上，也走过来，问爹都弄好了没。瞧着蜡都点上了，才不着急。摸出几颗瓜子，咸不咸淡不淡地嗑着，一面说着。娘赶紧从屋里搬出凳子，让在过道里，叫三个人坐着，吸半棵烟，歇歇，整理下心绪。又慌着去厨屋里，把接盉子的盆再调理一遍。

闲扯了一篇，有一搭没一搭地，倒是沉默着的时候，比说话的当儿稠密。谢法钱坐在靠西的过道边，抬头瞅了瞅东天里，黑天里就泛了淡淡的白，说天快明啦，一会儿就亮哩，准备下，动手吧！代金富就忙着起身，预备拿东西去。爹说急啥，就这一个猪，一满天里，还弄不好它？再歇歇！原因里却是，昨儿个逢集，去赶集，捎话给俩女婿，叫今儿个来割肉过年啊。意思里，也是叫来帮着杀猪哩。三百斤重哪，靠着老哥仨外加华山，拿得住吗？本想着，一个猪，不赶急，不忙晚的，也没喊上左邻右舍。赶早起床，还真是备准了时辰。到了儿的，代金富和谢法钱还是跟往年样，起恁么早，得是忙一满天的样子。又想，只当下，立时就动手，摆弄不动咋办？逮着逮着，叫猪一扑棱，跑脱了，那可不吉利！哪有杀年猪，半道上叫猪给跑了的？老天爷能不怪罪？指不定下年里，有啥不清宁平安的哩！定是哩！这可不中。杀猪就讲究个顺呀，可是供给老天爷的猪哇！干惯了这个活，谢法钱倒不怵。那有啥，一头猪，还弄不了？日怪哩！倒没有想着这一层，只当是爹又犯懒，一味地只是催促着。说，早点儿办了，早点儿歇着。心头没事儿，身上轻松。免得挂着个事儿，一亮天里都提着心，不踏实，不安稳。爹还是慢条斯理地吸着烟，不见起身，搪塞着推托。说等天亮吧，天不明，没个抓手处哩。谢法钱掐灭烟头，说屄尿哩，黑天里吃饭，也没见吃到鼻孔去！说，干吧！又问，东西都齐备啦？麻绳搓了不呀？爹就慢腾腾地起身，说，都备好啦！就挪挪步，去房屋里，拿了麻绳。一截截地，都齐刷刷二尺三寸的，紧紧实实的，细扭扭的。谢法钱嫌爹慢，接过绳子，朝猪圈墙头一撂。摸着钩棍子，递给代金富，说，干吧，赶早不赶晚。代金富早已起身，说，干吧！接过钩棍子，盯着猪圈。

3

许是感觉着了啥，娘起来，拉着了灯泡，猪圈里就有了动静。往常里，若不是听着了猪食桶拌子响，猪咋着也不哼哼。动静虽是有了，可猪却不哼哼唧唧，只不安地打圈转，走来走去。三百多斤的身子，川条样，摆来摆去，泅泳哩！可不舒展，紧绉绉着，着急忙慌地。害怕逮猪弄脏了衣裳，娘昨儿个特地清理了猪圈，还拿水冲了两遍。三天前，猪就断了吃食。要猪肠子胃的都空了，倒肠子，洗猪杂碎，才省事。前两天，猪饿得哼哼乱叫，到了第三儿个上，怕是饿得没劲了，叫得就少多啦。

爹去堂屋里，拿了文王贡酒。慢慢腾腾地，把盒子拆开，拧了瓶盖。虔诚恭敬地，左中右，澥①了三杯酒。每澥一杯酒，总得瓶口子低下，倒了，再翘起瓶身，抖一抖，顿一下，待酒不滴了，昂起瓶口子，再澥下一杯。三杯酒澥好，就着势，瓶子敞着的口就一直开着，搁在蜡火前。还摩挲着手，磨磨蹭蹭着，想弄点啥，可啥也没有好弄的了，也似乎啥也都弄好了。就袖着手，闲在那儿，约莫一两刻。瞧着谢法钱火急火燎地拿眼动着，也瞧着代金富定睛看猪圈，淡寡寡地，不知道该咋着好。还是个想，俩女婿要是不来，恁么大一个猪，咋弄得动嘞？干等，就是不见人影子。瞧着，俩女婿天透明以前，大约是来不着了。爹才高低算是咬咬牙，说，杀吧。就杀。

　　先逮猪。谢法钱和代金富一递眼色，给爹说动手吧，就扎架子逮猪了。代金富手握钩棍子，悄着声，蹑着手脚，慢慢踱进猪圈。绕过转圈的猪，跨步到猪圈最里边，靠墙。右手拿着钩棍子，扬了一下，驱赶猪朝圈外走。钩子一端抬起，轻着打了一下猪屁股。猪哼哼着朝外窜，迈着步子，慌张着要跑出去。不意正好半边身子撞在圈墙上，呲喇喇地蹭着。到底还是出去了。这一刺，倒又惊了。谢法钱站院门旁守着，不叫朝外跑。猪一钻出身子，就兜着手，挥着，往院子当中拢。猪就从圈里跑到院里，依旧是打圈转。爹在供桌边招呼，娘在厨屋门口吆喝，华山在堂屋门口喊着。代金富低头走出来，猫着腰，捏着钩棍子，悄慢慢地陟过去。要说，还是代金

_____

　　① 澥：xiè，方言，倒。

富眼毒，定睛瞅准，预备逮着机会，勾猪嘴。猪还是瞧见了，尤其是手里的钩棍子，吓怕哩。一下子，就急啦。感着了不祥，越发跑得快。代金富悄着，盯见猪跑过来，猛地张开嘴，正要嘶号，便右手钩棍子一竖，后把交在左手，俩手一揞①劲儿，嗖地伸出去，准当当地塞进猪嘴里。瞬间朝后一拉，一拽，立时拽住了猪嘴。一持劲，觉着拽住了，就听见猪尖声号叫了起来。四个蹄子往后蹲，浑劲全身，也顾不得疼，甩着头，扭着身子，欲要摆脱钩子。无奈，钩子扎进了肉里，挂住了上颚，却反倒越拉越紧，挣脱不得。眼见着代金富勾住了猪嘴，拉直了棍子，立住了手脚，谢法钱身子一闪，跳到猪后身，探出手来，一把抓住猪的左后腿，往后一拽，随即掀起，使劲一拔，猪的后半身就呼咙地，卧倒在地。前蹄还趴在地上，依旧朝上冲，往前趴。这一趴，代金富拽着钩棍子，一扎马步，身体不动，手上不停，将棍把子躲在腰间，微微前倾身子，俩手一揞一把手地朝前挪，把猪勾得更紧了。爹就要过去捉猪前蹄。代金富喊一声，过来拽住棍子，拽紧就中。一顺势，手朝后一滑，前面就露出大半截钩棍子。爹就就手，伸手一揽，左手扫过去，拽住了后面，右手扑过来，抓住了前面，双手一用力，挽着了钩棍子。接着，身子朝后一仰，腿绷直，脚稳住，猪就叫一前一后，拉拽着，抨在了当中。只见代金富手腾出，双腿一跃，跨步就到了猪身前，就势弯腰低手，一扫，拊②住猪前蹄，再一倾，弹起身来，

---

① 揞，kèn，卡、按、使。
② 拊，fǔ，拍、抓。

手上一用劲，画个半弧，朝上一提，猪前蹄立马腾空，猪身子嗵的一下倒了，嘴上还在不停摇摆，要挣脱钩棍子。

饿了三天，可猪身上的劲也还是不小。号叫着，全身上下都在用劲。掀翻在地，腾起的前后俩蹄子，交替蹬着。谢法钱抓住后蹄子，叫华山赶紧过去，薅住猪尾巴，攒着劲，往后拉。华山就两脚一前一后，扎马步样，上身探过去，屁股坐下来，弓着身子，端着重东西一样，拽着猪尾巴。那边，谢法钱见猪倒了，抬起左腿，压在猪肚子上，把整个身子覆在猪身上，一手狠劲抓着，腾出另一手，抬手拉过搓好的麻绳，一端固在抓住的猪蹄上，另一端三下五除二，绕来绕去，绑在猪腿上。捆好后，腿仍跪在猪身上，一伸手，拉出另一条猪后腿，十字交叉着，抵着，拽紧麻绳，缠缠绕绕，捆住了俩猪后腿。这才松口气，叫华山松了猪尾巴。代金富掀翻猪后，右腿一跒①，膝盖顶住猪肩胛，也探手抽过麻绳，麻溜地捆住了两个猪前腿。然后叫爹松了钩棍子。爹往前一捅，朝后一顿，取出了钩棍子，搁在一边。赶忙洗手，去堂屋里拿备好的纸钱、元宝和香。

先点着香。三根观音莲花香，插在香炉前面。再点着排香，插在香炉后面。点燃了纸钱，烧着了金元宝，就作揖，下跪，磕头。再起身，作揖，下跪，磕头。三遍。谢法钱过来，把未盖住的文王贡酒拿来，朝着猪身上倒了一通，再对着猪耳朵洒一股，然后抬起脚来，狠狠踹一脚。意思里，是要把猪给踢走了，送一程——要杀

---

① 跒，qiǎ，方言，跨。

了哩！再接过华山拿出来的一挂鞭炮，点着了，噼里啪啦，冷清的晨光里，炸得恁么老响哩，震得心都颤巍着，噤噤着不能停止。就拎着鞭炮，从屁股到猪头，整个猪身上炸一遍。这杀年猪哩，咋着也得叫老天爷听着了不是。得是给他报信儿哩，吃猪肉啦！炸一遍，鞭炮兀自扔在猪头边上，仍旧噼里啪啦地响着。震得猪更加尖锐地叫着，嚎声直冲云端。莫说南园村，就是溪湾村都管听着了的。谢法钱又去盘子里，每样果子捡起一些，掰开，朝燃烧的纸钱堆里扔一些，再过去，撒一些搁猪身上。代金富就去堂屋里，搬了两个条凳出来，并在一起，留出空隙，足够放猪身子。爹跪拜老天爷毕了，过来准备帮着，把猪抬起来，顺在条凳上。代金富站在前面，谢法钱站在后面，华山提猪尾巴，爹拽着猪耳朵，四个人发一声喊，猛地一撩，抬着，顺起三百多斤重的大猪，一呼啦地，竟然就把猪给摔在了条凳上。华山和爹按住首尾，谢法钱去窗台取了杀猪刀，明晃晃的，碰上就得飙血不可。代金富招呼娘端来瓷盆。娘赶忙扭身进去，端着调好的料，递给代金富。代金富顺手接过来，旋着圈儿，晃一晃，对准了猪脖颈子处，搁在地下，预备接盆子。过来叫爹站一边，自己伸出手来，抠住猪鼻子，带着猪头往后一仰。谢法钱就拿着杀猪刀过来，站在猪背后，亮出刀子，虚虚地在脖颈子处划了一下。瞄准了，一撩，豁开一个口子，就势往里一捅，一推，再一搡，猪血就喷了出来，迸出一股，盆里盆外，泼洒着。谢法钱再把刀子，搁热乎乎的血里一横，又一带，割了下，猪就从震天价的叫唤，变成了哼唧，最后只剩下喘气声。再后来，只有呼气，没有吸气了。身子一横，就不咋动弹了。代金富松了手，叫猪头低垂下去，喊着华山，叫拎着猪尾巴，使劲往上提，管叫猪盂子从腔子里淌出来。谢法钱拔出刀子，伸进接盂子的盆里，再搅拌一回，别让涧①住了。猪血哗啦啦地淌了大半盆，怎么大的盆哩！猪哼哼没了，喘着粗气，噗噗唉唉。盂子淌差不多了，谢法钱叫娘给盆端走，回身一脚蹬过去，猪就重重地摔在了地上，堵着的气儿，从嘴里还咕哝着冒了一声，哼。

爹赶紧从堂屋里，端来温热的洗手水，还有胰子，递过去给俩人洗手。谢法钱直起身子，抻了抻劲，才觉出了累来。爹也才恍然着，打量俩六十多岁的人，竟能把三百多斤重的猪，搁手上，玩猴样，杀了！谢法钱把杀猪刀朝盆里一丢，弯腰先洗了明晃晃的刀，才拿过胰子洗手。娘递过毛巾，给擦手。谢法钱摆摆手，说不用，擦得都是血。一甩手，搁腿上的裤子上，操操，抹抹，就算擦了手。爹慌忙擢了盆里的水，重接凉水，倒开水，端过来给代金富洗手。代金富气喘吁吁地，揩着额头的汗，蹲下来，慢着架子，洗手。爹又拿出烟来，递给谢法钱一根。谢法钱杀猪时眼里冒的光，就慢慢地淡了。熄倒没熄，可也快灭了。也有点喘，却还精神着，啥都不放在眼里样——不就一个猪嘛，还收拾不了它？

洗罢手，站着。东天里，就明晃晃着，冒出了日头。娘连忙去鸡窝边，把逮住的鸡拎过来，杀鸡哩！捉住鸡翅膀，逮过俩鸡腿，扳过来，握在手中，掐着翅膀根儿。再把鸡冠子撩着，提起，同样抓在手里。将脖颈子处的鸡毛，一撮撮地拔了，拿过刀来，要割鸡

---

① 涧，jiòng，凝固，冷，因冷而凝固。

喉咙。谢法钱说，那刀咋中哩，看着都不快。就递过杀猪割肉的小刀来。娘拿过来，轻轻一碰，鸡脖子就冒血了，吡溜一刺，鸡猛地挣扎，血就淌出来了。娘赶紧撂了刀，揪住鸡头，撅下去，抬起鸡腿，倒提着鸡，把鸡血都流到碗里。到血从一股子，变成了滴滴答答，顿了顿，一甩手，把鸡扔在了墙根。鸡就耷拉着头，扑腾扑腾乱跳，浑身寒噤着。腿还是乱蹬。碰着了墙，或是水桶，就一斜身子，翅膀忽闪着，像飞远了一样。只是鸡头，沉重，像是被接上去的东西，咋着都抬不起来。终于，血流干啦，鸡就不再动弹了。接着，娘又杀了另外一只老公鸡。

4

歇憩罢，谢法钱一摆手，说，弄上车，拉去褪毛吧！爹就从过道里拉过来架车子，对着猪头。谢法钱眼里的火光又腾地烧着啦。站在架车子上，俩手掐紧猪耳朵，捞着朝车子上拽。代金富提着前腿，往上拉。爹扶着架车子把儿，华山提着猪尾巴，朝前推。一发喊，猪上去一截。再一发喊，又上去一截。爹把车把稍一压下去，车屁股就抬起了一点，猪就半截儿在车上，半截拖地下啦。代金富过来提猪后腿，华山仍旧拎着猪尾巴。拎来拎去，华山就跟一团棉花瓢子样，窝窝囊囊着，一点儿不利索。代金富说，年轻人，咋恁么没劲儿啊，怎么不汉子！就叫华山提猪蹄子，自个拎猪尾巴，一吆喝，秃噜一下子，猪就窜上架子车了。夺过堵门板，一插进去，堵住了架子车下边，爹才把车把松了，猪就算是装进车厢子里了。

代金富拎起脱下的褂子，拍打拍打，穿上，拎着肉钩子、毛铲子、砍刀啥的。叫着谢法钱，提前去褪毛场子，看看水烧得咋样了。好趁热，把猪毛褪了，割肉哩！

代金富起得早，喊醒了孩子娘，叫去烧水。昨儿个，爹就把柴火拉过去了，早息起来，杀猪的杀猪，烧水的烧水，两不耽误，干活快。华山就把车袢子耷在肩膀上，拉着车子，过去褪毛场子。才瞧着，大姐夫骑着洋车子，来了。爹落在后面，扛着竹筐，拿着干净的胶布，跟在后面也去了。娘留在家里，紧猪血，刷锅做饭，过鸡灶哩。

猪拉过去，水才烧罢，不烫不凉，正好。把架子车的堵板抽掉，猪就滑溜着掉下来了。谢法钱拽着猪腿，顺了顺猪身子，解开绳子，抻了抻猪腿。拿过小刀子，在猪的后蹄上，贴着皮，割了一个口子。取来铁扦子，提着割起的猪皮，把扦子沿着猪肚子，捅了过去。约莫捅了五六下，又换了方向，对着前蹄子窝，捅了几下。抽出铁扦子，搁在一边，蹲下来，一手扶着猪蹄子，一手扯着猪皮，深吸一口气，鼓起腮帮子，对着割开的猪皮，噗的一声，朝里吹气。一口气吹完，才歇了嘴巴，立时找左手搦①紧猪蹄子，不叫气儿逸出来。慌忙着，再深吸一口气，吸饱了，鼓起腮帮子，再对着猪皮，噗地使劲吹着。他吹得极快，一口接一口，一口递一口，连着，不停歇。慢慢地，猪肚子就又吃饱了猪食，渐渐地鼓了起来，圆滚滚的，四个蹄子也翘起来，像是过年蒸的馍馍猪一般样，

---

① 搦，nuò，握，持，拿着。

也似街上吹糖人捏出来的圆肚子糖猪。吹得差不多了，掇来一条细麻绳，扎上，捆结实。站起身子来，对着华山和大姐夫说，法子虽是老法子，可毛褪得干净，用不着回家找镊子夹，管叫你省了二斤粘猪毛的柏油。一面乐呵起来。脸红润着，显出轻松来，紧绷着的面皮，就贴在了脸上啦。一直腰身，伸懒样，刀子放在粪箕子里，怎么满足着。

代金富搅着热水，叫爹把架子床挪过去，先把猪抬到床上，再翻进锅里。又从家里，搂过来两根大粗棍子，架在褪毛锅上，平放着。五个人合伙，拎着四个蹄子，捧着猪头，一声喊，抬到架子床上。再一扭，把猪头架上去，叫猪像是趴在热锅上，把头伸进锅里，浴着。谢法钱拿过一个水瓢，舀水，扬起来，浇在猪的肩胛骨处。代金富拿过毛铲子，一铲子一铲子地，前后推着，拉着，剐着，再侧面剜进蹄子窝，刺着，搡着，递过来，送过去。还找一个小棍，伸进猪嘴里，把涎水掏出来，洗干净。接着，扳过猪头，扭着猪屁股，就一下子将猪卧进了锅里，依旧一边浴着，一边拿水瓢舀热水浇着。这一回，代金富和谢法钱调换了，谢法钱拿着毛铲子，在猪身上来回地撊①。把猪尾巴从水中捞起，攥在手里，揉搓着，褪掉毛。四个猪蹄子，用了毛铲子，敲打着，好给蹄壳拧掉。冲洗一遍，再挪到架子床上，连架子床一起，抬到架棚子底下，开始卸肉哩。

看看，这时天已经透亮啦。日头爬上来，沿着树梢，游走着。

---

① 撊，qiáng，贴着面儿剐。

光不恁么照人，有些软，绵绵密着，却也穿刺了过来，铺在地下。夜里落了一层霜，日头一出，化成水滴、露珠哩，挂着。灰尘叫霜打湿了，呛人的土灰味，透露着立春的气息。人都起来了，厨屋的烟囱里，冒着青烟，飘上天空。庄子里静谧着，除了晚叫的鸡啼声，耳朵都管挂出老远，听溪湾村的两口子，懒汉懒婆娘，还猫在被窝里，嚼舌拌嘴哩。赶集置办年货的人，心急的都从艾亭镇街上，带着一袋子一袋子的东西，回来啦。懒一点的，谁不是吃罢早息饭，才出门赶集的呀。人就闲了，闲着无聊，就都袖着手，淡不啦叽地，趄到这儿，趄到那儿，没个着落处。庄子里，沟沟汊汊的都干枯着，露出水下的东西。水草都凋萎着，黄不啦叽地黏在地上。水底的黄土露出来。污泥晒干了，打着卷儿，像贴锅炕出的饼子。

一大清早的，先是猪嚎，接着是放鞭炮，夹着猪咆哮，弄得动静不小，整个南园村，没听着的，找不着几家哩。就都知道，说好要割肉的，得赶紧着去杀猪场子哩。晚了，可就没好肉啦。一个个，家里有男人的，就趔摸着，拖拖拉拉地，朝代金富家的台子底下去。家里男人出外还没回来的，就妇女袖着手，慢悠悠地晃荡过来。要割肉的，都是提前说好了，听着了动静，还不赶快就来了？都没人家杀年猪了，一听说要杀，就只一个，赶紧十一月都问好了的，要沾沾喜气呢。人就围拢过来，挤成一堆，杀猪场又热闹了起来。

代金富操刀，格外精神。刀一亮相，手一挥，扎开马步，清了两嗓子，一刀下去，似砍非砍，似割非割。极认真地舞着刀子，在仰面朝天的猪肚子上，划拉一刀，齐斩呱呱地，就把猪给开膛破肚了。随意着，一动手腕，刀子打横，摆过来，用牙咬着。俩手分开，两扇子肉扑棱着，散在两旁，里面就露出了心肝脾肺肾。清冷的空气里，就瞧着，一丝暖气，从猪肚子里升腾了起来。从喉咙处拽着食管，从口中抽出刀子，划拉一把，拎着一副心肺，旋即拿了麻绳拴上，扔到爹扛的竹筐里，砸的胶布子呼啦啦直响。顺着，把下水给扒拉出来，一咕噜地，拥到盆里。猛一使劲，端到沟坎子上，择肠子，刷强油。谢法钱就取过砍刀和小尖刀，冷冷着面孔，冷冷着刀光，站在猪架子旁边。右手一递，左手尖着，手指伸直，在刀锋上刮刮，试了试刀口。知道是怪快哩，就挥手扬刀，跳舞样，手扶肩趁，足开腿迈。手里的刀，鱼儿泅泳样，穿梭而来，贯通而去，指东割东，瞅西砍西，就骨头是骨头，肉是肉的，该割是割，该砍是砍，兼着挑、拨、扯、撕，加上剜、刷、剔、剁，看得人目瞪口呆，傻傻着。回过神儿来，又不自觉地，咽了口水，再空咽一回，抻了脖颈子一下，心想，娘吔，咋管给猪杀得怎么利索呀！恁么排场哩！眼瞧着，谢法钱游着刀子，先是从杀猪放血的口子处，旋着尖刀，割了一圈儿，抢起砍刀，哐哐，沉闷地响了两声，就把猪头给卸下来啦。拎着猪耳朵，提过去，搁到竹筐里。再尖着刀儿，旋下槽头肉，虚囊肥膘的啊，只连着点瘦肉，薄薄一绺。割下来，得是要做杀猪菜哩！杀猪菜，可是第一道菜。猪头自然是不能吃的，那是供给老天爷哩。需大年三十晚上，摆了供桌，猪头置放供桌上，四个蹄子，前俩后俩，嘴里还叼着尾巴，烧香燃纸钱，放炮磕恭头，那才是敬老天爷哩。那头道菜，自然是取了槽

85

头肉的，猪脖颈子嘛，吃食蹭着槽头，有膘有瘦，符了头道菜的名儿哩。再说啦，给人家杀猪，哪能专挑好的吃？嘴上抹抹油，沾着过年的气儿，就够啦！还是说，那槽头肉，割给谁家，谁家也不得要哩。末了，还是主家的肉。正好，杀猪后，给吃了，也不多余，也不碍着，两全其美了嘛！谢法钱甩下槽头肉，接着卸猪蹄子。从膝盖处，尖刀一转圈儿，一掰，一折，就听着喀叽喀叽，刀子就挑断了筋，猪蹄就解开了。又去卸肘子。仍旧是刀子转圈儿，咕喀喀，撩断筋，大肘子肥嘟嘟的，也扔进了竹筐里。

开始约着割肉啦！大肉钩子，挂着两扇子肉，华山后面拖着，谢法钱一声喊，哇哈哈，举着钩子，就挂在棚棍子上了。谢法钱拿着尖刀，威风凛凛，神气十足地，叫围着的人说话，割肉过年啦！喜凤点名了，说叔啊，给俺割坐盘尖儿，二十斤就中。过年包饺子哩！爹就插话，说人多，还是少割点，十五斤吧，吃个喜庆。不够了，再去艾亭镇街上，割个三五十斤的回来，年肉就凑齐啦。谢法钱戗着尖刀，在猪屁股上画了个弧线，砍刀在大排骨上剁开，尖刀沿着肋条划下，一溜子肉就拎着，挂了秤上。秤是拴在檩棍子上的，垂着猪肉的方向。果然，十五斤三两。锁住吆喝一声，说砍一块肋条啊！就斜肋里，一划拉，剔了骨头，也是十五斤。可巧，猪屌就晃悠悠，挂了肉端头。来钱家里的就吃吃着笑，笑里带着坏。锁住不急不忙，说大爹，你这刀子不中哇，割得有点向偏啊，说是十五斤肉，一根猪屌，得有一斤重哩，猪屌也能压秤？也管算是肉？不算数哩！也嘿嘿地笑。存钱一旁伸手一拽，夺过刀子，割了，扔给锁住，说一道恁美的菜，都是荤的，还不要。锁住一闪身，躲过去，大猫就捡起来，朝着锁住的嘴，要把猪屌塞过去。说夜里咬着猪屌睡，滋味美着哩！一围子的人，嘻嘻哈哈，笑个不停。笑得恁么放肆，露着后槽牙，都管笑弯了腰。跑了锁住，大猫就掉转头来，对谢法钱说，二大爷啊，可巧是割给了锁住，要是割给了谁家的小媳妇，大爷你咋着都说不清啦！还省着是你单门儿地哩，调戏人家媳妇哩！喜凤笑弯了腰，得空插嘴，说大猫，你都管拿回家，给你屋里头的用用，瞧使着咋样！大猫转身去找喜凤，要搂着喜凤，给猪屌塞进她兜里，带回家晚上享用。还说反正又没人瞧着，用着得劲。炜吧，燸①吧的，随便。喜凤就抻手握拳，去捶大猫。大猫见势就跑，还过嘴瘾，说保管比抗美的屌管用。鬼鬼地笑。一围子的人，就都笑。可不敢大笑，笑大了，喜凤得恼哩。笑锁住嘛，咋笑都中，一个大男人哩。人家喜凤，可是小媳妇。笑歪了，喜凤愿意，抗美还不愿意哩！谢法钱直起腰，一甩手，说锁住，割年猪肉哩，咋管算恁精？那猪屌就不是肉啦？搁在往年，那是猪鞭哩，大补哪！拿回家，叫婆娘给炖了，保管叫你晚上折了张床不中。就又都是笑。轮到大猫，却不敢近旁，怕喜凤还打哩！就隔着沟，老远喊着，要前胛骨啊。瞧着多割点。得给文明年底下送定亲肉哇。四爷，可不敢小气哪！爹就对谢法钱说，多割点儿吧，大事哩！就约了三十斤。大肉块儿足，瘦肉一疙瘩一疙瘩的，送礼，保管亲事成哩！

　　——割了肉，拿麻绳拴着，拎回家，一路上欢声笑语，互相品

---

　　① 燸，āo，放在火上煨熟。

评着谁家的肉咋样。华山拉着架子车，头先里走了。回到家，娘正做饭哩。

5

做啥饭？头道，杀猪菜！

华山拉着猪去褪毛，娘就开始忙活了。大锅里添满水，细软的柴火慢慢烧着。水快开了，把涎住的猪盆子贴着锅边，倒进去。再文火慢炖，把盆子紧了。鸡血倒在水边，一起紧了。水烧开，退火，加硬柴火，小火慢烧，一段时间后，去火焐着。娘就预备做杀猪菜了。白菜烂叶子掏①掉，把菜心切了。豆皮子泡上，细粉泡上，拎点腌白菜，洗净晾干，切成碎末条条，放在碗里备着。等槽头肉一拿回来，就管下锅做杀猪菜了。

先把葱姜蒜切丝，那当儿，华山就拉着猪肉回来了。娘去筐里择了槽头肉，拎进厨屋洗了，沿着刀口印，切成薄片，一片片地码好。就喊华山烧小锅。华山坐在锅门前，制火，添柴。娘拿炊帚把子，锅里抹一遍，倒上油。油热了，把葱姜蒜搁锅里一点，翻两下，摺槽头肉进去。一片片贴着锅，都管闻着肉香味哩。就管搁肉香味里，瞧着了过年的模样啦。槽头肉两面都炕得焦黄，再翻炒。然后添水，小火细烧，炖上好一会儿哩。约莫二十分钟，娘掀开锅盖，盛出肉和汤，刷锅干净了，再倒油，撒葱姜蒜，炒腌白菜。成

---

① 掏，xuán，去除，掰掉。

色炒得差不多了，大白菜叶去掉帮子，菜叶切碎，菜帮切成细长条，也炒了。华山就瞧着娘端着肉和汤，一起倒进去，爛了恁么长一会哪。然后才掀开锅，把先前紧好，捞出来，晾在一边的盅子，拿过来两块，切成长方形条条，一点点下到锅里。豆皮子，细粉，也都一样，这时候才下到锅里。等着锅烧开，杀猪菜就做好啦！娘还搁大锅里烧米茶熘①馍。米是南集买来的，馍是特儿地去王小二馍店买的。

饭快做好了，爹领着代金富和谢法钱，回来了。华山探头一瞧，逮猪、杀猪、褪毛、割肉的那俩人，咋就不见了，跟着爹走回来的，是早息起来瞧着的俩人哩。有气无力，走路有点摇晃，驼背，臃肿，肉都淤住了。那股子英豪劲，烟消云散，瞧不着壮实的力道，也觅不见麻溜利索的敏捷啦。华山就搁心里想，代金富和谢法钱，该是天生杀猪哩！杀猪的时候，俩人就是神嘞，不杀猪，俩人就还是人哩。听着沉重的步子，还有喘着的粗气——都歇了恁么长远哩，咋还喘气啊？许是累坏了。爹倒热水，洗手，洗脸，吃饭。小桌子抬到当门，一人一碗杀猪菜先上了，娘又炒了鸡蛋，白菜烩馓子，调了萝卜干。爹把早息起来供老天爷的半瓶文王贡酒，拿过来，一人一个小酒盅，温热了，喝两杯。华山也上桌子作陪，说叔，恁么厉害，三下五除二，杀猪恁利索吧。换作旁人，动都动不一下，得吓晕哩。俺们小时候，就怕看到你。

---

① 熘，liū，一种烹调法，熏蒸。

谢法钱一笑，扪①了一筷头子杀猪菜，搁嘴里嚼着，呜呜哝哝，含糊不清，说那都是老以前的事儿啦，现在瞧着，不吓人了吧。往儿个，是年轻，啥怕过，杀猪身上都带着寒气，要不咋的，光是吓你们吧。要说杀猪，谁不怕。白刀子进去，红刀子出来，一喷，飙一尺，一喷，飙一丈，鲜乎热热的血哩。都怕哪！十五岁那年，跟着咱庄刘德全他爹，学杀猪。杀的都是生产队的猪，膘儿也不咋好。头一年，净是跟着胡乱跑哩。逮猪有份儿，杀猪没份儿；褪毛有份儿，割肉没份儿。瞧了一年多，有一回跟刘德全他爹去大刘庄杀猪，路上侃得劲涮，一秃噜嘴，跟他说，杀猪有啥难，刀子进去，豁开血管，放血就是喽！刘德全他爹瞧着，也管叫咱练练手，都跟着瞧怎么长远了哩。那一回，刘德全的爹，就叫咱捉了刀，杀猪哩。还是没本事，吃不准地儿。猪逮住，搁条凳上，刀学着刘德全他爹的样，在脖颈子那比画两下，一刀子进去，没找着血管。血倒是淌了，都是沥沥涮涮的，滴哩。想着是血管没有豁开哩。就刀一横，觉着碰了啥，估摸着是血管，就狠劲一割，血倒是不沥沥涮涮了，淌哩。咋就瞧着不对劲儿啊，恁稠哇。抬眼瞧盆里一看，乖乖吧，日他娘，你说咋嘞？谢法钱抬眼瞧瞧爹和华山，说，血管是豁开了，咋喉管也豁开了，猪粪从食管里淌出来了，恁恶心啊！糟蹋了人家一盆猪盉子。打那起，大刘庄的生意，算是丢了。丢的不是生意，是刘德全他爹的脸，还有咱自个儿的脸。没脸去人家庄杀猪哩！谢法钱抹了一把脸，嗨叹了一声，跟没脸见人样。松开手，

---

　　① 扪，dāo，方言，用筷子夹。

又说一遍，想一想，还得说，起头儿杀猪，心里怕哩！咋不怕？一股子热血，喷得哪儿都是，洒一地，想着跟杀人样，心里就发抖。那往后看多了，也没啥，还不天天吃肉哩！谁有过？怕倒是不怕了，可恶心上了。猪圈里逮猪，猪屎猪尿弄一身。褪毛，腌儿吧唧的。身上天天是油馃①子气，衣裳油光光哩！可转头一想，那猪怎么脏，人吃肉还不都是吃得劲俏？哪一个嫌脏了？要说脏，人都比猪还腌臜哩！就不嫌了，接着杀。铁蛋娘说媒那会，光晓得杀猪好，有油水。嫁过来没过多长，遇着了庞庄要杀猪。杀了回来，咱一进门，搂着铁蛋娘就想亲热。这边还没上身，那边铁蛋娘就哕啦。咱才晓得不是她嫁错郎，是咱入错了行咧。说着，谢法钱嘿嘿笑了。说当年学杀猪，还是瞧着咱家里穷，说不上亲，杀猪多排场，有油水，媒人都管给门槛子磨断。学师三年，早出晚归。三年后杀猪，才亮堂。五年后，出师，一个人担活儿，可风光哩！南园村几个媒人，轮流说。挑来择去，都管花了眼。要不是铁蛋娘个子高，脸盘大，还白得很，谁管看上她？也是沾着杀猪的光喽，要不，咱还不得打光棍一辈子。谢法钱挑挑眉，冲着华山说，跟恁光棍三叔顺民一样，寡皮子烂淡的，多没劲！又一笑，说代金富和咱不一样，自个儿担活干了一年，刘德全爹死了，就跟刘德全搭伙，过两年，代金富才跟着咱杀猪的。咱还是老师傅哩！

代金富吃了一碗杀猪菜，身上暖和和的，听谢法钱恁么说，感叹一声，扯着了刘德全。刘德全杀猪的本领可高，比谢法钱攒劲！

---

① 馃，yìng，饱，腻。

十来年前，搁大北庄杀猪，咋就碰着一个五爪猪。去到猪圈里，撵猪，出来就找钩棍子拽，没两下，猪甩着身子，钩棍子的铁钩子叫给甩掉了。咬着铁钩子，还搁院子里乱跑。等吐了铁钩子，安上，找铁丝绑紧，才勾住嘴，好歹算是逮住了。捆好，绑紧，叫得呀，钻心。咆哮哩，吼号哩，嘶鸣哩，打着弯儿地叫。刘德全一刀下去，割断血管。血才淌一半儿，五爪猪逫①呲逫呲地，几个人都没有按住，翻骨碌摔地上，四个蹄子绑着，还咚咚地，跑了丈把远。血洒一地，喷得人一身。刘德全一慌神，杀猪刀咋落脚面子上了，穿了一个口子。一瞧五爪猪都杀了，还跑怎么欢，恼了，也顾不上脚面子疼，一转身，掀翻猪，死摁着。褪毛割肉的时候，才瞧着，猪是五爪猪哩！那一个爪子，长在前腿蹄子的上边儿。天黑，谁留意那呀？褪毛一瞧，五爪猪，完了。杀猪人，谁不知道，碰着五爪猪，那是灾星哩！不得死个把人，才怪哩！刘德全慌了，慌了心还一横，日他娘，怕甚毬哩！早晚都是个死，得跟猪干一辈子！说得轻巧，脚面上的口子，就不上心啦。先是发炎，后来化脓，腿就觉着不对劲。也不去瞧先生，拖拖拉拉。年里杀猪，到了麦上，就走不动路啦。还没有吃着新麦馍，人就去毬啦！临死了，嘴里唔哝的，还是五爪猪。末了，代金富嗨叹一声，说不杀猪，也怪得劲哩！省得操心五爪猪，死恁么早。

谢法钱一听，哼了一鼻子，说咱就不怕。别说五爪猪，六爪七爪八爪，管它多少爪子，照杀不误。人还能怕了畜生？刘德全那是

---

① 逫，gòng，挣扎。

92

大意，失了身子骨，要是去盛世那儿拾点药吃，咋着也管吃好了。不上心儿，怪得了五爪猪？咱就不怕！怕啥？怕死？怕死才怕五爪猪。我不信那一套。学徒跟着刘德全他爹，听了五爪猪，咱就不信。说啥哩！恁邪门？舒服了一下身子，谢法钱又说，你们都不知道，前年开始，咱落下一个病。一到晚上，关灯睡瞑，迷迷糊糊，才想睡着，就听着哪儿有猪，慌不择地，四处扯着嗓子乱叫，吵死人。一吓，就醒了。醒了，啥声儿都没了。还省着是做梦哩！还迷迷糊糊，又听着了。心想，杀了恁么些子猪，该不会是阴魂不散，来找咱报仇吧？要索咱的命哩！咱才不管哩！蹬直了腿，照样睡。起开始，还能顶住，醒了再睡啊！过了俩月，猪还是个叫，就发癔症，难受了。铁蛋娘叫去刘营子，找王半仙瞧瞧，不是猪还有冤魂，没散哩？咱才不信那一套！怕啥？不管！过了一年，猪哪一天也没有冇过，天天夜黑儿里叫唤。日他娘，去年春天，怪冷哩，一急，咱拎着杀猪刀，披着袄，开门就去找猪。奔着猪叫唤的地儿，非得找着不中，到底瞧瞧是人还是鬼。是人捅了他，是鬼砍了它！找了大半夜，啥也没瞧见，回家准备睡瞑的时候，倒碰着了锁住。日他娘，锁住又下夜偷东西哩，从溪湾村才回来，脊上背着袋子，不知道装的啥！一瞧着咱，就躲。咱一眼盯着，喊锁住。他瞧着是跑不掉了，才走过来，喊叔，问咱，黑灯半夜的，搁野地里，溜达着，干啥哩！咱说找猪，找鬼，杀了猪鬼。俺两伴了一段脚程，锁住猫手猫脚地，溜了。打那以后，咱夜里睡不好，只要一听着猪叫，立马马儿地，就拎着刀子，出门去找狗日的猪叫，非得杀了它的魂，砍了它的魄，捅了它的鬼不中。恁么黑的夜儿，不管刮风下雨，都得找。啥时候碰着了鬼？狗屁嘞！恁么长远地找，一夜夜，啥玩意都没碰着，净碰着这个那个的人。秋天里，麦罢闲了，还是听着猪叫，想忍忍算了。就叫个不停。拎着刀，开门就去找。找到东台子坎底下，瞧着冬至家的麦秸垛动了几下，心想可算找着了。就发着恨，搦紧刀，咋着也得跟他娘的猪，把这账给算清喽！轻手轻脚地走过去，瞅准了好下刀。日他娘，你们猜猜，瞧着了啥？啥猪哩！是人！骡驹家里的那个骚屄货，脱光衣裳，正卯地搂着来贵，干那事儿哩！哼哼唧唧，日摆着浪哩！猪没找着，日他娘，光碰着晦气事儿。沥沥涮涮地，一个南园村，啥样的人都见着了。彩蝶还没出门，应姑娘的时候，就跟谢法坤个老货，打精屁股，钻草窝里干那事儿，隔三岔五地碰上一回，隔三岔五地又碰上一回，你们说说，那得多勤快哩！说勤快，还是数西台子上的军政，天不亮，保准下地干活。日他娘，挖金子吗？起早贪黑地，黄土里管挖出红票子样。老虎家里的，最喜欢排场。鸡叫头遍，屋里亮灯。不出门，就听着屋里边，呼呼啦啦地响。撩水洗脸，对着镜子，搽胭脂抹粉地，水儿是水儿，汤儿是汤儿的。抹一遍又一遍，一个脸上，都管堆三尺厚哩！比城墙啊？怪不得四十岁了，还嫩得，跟个十七八岁的姑娘样！随民的老娘，一整个夜里，搁床上哼哼唧唧，一年四季，不带歇着的。唉，人老了，都该去死哩！要死不死地，拼命地活着，啥劲儿？跟随民的娘，瘫床上了，屙屎撒尿地，箍弄得满身，恁说，活着还有啥盼头？还不如趁早死了算毬！咱就觉着，刘德全死得好。咱巴不得盼着，哪一天碰着个五爪猪，咋着也得干上千儿八百回合，杀得它死死的，报了仇，它不叫咱死，咱自个儿都去死。末了，还是说，要咱看，还是刘德全命好，就碰上了，死得恁利索。说得起劲，谢法钱啥都往外抖搂。也不是一回两回抖搂了，庄子里，谁跟谁相好，哪个偷，哪个摸，哪个勤快哪个懒，哪个夜里发烧，哪个起夜蹲茅房，都传遍了，那起先，都得是谢法钱传的。

又拿一块馍，就着杀猪菜，吃着，谢法钱才不说。代金富瞧着他，叹息一声，说瞧你这一辈子，怕是碰不着五爪猪喽！想杀，猪都没有了，叫你拎着干刀子，夜黑儿里，跑吧！

6

喝几口汤，谢法钱对着爹说，你家这年猪，得是关门猪啦！杀了这一个，咋着也杀不成了。听说要杀年猪，代金富家的小子说啦，非给锅砸了不中。你这年猪，还是代金富赶集，重新买的一口锅，要不，毛都褪不掉。代金富脸一沉，想说啥，又没说。华山接过话说，可不是哩，出外一个月，几千块钱，不比搁家里？一年能弄几千块钱不？不杀了，也管歇歇哩，中。

代金富叹口气，说跟不上时代喽！艾亭镇街上，瞧瞧人家那杀猪，谁还跟俺们这样，累死累活地，逮猪捆绑，操刀子杀。人家那，都是一条龙了。这边，给猪赶进一个大粗筒子里，二十几分钟，那边，出来的是白亮亮的猪筒子，下水都掏净了。只听着里边咔嚓，响一声，四个铁爪子搂住猪身子。再响一声，勾住嘴，刀一抹，杀了！扑通一声，下锅，呼呼喇喇，褪毛了。人家那，真省

95

劲，真得劲！再说，眼下，谁还学这杀猪的手艺？都走啦，挣钱去啦！杀猪累人，还一整天油味肉味地带着，不招待见哩。哪像出外挣钱，一出去一年，回来都是穿得美，皮鞋亮亮的，头发梳得油光，还戴着耳机，走哪儿都管骚哄哄的，排场二里地。爹插一句话，说瞧着怎好，背地里吃啥苦，还不知道咋样哩。混了几个钱，回来美哩。一脸瞧不起人的样子。

没人学啦！这手艺还算手艺？叫铁蛋学，跟着弄了两年，咋着，就是个不干了。宁愿工地上搬砖，也不想学门儿手艺。以前是靠手艺吃饭，搁今儿个，靠啥，都饿不死。谢法钱吃着，说要咱看，还是有手艺好，一辈子的事儿。那些个小娃子，哪儿知道杀猪的好！鞭炮一响，人就登台哩！杀猪可是杀猪？不是杀猪！是啥？是活儿，手艺活！那跟收庄稼种地，还不是一样？咱天天说铁蛋，搬砖拎泥斗子，那可不是手艺，末了，啥也干不成，除了个掏力气，卖命干。可就是个不听，非得出外！啥办法！代金富，恁家里那俩货，不也一样样儿的？他们哪知道杀猪的好啊！

爹说，你俩一退，十里八村的，可就找不着杀猪的啦！要说，还是杀猪好！多热闹！割肉，那不是割肉哇，是过年哩！谢法钱接过话头，谁说不是？都不懂嘛！就埋头吃杀猪菜，嚼着，恁香啊！比过年的肉还好吃一万倍。

末了，就都还是说，可不是，还是杀猪好！不是说嘛，腊月二十三，杀猪过大年！不杀猪，能过大年嘛！年就不是年啦，年是日子哩。要过大年，还得是杀猪哩！

土缘

1

　　五然是在清晨的时候回到南园村的。

　　中秋过后的平原大地上，一片凌乱。收割后的庄稼地里横陈着玉蜀黍叶、豆秆、倭生秧子等。翻耕的土地和没有翻耕的土地相间着，呈现出一种参差来。红薯还没有收，秧子枝蔓着爬满岭垄和空地，霜打后蔫蔫儿地耷拉着。南园村的平原是进不得秋天的，地里一下子就空了，落落的没个着眼处。天也高得很，明明净净的，干干爽爽的，像搽过粉的姑娘的脸。天一高，就蓝得不要命，像一天空的水一样，看看都要倒在个人头上了。地上一空，哪村儿的鸡一啼叫，隔村的人都能听得真切。声音来得越是遥远，就越显得空旷、寥廓。眼空了，耳空了，人的心也都空了。再看蓝得一望无际的天，都一片空白，连个横竖撇捺也没有了。

下了车，五然拎着两个大包。纽绳袋子缝成的大黄包在左手，可以拖着走的箱子在右手。背上背着背包，鼓鼓囊囊的。箱子拖手的地方还放着两个方便袋。艾亭镇是一个东西朝向的集镇，一条中心街穿镇区而过。往常，熙熙攘攘的人群就在这条街上你挤我搡地喊买喊卖。今儿个是背集，街上除了租赁房子的商家，没有几个店铺开门。从东阳桥下车，五然艰难地挪动着步子，走在熟悉而陌生的艾亭街上。

出了艾亭镇的街道，就是西园村了。西园村本来是叫作菜园村的，南园村的人赶集经过这里，都说是艾亭镇的西菜园，也就都跟着习惯性地叫西园子了。五然走在土路上，心里猛然间轻松了许多。艾亭街上有太多的人了，他总感觉每个人都是在看他一样。浑身不自在。而此刻走在西园村的路上，泥土的气息扑面而来，他感觉亲切适宜。再走过梅庄、桃庄，上埂，沿着溪湾村人家的门脸儿走，拐个弯，就是南园村了。溪湾村和南园村一样，沿河而居。走的路都是人家堂屋、厨屋的正门前。又是邻村的，抬头不见低头见的。除了艾亭集，五然最难受的就是过溪湾村。他小学时的很多同学，爹娘熟悉的人，大多住在溪湾村。不过好的是，上地的人老早就该出门了。不上地的人，也不会围一圈子，坐那叙话。

可是，站在溪湾村的西头，五然突然走不动了。他感觉自己太累了。拉着那么多的东西，还背着不少。关键是，现在不逢年过节的，咋就回来了呢？村里人见了会咋说呢？索性，他就在东埂上坐下来。这才发现，恁冷的天，自己身上的衣裳居然汗湿透了。深秋的风吹来，吹落了黄叶，也吹冷了五然。五然打了个激灵，双手抱抱身子，赶快又拉上行李出发了。

走到洼塘子个人家地的时候，五然看到地已经翻耕过，看样子小麦已经种上了。爹耙地、平地还是那么仔细，土坷垃都整平得碎乎乎的。五然心想，这晚儿回来，啥都逢不上了，家里小麦怕是都种好了。站在地头正在想着，他听着从西边儿走过来人了。是四化和四化家的，牵着牛拉着架车，架车上放着犁、耙、仰锯子、淘麦筐还有钉耙、化肥等。老远的，四化就瞅着五然说："五然，啥时候回来的？咋站在这儿啊？"五然摸索着，从牛仔裤兜里掏出一盒硬壳的黄山烟，抽出一支递出去，边说："才回来。恁早都上地了？起红苕①啊？还是种麦？"四化抢几步，停下车子，接过烟说："犁红苕。麦都种得差不多嘞。"顿了一下，像是想着了啥，问说："这半晌不夜的，你咋回来了？急着相亲？"志化家的牵着牛，一边打哈哈应和着。"没有，那边厂子不中嘞，活又找不着，就回来嘞。"五然淡然说着，心里别扭得很。灰溜溜的，啥个样子啊。

和四化寒暄过后，五然急急地朝家里奔。他怕一会儿又碰到人，还得寒暄，说来说去，逢着人问，倒怪难受哩。走到南园北地斜十字路口的时候，五然朝北看了看。平平整整的地，散发着热气，蒸蒸腾腾的。麦籽儿就睡在温暖的泥土里。庄稼地里还剩下大片的红薯，蔫蔫儿地耷拉着叶子。

---

① 红苕，即红薯。

五然家在南园村大埝下边。本来是住在南埝上的，可南台子上现在差不多都荒废了，人就都搬到下边住了。五然和妹妹每年出去打工，三年后也盖了全新的平顶房。不用朝埝上跑了，上坎下坎的麻烦，自然省了不少力气。回到家里，五然发现过道的门锁着。爹娘肯定上地去了。他就在门口把东西放好，站在那儿凉了一会。嫂子从东边走来，看见五然，吃惊的样子，说："五然啥时候回来的？咋这个时候回来了？"五然木然着心，笑着脸说："那边厂子倒了，工人都回了。又找不着活儿，就回来嘞。富子哩？他那咋样？"嫂子笑着说："他怎么长远都没有打电话了，谁知道他那咋样啊。你大你娘上地了？"嫂子看着五然凉在那里，就问。后来又赶紧说，"婶和叔可能去沟北起红苕了。你去找找啊。"

2

　　老远的，五然就看见了爹娘起红薯的身影了。娘先是在前面割红秧子，卷吧卷吧地翻到一边儿，拉过去喂牛。爹就抢着钉耙刨，一钉耙翻出一嘟噜红薯，老鼠儿一样的。娘割了一半后，回过头来把爹刨出来的红薯拧巴拧巴，把泥巴拧掉，掰掉把儿和丁秆，装到粪箕里，扛到架车边，倒进去。等爹刨到红秧子的时候，娘再拿镰割。这么地，一寸寸，一尺尺，往前赶。

　　沟北的地是和水庄搭界的，黏土，栽红薯好，甜，面，顶饿。可沟北的地也是离家最远的。干活得跑老远，就更显累人了。走过沟桥，五然开始跑了起来。他回来的还算是时候，赶上还有活儿干。他要赶快跑过去，帮爹娘干活哩。爹娘看着了五然，惊了一下，又定下来。五然老早就打电话回来了，说这两天就回家啊。娘说："没想到回来得恁快。路上还好吧?"爹停下了手里的活儿，直起腰来说："回来也好，把亲给相了，听你姑说，女孩子家的都回来半个月了。要是赶上过年，太忙了。正好这会儿麦种了，闲下来，这事儿也管张罗张罗了。"五然讷讷地点点头，问爹："大，今年咱家里栽了多少红苕? 就恁么些? 其他地里没有了吧?"娘接过话头说："就恁些。起完了，种上晚麦，都好了，地里的活，就清啦。"娘又回头问爹，"你见他姑的时候，她姑咋说哩? 问过人家女方家了?"爹吐口唾沫在手中摩擦着说："没问，就是说人家回来了。不知道是咋回事儿，他姑怕有啥变故，上回搁我说了一下。"娘就说："那好，就起一车子吧，回家吃了饭再来。今晌午、晚上给剩下的起了，明儿个把麦种了。收拾一下，咱都去他姑家，看看咋样。"

五然把地上的红薯收拾好，娘去割红秧子，他站起来对爹说："大，我来起吧。正好干活儿暖和些。你只管掰红苕就中嘞。"五然从爹手中拿过钉耙，抡开臂膀，红薯没有一个起烂的。

太阳照得人背上有些热暖，五然早已经起了一大半地的红薯了。歇一下，他就过去背半袋子的红薯装上架车。架车满满的，五然把袢绳拉顺，放在肩膀上，拉着车子，爹娘在两边帮着推车子。刚刨的地，太暄了，囊囊的，车子不好拉，费劲费力。到了地头，上了路面，娘就回头去牵牛了。爹把钉耙、粪箕子拿来，放到车上，帮推着车子朝家里走去。

晨曦柔软而贴切地照着平原大地，和煦的，温暖的。庄稼地安宁而祥和，温馨着一片片秋天的光景。

3

娘因为五然回来，特意杀了一只鸡。不过晌午要干活儿，早息起来的饭还是简单的烧茶熘馍。娘还炒了一个萝卜菜，又用蔌子炒了一个白菜。秋天的萝卜菜吃起来比其他季节好吃，脆生生的，一咬一嘎嘣地响。娘炒萝卜菜总是炒得不太熟，吃起来有萝卜味儿。可爹就总是嘟嚷娘，说炒得太生，没法吃。娘就让五然烧锅，单门儿地又把剩下的炒得更熟一些。

吃过饭，娘就忙着刷锅、喂猪、饮牛、扫院子。五然拉着架车，爹跟在后面，先上地刨红薯去了。吃过饭的人家，都纷纷牵着牛、拉着车上地了，见面寒暄着。五然自然要五婶、三叔地叫着，回答着。看来，整世界的活儿都不好干。庄里边儿的狗子和海军他们都回来了。相互地问一下，他们说在东莞和杭州那儿活都不好找。厂都倒闭了，老板拿着钱跑了。诸如此类。沟北的地离村子最远。五然拉着车子，闲散又卖力地走着。走远了，离开了，就不用触碰烦心的事了。

按理说，回来也就回来了。没个啥。可是五然总觉得心里头有些别扭。挣钱吧，也挣了不少。家里房子盖好了，大间大院的。娶媳妇儿的钱也都备下了，虽说不是很多，万儿八千的还是够的。五然心想，家里就怎么些事儿，干来干去的，也挣不下啥钱。土里土气的，到处都是灰，脏得很。可土生土长的，不回来，又能去哪儿呢？总不能和东台子上的默语一样吧？人家赚大钱了，能在外面买房子，户口都弄过去了，都管是城里人唭。唉，管他嘞，回来看看把亲事定下，过年能结婚都好嘞。其他的，啥都别想嘞。

五然叫爹割秧子，他抢起钉耙刨。二十好儿的人了，气力也大了，总不能光叫爹持劲儿。五然刨起来，很卖力，抢起钉耙多高，泥巴都带起来老高的。有些心急，红薯就刨烂了不少。爹也没有说啥。烂了就烂了呗，烂了正好能削成薯片，烧茶喝哩。

太阳一出来，显得很高。秋天的太阳，不像夏天，总是高举高打的。一蹦跶出来，老高的挂在树梢。落下去的时候，也悬着老高的身影。晒着脊背，怪舒服的。五然感觉着热，把外套给脱了。潮湿的雾气直往身上扑来，一阵凉意，爽爽朗朗。

娘是在快起到北头的时候来的。一块地的活计，干了三天。五然今儿个回来，起剩下的小半块地。娘累得气喘吁吁，额头上的头发都贴在脸上了。五然叫娘歇一会儿，可是娘没有，开始拧红薯。娘倒是嗔怪了几句五然，看看，都把红薯给起烂了，没法儿上窖了。五然这才开始小心起来：先从垄边儿上刨，再慢慢地掀起泥巴，土松了，再刨一钉耙，红薯就出来了，不会烂。

红薯地还剩最后一点儿的时候，北头水庄地里来了三个人。南园村以前就是水庄的菜园，后来看菜的人多了，住在那，就有了南园村。说起来，水庄是南园村的发源地、老根儿哩。南园村很多人家的长辈都基本上在水庄，每年过年烧纸上坟都要跑老远，去水庄呢。两庄人就你你我我的，都认识，都相熟，你家他家的，也就联姻的多了。走来的人是水庄东头孬祸家。孬祸每年过年都要来南园村拜年，他家的亲戚就在五然家不远的南台子上。五然不咋认识人家，就问娘。娘一边赞叹着人家闺女长得水灵，一边给五然说。孬祸家的地和五然家的地头对头，五然家起红芋从南头到北头，孬祸家从北头到南头。娘看着孬祸一家到地南头了，就张罗说些话。孬祸赶快跑过来递烟给五然爹，嘴里还喊着老哥老哥的。五然娘嘴里一边啧啧地赞叹着人家闺女长得好，一边和孬祸家的说话。

孬祸家的闺女叫玉红，听见夸奖，有些害羞，但也很大方热情地谦虚着。娘就问玉红那边是不是活儿也不好找，玉红说她干的那个服装厂倒闭嘞。五然就问她在上海的啥地方。原来，他们都是在上海的松江泗泾。五然和玉红显然都有些激动，家里住得怎么近，出外也住怎么近，竟然还都不认识。两个人都一笑。这时，玉红的手机"嘀嘀"地响了两声。玉红掏出手机，看看。她抬头随便问了一下五然："你的手机有没有上QQ？我在上海的一个朋友发消息，她也回家了。她那个厂最后还是倒闭嘞。"五然连忙掏出自己的手机，说："我也上QQ了。哎，对了，你QQ号是多少？我加你！"通过验证之后，玉红把五然的"独行客"昵称改为"南园五然"，五然则把玉红的"红粉翠微"改为"水庄玉红"，还发了一个QQ表情，嘴角咧开，露出一排牙齿，龇牙咧嘴地坏笑。玉红则发过来一个害羞的QQ表情，双眼一眨，然后闭下来，嘴角朝一个方向歪，两腮绯红。五然就发：呵呵。玉红也发：呵呵。

爹和孬祸蹲在田埂边儿聊，娘和玉红娘站在五然家地头说话，五然和玉红玩着手机，瞎聊着。一根烟的工夫过后，两家就开始各干各家的活儿。

日头偏西了好一阵儿，五然家的红薯刨完了。装好车子，准备走了，爹喊一声，打声招呼。玉红也停下手里的活儿，站起身来打招呼。还对五然讲，晚上闲了聊QQ。应允一声，五然拉着架车，爹娘推着车子回家了。

4

农历十月初九，五然和爹骑着摩托车，带着事先买好的礼，去潜惜庄小姑家。一来是要看看小姑，二来是去女方家看看情况。走到艾亭集上，正好碰着了玉红，骑着电瓶车，带着她庄里的一个女孩子赶集。简单地说几句话，五然发动摩托车，朝东去了。

小姑家在潜惜庄西头，离艾亭镇不远，靠近竹园村。小姑在家里等着，还杀了鸡，正褪鸡毛，五然开着摩托车就进了院门。小姑把湿手放在围裙上擦，起身迎出来。姑父去女方家了，请女孩子过来看看人，也把女孩子的婶子、嫂子的都叫来看看，相一相。五然跟爹坐在堂屋里，小姑打几碗荷包蛋端过来。

快到吃饭的时候，姑父回来了。女孩子的父亲也跟着来了。倒没看着女孩子，也没有看着她的婶子、嫂子。饭桌上，姑父说这说那，就是不提相亲的事儿。五然倒是并没有咋在意，爹心里却急得不得了。想问一下吧，可是人家孩儿的爹在，咋好开口直接问哩？况且这媒人也在跟前儿哩。爹想着事情，没吃多少饭。小姑撤碗筷的时候，姑父给爹和女孩子的爹发烟，也要让五然。五然心里牢记着来的时候爹娘嘱托的，不喝酒，不抽烟，不说大话像个愣头青，就说自己不会吸烟。

没有坐多少时候，那女孩子的爹回去了。姑父脸一下子沉下来。他也装不下去了，叹口气，一言不发。小姑赶忙停下手里的活，跑到堂屋来。小姑愁着脸，问姑父到底是咋回事，说好的来相亲，看看人咋样，咋又都不来嘞哩？姑父沮丧着脸，对爹说："老哥，我这媒人脸不大啊，这媒做不成嘞。人家闺女谈了一个城里的，怪有钱哩。还开一个啥小厂。咱还咋说哩？"爹的心一沉，五然的心也一沉，屋子里突然寂静无比。小姑尖声说："噢，那就连个脸都不露一下啦？有这样闪人哩吗？"看看两个大男人没有啥反应，小姑停了下来。

五然心里怪难过的。不管咋说，人家把他给闪了。闪了，就是说他这个人叫人家给枪毙了，否定了。叫人看不起，心里头咋会好呢？五然垂头丧气。过了一会儿，回头想想，五然又觉得也不该有啥伤心哩。看不上他就看不上呗，咋样还不都是相亲。谁能一相一个准儿啊。人往高处走，水往低处流。农村人，乡坷塿①子哩，谁不巴着朝城里去啊。城里好呀，有高楼大厦，有汽车马路，还有红灯绿灯哩，住着得劲儿啊。农村有啥哩？土灰一走半尺高，下雨路上尽是泥，不干活都一身土灰，再干活就汗臭熏天哩。

姑父最后才发话，原来这女孩子嫁过去，一下子就能找到好工作嘞，不像现在，城里厂子一倒闭，就只能回家里。嫁个城里人，总有些保障，还管一下子，就是城里人了哩。登上了高枝儿的凤凰

---

① 塿，lǒu，疏土、小坟。

哩。爹听了，脸上缓缓地舒展了。相亲这回事，咋着也不可能相一下子就成哩。再说了，巴着高，谁说不在理儿呀？看着，就叫人家再提一门亲吧，五然又不是缺胳膊少腿的，庄稼人，能要个啥哩！

5

家里的活儿干得差不多了，爹回来也就没有再上园子。娘忙着回南台子上去喂鸭子和鸡，五然也跟着娘去了南台子。

南台子上的老房子，还是用泥巴盖的。房子的年龄和五然的年龄一样大。那年盖房子，那年出生。五然本能地觉得这房子和他最贴心。从小到大，泥巴房子知冷知暖的，他不管是睡西房还是东房，总感觉着怪温馨哩。他站在已经空荡荡的堂屋里，看看西房以前他睡过的地方，墙上还依然留着他初中时写的毛笔字。"难上加难难上难，福中有福福中福"。看着，笑笑，觉得怪贴心哩，也怪安慰人呀。想想，都觉着，还是泥巴和人亲。

他拿出手机，给玉红发了一个表情，是那种挑逗性的坏笑。过一下，那边就回过来信息了，相亲相好了？咋样？嫂子啥时候过门儿？

——人家把我给甩了。还相啥亲哩！

——哟，说得那么难听？是你看不上人家吧？（附加一个吃惊的表情。）

——（难过的表情，擦汗的表情）人家找着城里人了，谁还要咱啊？又没有工作，乡巴佬呢，只能啃一亩三分地的人，人家不甩咱甩谁啊？

——看不上咱？咱还看不上人家呢！城里人有啥了不起的？咱啃土地，不也是活得好好的？健健康康，快快乐乐。我就看不上城里人。一股子酸味，扭扭捏捏，腻歪……

——（阴险的笑）你男朋友呢？啥地方的人？不会……还没有男朋友吧？

——没人要我。长得太丑了。（难过的表情，欲哭的表情）

——（龇牙的笑）哟，咱俩还都成落难人了啊？

——谁要和你做落难人啊？我才看不上你们臭男人呢。（鄙视的表情）

…………

五然觉得跟玉红聊天心里畅快。开始还都矜持得很，后来慢慢地也就热了。玉红显然是个性格开朗的人，和他无话不说。两个人由相亲，聊到选择男友女友的标准。再说到城里乡下，又说到这辈子咋过……胡乱地说了一通。快吃晚饭的时候，两个人约定了晚上再聊。

6

天气渐冷，秋天的落叶满是，村里的树林中寂静里有沙沙的声音。晚上有风，吹着树叶慢慢地落一层，呜呜地走过墙角和树梢。南园村的冬天格外有意思，冷清得很。冷清里叫人觉着空旷、辽阔。五然没事的时候，骑着洋车子就喜欢朝北地跑。他也不知道自己咋那么喜欢北地，反正秋末冬初的大地显得空旷而辽阔，天高得很，也蓝得很，一空一蓝，人就想瞎胡逛。宽了广了也阔了，人心就也广袤了，啥都管容得下，一打眼望去，啥也没有，平平淡淡，真真切切。就骑着洋车子，慢悠悠地荡着，有事没事地，停下来一阵，要么，在地里躺一会儿，都是怎么舒服的。

五然不知不觉地就走到了水庄。沟北的那块地，已经种上了麦。他骑着洋车子晃悠着，从沟沿儿上走，走到塘洼小桥那，朝北骑去。走一地身子远，就是水庄的地了。他又转头朝西走。这是水庄南头的地，很多人家都把麦秸垛在这地里。离家近，拽牛草方便。五然路线都想好了，朝西一直骑，到水庄菜园子那里，转头再朝南，就管回家了。

心里多少有些百无聊赖，也塞满了许多的失落。落寞的人在田野里最能寻找到安慰。放眼望去都是刚翻新的泥土地，麦苗子黄嫩黄嫩的。嫩黄的麦苗显得苗壮而新意盎然，似乎它们等待的就是春风那么轻轻一吹，撒欢地长。五然心里的落寞那么多，却在嫩嫩的麦苗里受到了教育。他抬头看看天，发觉夕阳正在追赶着黄昏，缠绵悱恻地。树上的黄叶都落得差不多了，光秃秃的。

漫不经心地走着，抬头，突然发现不远处，一个麦秸垛前，有人在拽牛草。背影有些熟悉。显然，那个是个女孩子，力气也小，拽起来怪吃力的。长头发，围着格子花纹的围巾，头发在脑后扎着马尾辫儿，一晃一晃的，倒怪精神利索。仔细地看看，五然觉得这个人是个熟人。他想还是拐头走吧，熟人见面还得说话，多难为情啊。他正准备掉头沿原路回去呢，车子一下子就掉进了路边的麦地坑里，咣啷一声的，洋车子泥瓦片响了。五然心里一惊，完了，这下子不说话都不行了。慌然间抬头一看，拽草的人已经回头来，看着这边了。

那女孩儿，原来是玉红！

五然心里一惊一喜的，慌忙从洋车子上下来，看着玉红，涨红了脸。玉红老远的瞧着他这边，喊了一声。五然受宠若惊地推着洋车子走了过去。

"是你啊！我还省喽是谁哩。"五然笨拙地两个手在车把上摸来摸去的，手心里都出汗了。

"你省喽是谁啊？难道狐狸精不是？哼，看我长怎么排场，把你给吓坏了吧？"玉红很是得意地，微微撅着嘴仰着脸，对五然说，又调皮又自信的。

"你才不是狐狸精哩，你是大美女……"五然说着低下了头，好像他说错了啥一样。

"你上这儿来弄啥？有啥事？"玉红落落大方，谈吐里解脱了五然的尴尬，自己脸上却微微地泛红，燥热了起来。

五然说他没啥事，就是出来瞎逛逛。逛逛，逛逛……就逛到这儿来了。"还省喽是谁哩，想掉头走回去，懒得跟怎么些子人说话呀。头还没有掉过去哩，就掉地里了，破车子就响了，就叫你看着了。"

"怕谁啊？还吃喽你不成？真是哩，手机聊天你咋恁会说哩，咋见着了人就不说了哩？怎么懒？动动嘴皮子都不中？"又突然间想到了啥，玉红说，"你倒是怪闲哩，没活儿干闲得慌？来，给我拽柴火。找个事儿干。"说着就放下了纽绳袋子，拍打几下手和衣袖，努着嘴叫五然拽，怎么理所当然哩。

五然吞吞吐吐地走过去，怯生生地。拽起草来，他身上的劲儿就来了。也不扭捏了，心头上也不别扭了，怪得劲儿的。不一会，一纽绳袋子的麦秸就拽满，装好了。玉红看着，满心的欢喜，说："干得还怪快哩嘛。还是有劲儿，也不懒呀。就是有点儿笨！来，歇一会吧。"说着，就伸手拉着五然朝西走。五然心里一震，颤抖了一下，木然地跟着就走了。

玉红的手咋怎么柔软呢？咋怎么滋润呢？滑腻腻的，温润着传遍了五然全身。她拉着他走到西边儿的沟坎子上，说着："来，咱坐这歇一会。我有个事儿想问你。"

两个人并排地坐在沟边儿。玉红回头来仔细地看着五然，看得五然满身不自在。话也没有说，就那么默默然地坐着，看落下去的夕阳，看老远老远的翻耕了的地，也看一只只从地里飞起的鸟儿，飞起来又落下，落下再飞起来。玉红慢慢地挪动着，靠近了五然。五然本能地也想挪挪，那碰着了多不好意思呀。可就没有想到，玉红挪过来，却把自己的头和上半身就靠了过来。可把五然给吓坏了。吓坏了，不是跑，就身子陡然间变得笔直，挺挺地端着在那里。

"你喜欢我不……"声音极其细弱，到后来都没有了，化作一丝烟雾，飘散在了空中……

7

没过几天，南园村的酒婆就去了水庄一趟。酒婆是五然远门三婶，虽说是婆，可她现在才四十多岁，说成了好几个媒。她说媒，啥都不要，只要好酒，尤其是米酒。她能喝酒，在南园村没有人不知道。人家就开始给她起了个"酒婆"的外号。年轻的时候，她跟三叔是自由恋爱的。人显得爽爽朗朗的，爱说话。五然爹提上一大瓶米酒，十斤装的，去了酒婆家。话一开口，酒婆就应承下来了。不过这一下子，她没有留酒，爹咋说，她都不留。这媒只是走走过场，用不着她撮合的。这不是媒，撑死不过是跑一趟路。酒婆这一点很有自己的原则。爹一看，只好算了，想着以后再用其他的法儿报答她吧。

酒婆回来，笑眯眯地走进五然家，说口渴，要喝米酒。爹就把十斤装的瓶子拎出来。倒上一碗，喝了一大口之后，三婶子说："这酒今儿我要了。昨儿个没要，是我没有做啥事。今儿要，我替你家省了彩礼嘞。"酒婆又喝了一大口。爹和娘一脸的高兴。酒婆就说，人家说啦，不要彩礼，把该办的办办就管嘞。三大节的送送礼，请花轿，再请一班响儿，吹吹打打的，热热闹闹地把人娶进门儿，就中。人家就怎么些儿要求，别的啥也不讲究。可酒婆说过了，就停了一下，又说："老哥，我多说一句哈。人家虽说不要财礼，咱咋着也得过过面儿啊。咱不给人家怎多的，少的，总得是要给吧？人家不要，那是人家哩心意，咱咋做，那还不是咱自个儿的心？"爹和娘就满口地应承着。

五然心里窃窃喜的。

天上依然明净，一块云彩都没有，空空辽辽着。天蓝蓝的，地也阔阔地远哩。种了麦的田野，显得充实而温厚。南园村安宁依旧，冬天里没啥事，都坐在家里，等待着春天的到来，种菜的种菜，春耕的春耕……

梅怡

1

从三里庄到南园村，要经过三个小沟，一条小河和无数乡间小路。三里庄在南园村的北边。从三里庄出来，沿着麦田里的小路往南走，一二百步的地方就是第一个小沟。说是小沟，其实也算是一个很大的池塘了。沟和塘的区别，我们乡下人都是以形状为标准的。狭长而窄小的，蓄满了水的就叫作小沟了。圆并且宽的，我们是叫作塘的。池塘也不说池塘，而是说作塘子。这个小沟前后很长，从三里庄经过二里庄一直到一里庄，中间虽然相隔的田地并不是很多，加起来也该有万儿八千步了。沟边上长满了草和树木。刺楇苔早开罢了花儿，疯长着枝叶，攀爬在沟沿儿上，支棱棱的。沟边上田地里的庄稼，有刚出的玉蜀黍苗子，也有已经长到膝盖那么高的玉蜀黍秆。芝麻、大豆、红薯，都是矮小的，精灵灵地可爱着。水是有的，上一场雨过后，蓄上了。经过一场雨，庄稼就显得滋润多了，叶子黑绿黑绿的，油亮亮着，瓦光光着。

梅怡是晌午的时辰里开始朝南园村走的。她走到第一个小沟的时候，日头还没有一竿子高，昏黄的，又蒸腾着。伏天的天气就是这样，热不啦叽的。咕啦子和秋唧子①还都叫着不停，人身上就更热燥燥的，没个处放，也没个处说。不干活儿的人，都在家里搓麻将，扇风扇纳凉，要么就是几个妇女摇着蒲扇，不停地说着东家长西家短的。看看自个的身上，衣服都湿了，贴着身子，一块一块的，斑斓着，芬芳着。

从昨儿个，五婶子说过之后，梅怡就准备着了，盘算好了的。虽说这一次是去南园村走亲戚，可这走亲戚和别的走亲戚不一样，她还要去看看一个人，探探口风的。早息起来，她就穿上自个儿做的衣裳。上身是纱布的短袖褂子，格格子相跟着条条子，道道分明；下身是浅蓝色的裤子，浅色的蓝条子镶嵌着。她心想着，这一次，一定要给自己谋一个好幸福、好未来。走起来，她的身上就显得很有劲儿，迈着步子，一步不停，连热也都顾不上了。咕啦子叫，秋唧子叫，叫就叫吧，她才不管呢，热死的是它们，高兴死的是自家。心里乐滋滋的，看着庄稼也都撒欢儿地长，风一吹，蹦蹦跳跳地，怪惹人疼哩。

----

① 咕啦子和秋唧子，分别是一种蝉。

经过一里庄，沿着小沟瞧前走，穿过艾亭镇的西北角，下去沟坎子，在沟坎子沿儿上走一阵子，翻过沟坎子，从田地里的小路再走上一阵子，前面就是西园子。一直朝西走，经过西园子、药庄和里庄，一条斜路偏过路庄通往溪湾村，沿着这条路，斜穿过路庄，就到了溪湾村。接着，沿埂往前走，埂上人家走完了，便到了南园村。

南园村是一个沿河住着的村子，在河的拐弯处，一家家人盖房子，住上了，就成了一个庄子。据说，南园村其实在老早以前是水庄的菜园子，人家就说"水庄南园一家人"，往往是南园村的人在水庄有一个三爷爷，在南园村有一个二爷爷和亲爷爷。南园村人家的祖坟都在水庄埋着哩，每年的除夕那天，南园村的人就纷纷去水庄上坟，烧纸。虽说是菜园子，可这地块儿也大着呢，后来看菜园子的人就不回去了，在河湾子这个地儿住了下来。又后来，陆续地一家几个儿子的，分家，有的就分到了南园村。人家都说南园村是一块宝地，有水淹，也有旱，可村子还是一天天地兴旺着呢。人家村子都在慢慢变小，衰落，这个村子却高兴着呢，成天盖房子——楼房呢！说人家多有钱，也不见得。说人家没有啥钱，更不见得，人家都是财不外露，掖着藏着哪。可人家也拣着排场的弄，啥都讲究个面子。

梅怡在心里盘算着，这五婶家的亲戚告给她的东西，真切着呢，还是咋样啊？反正今天也只是去看看人家的情况。可她还有啥看的哟，都是结过婚的人了，说知冷知热还差不多，说新鲜劲儿，哪里还比得了黄花大闺女，一掐一冒水儿的。摸摸身上，胸不是胸，大腿根儿不是大腿根儿的。只要人家不嫌弃，找个人嫁了，才是个事儿。早过了能挑挑拣拣的日子了，也就是去看看人家是不是可靠，是正经的人不是。

愈发地热了。在田野里走，庄稼挡了风，热潮潮的气儿就烤烘烘地从脚底下窜上来，爬着，攀着，朝上冲啊，就一直热到了脑门儿了。轰的一声，又都要爆炸了一样。终于来到了溪湾村，上上下下都是河水沟水的，映着，也凉快点儿。她去到闸口的地方，清洌的水，凉凉的，又在闸口里蓄了很久，有点冷飕飕的。她捧两抔水，洗了把脸，凉快了许多。在树荫里坐了一会儿，待凉快到身上的汗干了，她才整整衣裳，拍掉灰尘，穿过溪湾村。

溪湾村和南园村一样，都是沿着河埠居住的。可是溪湾村没有南园村漂亮，在于溪湾村曲曲折折的，没一个规则。不像南园村，是个半圆，规整着呢。溪湾村弯弯扭扭，小溪一般的。就不如南园村，浩浩荡荡地，大模大样，江一样的心性儿。左拐右拐，就到了南园村。

到了村口上，梅怡有些犹豫，停留了一下的。她那股子劲儿现在没有了，烟消云散了。从村子里出来，走路时候的精神头儿也没有了。她可是个二房了，还看什么家啊。要不是那家人，她也不至于这样啊，想着，泪水就悄没然地流了下来。

2

梅怡二十一岁的时候，村里人说媒，嫁给了五里桥的军立。

二十一岁的年龄，花一般的季节。出外打工的梅怡，可没有想啥结婚，埋头干活，挣了钱都给了爹娘，自己连件衣裳都没舍得买。村里人都去浙江打工，她也去浙江打工。在厂里，人家女孩子谈恋爱，谈着谈着，就上床，就怀上了。她不敢谈，胆怯，也害羞。再说，要是失了身子，以后还咋嫁人哟！人家趁着休息的时间，谈谈恋爱，出去遛遛。她就趁着休息，还是上班，赚加班的钱。钱倒是挣了不少，就是没给自己攒下啥，除了身子风一般地长着，啥也没落下。有一年回家过年，爹娘就给她说，人家提亲了，是五里桥的。

五里桥在三里庄东北边，隔得不远，中间只有三个村子。从五里桥去艾亭镇，正好五里地，从三里庄去艾亭镇，正好三里地，于是从三里庄到五里桥，就只有两里地。五里桥和三里庄的人，彼此都还算是熟悉，也都愿意把对家的闺女介绍来。这次给梅怡介绍对象的，就是村子里另一个嫁过去的姑娘。人家自然是看着，觉得两个人般配，家世又都好，才开这个口的。

谁不知道三里庄的梅怡长得俊俏、排场啊。男人们私底下都说，谁娶了梅怡，死了都值得。可只有军立有这个好福气。

腊月十二定成了见面的日子。军立说是走亲戚，去了三里庄的姑姑家。梅怡她娘说是串门子，就去姑姑家坐会儿，连梅怡的嫂子，其他几个妇女都去了。梅怡在家里，心里头乱乱的，扭着衣角，转个不停。等到娘和嫂子"串门子"回来后，她也没有打听，坐在一边，装作不知道。娘和嫂子，还有几个妇女就在那里唠着，说军立人长得不赖，听说家里也富裕，人又正经，不抽烟，不喝酒，不贪牌九麻将的，一门心思地挣钱养家。梅怡不吱声，装作没有听见的样子，看着电视上断断续续的人在说话。等着娘开口问她的时候，她不说同意，也不说不同意。被她娘说成是肉八百、木头人。她也是一句话不说。

亲事就这样定下了。梅怡也没说啥，定了就定了呗。女人长大了，还有不嫁人的？爹娘又不会坑害她。定下了亲事，军立家就开始送礼。过年送的礼是半扇子猪肉，两筐果子、饼干、牛奶、健力宝等，还有一个羊腿，一只鸡，一条大鱼，一块牛肉，六斤白糖，六斤红糖，加上杂七杂八的东西，整整一个三轮摩托车装满了。

定亲后，人家也要得急，说是春上就结婚。梅怡觉得结婚就结婚吧，还不早晚都是人家的人？她啥也没说。倒是爹娘说，人还小，再过一年，舍不得闺女走那么早。就拖到了来年的春天。

春天农历三月二十四的日子。人都脱去冬天的棉袄，换上了春天的衣裳，新新鲜鲜的，梅怡就嫁给了军立。来了一辆小轿车，把梅怡接走的。后面跟着一个四轮拖拉机，三个三轮车，拉着她的嫁妆和吹响的、送亲的、逮马小儿的。

军立人正混，对梅怡也好。结婚后两个月，梅怡怀孕了。军立就把梅怡送回了老家，他一个人在外面打拼，赚钱邮回家。人家都说梅怡整齐，给军立生了个大胖小子。军立高兴坏了，买这买那的给梅怡。可是军立回来后，一个月就又走了。

梅怡一个人在家里带孩子，公公和婆婆照顾周到。夏天里天气热，成夜扇风扇都还冒汗。梅怡奶孩子的时候，一个人躲到屋里，把硕大的奶子掏出来。孩子吃奶的时候，把她也逗乐了，浑身有些异样的感觉。偶尔，也会让公公婆婆碰到过。小孩子扇风扇可不行，梅怡就把孩子放到摇篮里，自己在床上睡觉，开着风扇。

变故是在夏天里一个中午发生的。咕啦子叫着，狗热得吐着舌头，窝在树荫下。人们早都躲到了家里，要么扇着风扇，吃着西瓜，要么就在风扇下瞌睡。梅怡吃过晌午饭，昏昏沉沉的，把小宝哄睡之后，一个人也睡去了。天太热，梅怡睡觉的时候把内衣都脱了，只穿了薄薄的睡衣，一层纱样子的。

睡眼蒙眬中，梅怡觉得有人进来了，看看孩子，就站在那里盯着自个的身子，看上了。这目光落在梅怡身上之后，她耸立的奶子，香喷喷的身体，就觉着不自在。她猛地醒来了，瞅着公公正在看着自己，眼巴巴地。梅怡就惊慌地问了一句，爹，你干啥？还下意识地拉一把被单子，想盖住自己。爹只说，是过来看看孩子哩。

第二天，梅怡就抱着孩子回娘家了。听了她的诉苦后，娘还劝她。可她羞于把她知道的详细情况说出来。反正她就是不回家了。过了一段日子，军立就回来了，说他爹只是想去看孩子，没啥别的意思。梅怡生气得很，看孩子为啥非要等她睡着了呢，啥时候不都是在眼前的嘛，非要跑到房间里去看？还盯着她看？说着，梅怡就哭了。她就是不回去了！

3

梅怡的婚事就这样不了了之了，也没离婚，也不回去，孩子给了军立，她就一直在娘家过。过久了，多少要受一些别人家的眼光。哥和嫂子都有些看着她碍眼。嫂子就说，一个嫁过的女人家，不就看一下，又咋样。女人还怕看？不都那么些儿东西嘛，看看又不少啥。梅怡的心里就着急，就难受，就想着能赶快找个人嫁了。在家里实在待不住了，她又出去打工了。这回打工的钱，她自己存下了，再也不给家里。三四年没回家，她在外面也寻不下一个好的。家里谁还说亲，都是嫁过二房的人了，咋还能说亲啊。

这一回要是能给自己寻下个好人家，就好了。掏肝掏肺，她都愿意，给他做牛做马，只要能寻下一个好人家。她又重新地鼓起了气儿，瞧南园村走去。说是看人，可是人没回来，还在外地打工，只好就先看看家。

一个大院落，前后两进房子，后面正房，前面过道。房子是规规整整的，前后都有树，屋角种的有花，有香椿，还有樱桃和杏子。听口碑，这人家是不错的，老实、勤快，人缘还好，就是因为穷，恁么多年里，也没寻下个亲戚。等到有钱，盖房子了，人又年纪大了，说亲的就不提了。

吃过晌午饭，梅怡又坐了很久才回去。天气依然热，太阳落山了也还是个热。庄稼就在热烘烘的午后疯狂生长。五婶家的亲戚一直把她送到溪湾村西头，人家对她的事不单是上心，还觉出梅怡的难过来，宽心的话说了不少。梅怡心里也明白，她想自己这一次一定要好好地找一个人，过日子，再累再苦也不怕。可把这一辈子，豁出去了，都给一个男人呀。

见的人最终在秋天里回来了。见的地点在三里庄，五婶子家里。人家爹娘早听说梅怡好，亲自陪着儿子来了。人家儿子年纪大了，挑不得，拣不得，这才找了一个半个女人。见面的那天，天依然热，可秋后的热天，也像只咭啦子一样，叫不了几声。五婶子家备了那么多菜，各式各样，还例外地去艾亭镇街上，买了现从厦门运回来的大虾，盛情地招呼了客人。五婶子开门见山，没有让谁躲着藏着，把梅怡老早就叫过去，说是去做饭。

来的人是晌午十点多到的，三个人骑着洋车子，还给五婶子带着包。人家客气，一看就知道是稳重人，老实、可靠。梅怡望过去，一眼就看见了那小伙子，人长得个子高，也排场，爽爽朗朗，干净利索。说话，一句是一句的。梅怡心里就高兴坏了，仿佛自己就已经嫁给这小伙子了。在五婶子家里，奔到堂屋里，再跑到厨屋里，端菜、倒茶，说话。人家爹娘喜上眉梢，笑逐颜开，恁好的闺女，肯干，勤快，嫁过去，好日子就等着哩。梅怡也都看在心里，觉得自己的好日子正在向自己招手呢。五婶看得出来，梅怡这次是认定了新人家儿了，人家的爹娘也都高兴。五婶子早告知了人家爹娘，梅怡多么的能干，还孝顺、贤惠，这些年给自己攒了不少体己钱。她爹娘还说了，只求把闺女嫁出去，谁来了领走就好，不要财礼，啥都不要——只要找个人家就行。现在找个大闺女，哪能这样啊，财礼要得不少，还这样那样的，事儿多。人家爹娘看上了梅怡，白白净净，高高大大的，是庄稼人，是过日子的人。

吃饭是祥和快乐的。小伙子也是不喝酒，不抽烟的，默默吃饭。该是一是一，该是二是二，规规矩矩，板板正正，不虚不假，懂礼貌。吃过饭，所有的人都为着梅怡和小伙子空时间，纷纷地就走了。当屋里只剩下俩人的时候，梅怡的新一次婚事，就这样结束了。走出五婶子家的大门，梅怡的脸上写满了失望、伤心，最为关键的是，写满了死灰一样的颜色，这悲伤不是一次婚事的不成，而是在悲伤自己的命。这婚事，就是她的命。

都是二房女人了，找一个小伙子，癞蛤蟆想天鹅肉。像她这样的，要么找一个二房男人了，要么就得是光棍汉，哪还能攀上小伙子呢。她觉出自己命中的苦涩的味道来，但是苦她都能吃下、咽下，可这涩，她该怎么咽得下啊。

梅怡想着，这往后就不要再说亲了吧，一个人在外面打工，都好着呢。不愁吃，不愁穿，哪一天干不了了，回家，种地。人这一辈子，咋过都管。

4

已经四年了，梅怡再也没提过婚事。四年来，梅怡没回过家，没给家里打过电话，只让人给爹娘捎了一回东西。四年里，也没人给梅怡提过婚事，打听的人，也都打听了，听说是二房，就都不提了。也有娶不上媳妇儿的，托人说媒，可谁会说这样的媒，这不是把人家姑娘往火坑里推嘛。于是，陆陆续续，梅怡的婚事说说停停，拖得老长，看不着边儿，瞧不着沿儿。

四年后的麦罢，爹娘让人捎口信儿，叫梅怡回家，说是有急事。梅怡打电话回家，一听说是婚事，她就想挂电话，可是爹娘的话也让她心里咯噔一下，毕竟，还是自个儿的爹娘。哪怕是一辈子不回家，名义上总还是住在哥哥嫂嫂家里的。嫂嫂的嫌弃，她不是不知道。现在真的有机会了，艾亭镇北头有一户人家，就是穷，穷得连媳妇儿也娶不上了。人家说话了，只要梅怡愿意，年底就结婚。

梅怡一路上被汽车颠簸摇晃得晕晕乎乎。她不想回来，可命就是这样注定了，不回来，也逃不过命。她心一横，就回来了。嫁谁都是嫁，还不都是男人，一样也不多，一样也不少。穷就穷点儿吧，她还能帮扶着过，说不定这一家人就把日子给过好了。只要勤快一点儿，还有过不好的日子？

这一次的婚事，简单至极。梅怡回到家，见了那男人一眼。不出眼，也不碍眼，一般的男人，一般的模样。说不上正混，也说不上胡混，就是个穷。腊月十二，哥哥嫂嫂就把她送走了。人家为了隆重，还找了辆车来三里庄接。

坐在车上，梅怡想到了第一回结婚，也是坐的小轿车，不过不是朝南开，而是朝北开。这南南北北的，方向分得清楚，那命就不咋知道喽。难还是悲，梅怡就只看到了南北，咋着也看不出难悲来呀。只知道，现在，她要嫁到艾亭镇上了。军立又结婚了，连离婚手续都没有和她办。人家也是要争气，你不回去，人家就一下子给找到了。多少事，就在梅怡坐车到镇上的路上——浮现。她不禁流下了泪水。现在已经三十多岁的人了，一辈子也就这样过了。淌着泪，她想起娘给她说的话，第一回结婚那天，娘就暗斥她，结婚可不能哭，一哭，命就叫哭坏了。但是得假哭，毕竟走了人家。上一回，她哭了，不是假哭，是真哭，日子就叫她给哭坏了。这一下，她又哭了，还是真哭，那这以后的日子，是不是还苦得很呢？这一回的哭，也不同于上一回的哭。那时候哭出了声儿，也流了很多泪。这一回，只有泪水，没有声音。看来，她的命就是给她哭坏了。越哭越苦，越苦越哭。哭哭，苦苦；苦苦，哭哭……

人家也没嫌弃她，还摆了几桌酒席，亲戚朋友也都请来了，热热闹闹地算是把梅怡给娶回来了。人家都高兴，他娘却是个哭。一边哭还一边对着遗像说，让老头子看看，终于儿子结婚了，娶下人家了。散了酒席，梅怡一个人坐在屋里，听见婆婆就说话了，责怪儿子怎么不叫媳妇出来收拾席面。梅怡的心就一下子凉了。这是个难相处的婆婆，就算是二房，可也是新媳妇儿啊，哪有刚嫁过来，就要刷锅洗碗收拾家务的。她男人就过来了，狠狠地训斥了一下她，说她没眼色，放着活儿不干。

梅怡的两行泪就流下来了。流泪了，她没有起身，男人看着她不听话，就一把拉着她的胳膊，给她拽了起来，嘴里还嘟囔着让她赶快干活儿去。她就用袖头抹了一把泪，去收拾客人吃下的残酒剩菜。

可不管咋样，梅怡的婚事总算是完成了的。

5

三年多后，南园村五婶的亲戚和人家的娘聊天，说到人家小伙子后，就叙起了梅怡。人家娘就问梅怡咋样了，听说嫁到了艾亭镇街上，还说可算是寻着好人家了，管过得劲日子呀。五婶的亲戚就说，人是嫁到集上了，可是穷得很，日子不好过。还说，梅怡现在有三个孩子了，两个儿子一个闺女，听说又怀孕了。男人喜欢赌博，梅怡攒下的钱都让给输了。三个孩子，秋天了，还打精屁股到处乱跑，连个衣裳穿都没有。孩子缠着，梅怡就再也没出外打工，日子就越发地穷了。

人家娘就说，可惜了，怎么好的一个闺女。还怪自家儿子没福气。末了，叹口气，说恁么排场、能干的媳妇儿，遭了这样的罪。

父奔

0

冬冬咋了也想不着，爱云最终竟然嫁给了和他一个庄的同班同学。她高低没有给自个儿留下啥念想，左右还是叫落了空。可咋就还嫁了个在眼皮子底下串来串去的人呢？莫不是要成心地恶心自个儿？冬冬咂巴了下嘴，有点难过。难过，又想着，也没啥，有啥好难过的呢。这不，玲玲还不是在床上躺着嘛，恁么排场的，恁么温柔的；小宝还抱着自个儿呢，乖乖的，逗逗的。不难过，就不难过了。可心里一呼啦地，总老老着，落满了灰，找嘴轻轻一吹，都管吹起雾来，呛人得很，还迷眼。迷了眼，拿手揉一揉，眼咋就还冒水嘞，潮湿湿的，就差着淌出来呀。

月牙子光嫩呵呵地，洒下来，冬冬就觉着下霜了啊。咋哪儿哪儿的都湿腻腻哩，没个干爽处。那可不是，都五黄六月嘞，霜下来还不立马马儿地就化了呀。霜化了，可不就是湿腻腻的啊？他就拿眼看了下月牙子——细细小小哩，弯弯着，贴了一抹黑的天，看了怪叫人心疼哩。可怜着呢。他的心就沉沉着，叫那老老的灰，压着了。一翻身，哗啦啦地，灰就都落下来啦。灰都落下来啦，就不一小会，都管给月牙子埋住嘞。冬冬就赶快拿手，扒拉扒拉地，灰就更呛人啦。吭吭吭地咳个不停，眼泪水就咳出来啦。抹了一把，手上的灰又跑眼里啦，就使劲地揉呀。揉着揉着，眼泪水就淌啊。淌呀淌呀地，总也淌个没停。月牙子也不亮了。灰都落上去了啦，又扑簌扑簌地，娘吔，咋还下雪了哩。下雪了，也不白，咋都是灰灰的呀。冬冬就可着劲地扒拉，灰雪就越落越多，把月牙子盖住了，月牙子光也盖住啦，咋连自己个也盖住了啊？娘啊，出不来啦，憋死啦！左扒拉，右扒拉。上扒拉，下扒拉。扒拉，扒拉，咋扒拉，也都是个空啊！还跑啊，跳啊。可就跑不动啦啊，也掉不下来啦。蹬蹬腿，抓呀抓呀。啥也抓不住。两眼一抹黑，人就急了。灰灰尘尘的雪，咋就落满了整世界啊，把树盖住啦，给草也盖住啦，世界的，都盖住啦！娘啊，出不出来气了呀，要憋死啦！冬冬就呼哧呼哧，想吐两口气，可吐不出来。吐不出来，也吸不进去。

人就一下子憋醒啦。玲玲也醒了，问咋啦，呜呜呜的，鬼哭啊？做梦啦？叫鬼缠住啦？瞧瞧盖服，都蹬掉啦。冬冬才瞧着了身上盖的，都脚蹬手扒地弄开了。好在快夏天了，要不，还不冻着伤风了啊？

冬冬就起床呀，咕咚咕咚喝了一气子凉水，就从嘴一下子凉到了心里。凉到了心里，人就顺了。大热天里，冬冬打了个寒战，浑身就起了一层鸡皮疙瘩。

再上床，冬冬就睡不着啦。月牙子眯细着，懒懒地照了菜园子。鸡毛菜青油油哩，茄子吊坠着怪长嘞，大椒都叫月牙子照得光亮啦。冬冬不用去看，都知道菜园子里是个啥样。慢慢地，冬冬就拿着眼，抻呀抻呀，哪地儿月牙子照着，就把眼抻到哪儿。走呀，跑啊。走呀，跑啊。上气不接下气，口干舌燥，还就是一路不停地，跑啊。像飞了一样，一下子跳过了一个山包子，一下子又跃过一条小河。跑啊，跑啊，咋就一下子跑回了南园村哩。

南园村的夜，咋怎黑呀？娘吔，抻手不见五指，两眼一摸瞎呀。走哪儿哪儿是坑儿，走哪儿哪儿是坎儿，走哪儿哪儿又是洼儿——谁家又盖房子啊？还挖沟？砖头乱绊。冬冬不怕，就熟门熟路啊，坑坑洼洼地走呀走呀，就看着爱云家，屋里院里的灯咋都还亮着——原来是公平娘还没睡。咦，咋见不着爱云呀？冬冬摸摸头，一拍大腿，想起来了，爱云嫁了孬蛋后，听娘说，这几年去平湖了呀！还要在平湖买房子哩，就不打算回来啦。冬冬就想，把眼再抻抻，一口气地跑回到上海南边的平湖吧，看看爱云咋样了。

可冬冬没有拿着眼，抻开了跑，去平湖找爱云。却高一脚低一脚地，深一脚浅一脚地，就去了以前忠心的家。黑灯瞎火的，那家咋就荒了啊。门上的漆掉啦，一条条，一块块，露出白白的木板。红漆也褪色啦，门板上的腻子都露出来了。院子里长的都是草，檩棍子四拉八叉地，乱乱着，在院子里。厨屋的门都没关，不怕猫偷嘴呀。锅台的泥巴掉了一大块。老灶爷烛台都塌喽。房檐上的瓦掉了几块，带带拉拉地，垂着房椽子。窗户上蒙的报纸，稀里哗啦的，快成碎片啦，包不住啊。

以往这时候，堂屋里肯定亮着灯。忠心指不定又跟哪个艾亭镇的干部，吃吃喝喝呢。爱云的娘，红霞，肯定在厨屋里忙坏了，指挥着庄子里的娘儿们，炒菜、焖鸡、炸鱼的。爱云就一个人在西屋子里，写作业呀。

冬冬"嗨"了一声，长长地，深深地。不想啦！就抻抻眼，一口气从南园村跑呀跑呀，高低还是跑到了平湖。就看着了公平和爱云睡在床上。俩人夜里没干事儿？都还穿着衣裳。爱云脱了奶罩，俩奶子就耷拉在胸脯上，高高低低，坑坑洼洼，怪好看哩。公平个憨瓜子，才不憨呢。吐了口唾沫，冬冬有点心潮，就恨公平。狗日的，恁好的肉，就叫狗给叼了！眼光就落在爱云身上，就想爱云的奶子会是啥样哩？那肉身子，紧绷绷的不呀？腿窠咡里水乎乎不呀？看着爱云，冬冬就辛酸，心里又潮潮的——咋就嫁给人家了呀？那大脸还大不啦？长头发哩？还笑咯咯不呀？还……

想着想着，冬冬就累了，又"嗨"一声，想翻翻身子，终究还是没动。懒懒地，快快地，恹恹着，老灰老灰着。就还想，再抻吧抻吧眼啊，一忽儿地跑到马集，再跑到芦集，想看看忠心咋样呀。可咋着也跑不动啦，累坏了，累瘫了。就定定着，把眼安在了月牙子上，有气无力地照着。月牙子照着哪儿，冬冬的眼就抻着，跑到了哪儿，就啥都管瞧着啦。眨一眨巴眼，想睡了。睡了，还迷迷糊糊，咋就看着了爱云。天爷呀，爱云咋还是个坐在艾西小学的教室哩，还在他前边，听课哩。恁么认真，眼都不眨啊。咂巴咂巴嘴，笑笑着，满意哩。爱云就是好看，排场得很，个子高、脸盘大、头发长，长得多富贵啊，耐看。可她咋就是讨来的呀？

1

小学三年级的时候，冬冬十一岁，爱云也十一岁。秋天开学，拿了新课本，一群孩子就跑到学校，怪新鲜哩！叽叽喳喳说着这说着那的，还在一起跳绳、踢毽子。冬冬就不喜欢那一帮小孩，一群小屁孩儿，懂个啥！他可就不是小孩啦，都长大了呀，还在心里头，暗暗地就喜欢上了爱云呀。他趴在找泥巴糊着垒起来的课桌前，抻抻脖子，都能瞧见教室屋子外面的小妮儿们在玩。爱云也在玩，和毛妮儿一起。爱云一抬手，好看得很；爱云摇动头，长头发就顺溜溜地甩着，真排场；爱云跳起来，跨过去，一不小心，裙子就忽闪一下，也跳起来，冬冬就看见了爱云白白的肚皮啦。真好看！冬冬的头皮就一下子炸啦，身上麻麻的，像过了一群蜂子一样啊，蛰又像没蛰住，没蛰，又觉得哪儿哪儿都不得劲哩。还看着了肚脐眼，紧绷绷的，亮瞎眼啦！上课铃就响了，小妮们就拿了各自的东西，赶紧跑回屋里呀，等着老师来上课哩。冬冬也就坐端正呀，眼睛定定的。可坐好了，看着了，眼就不是落在黑板上，是放在了爱云身上了哩。心里头就想，真排场，喷喷嘴，心里美美的。还想，要是能娶来，当扛脊痒的，暖被窝，怪不赖哩。

也不知道是啥时候，就听同学们传，说爱云不是他爹娘亲生的

130

呀，是在医院里讨来的哩，可是没人要的闺女。话儿就在同学们中间，不停地传呀传。可谁也没有对爱云讲，都是偷偷摸摸地，捂着嘴，啧巴啧巴地说着啊。不说爱云就不知道。谁敢跟爱云说呀。都怕挨打哩。爱云的爸，忠心，可是南园村的头儿，啥事都是他罩着哩。她妈呢，是艾亭镇的当官的姐，都知道她有俩舅，一个是艾亭镇政府的大队书记，另一个是艾亭镇的二不赖，也当着官哩。谁敢惹啊？惹了，小舅找人，拿着棍子闷揍一顿，对脸捎你一耳巴子，上哪说理去？人家哪儿的后台够不着？谁管弄得过？一伙人议论纷纷说爱云，还不就因了她和班里的其他小孩不一样，是当官人的闺女？咋不说哩，特殊呀！

都知道是当官家的妮儿，可也有把不住嘴的时候哇。段慧敏就把不住自己的嘴巴，一秃噜，嘴门没关严，就碎了一下嘴，说出来了。也不知道是咋的了，爱云就和段慧敏杠上了架，你一句我一句，没停呀。吵着吵着，段慧敏就想映人。段慧敏怕谁啊？她可是十五的姑娘哩，论打架，谁管打过她？就是吵架，哪一个也不是她的对手呀！别说是三年级，就是五年级，谁不让她一步？段慧敏就是攒劲，俩手拃腰，管搁人家映一晌午，不落下风。碰上爱云，她才不怵呢，就要占个先，不让！管她是谁家的闺女。当官人闺女，也得占个便宜！

俩人先是斗嘴，你一句我一句，俩鸡叨架样啊！说着说着，咋就吵开了呢。吵开了，就一会会地，对着骂了起来，你映我这个，我映你那个。段慧敏才不管哩，嘴上不饶人，不是朝屄上映，就是朝屌上映，刀子样，割人哩。爱云就不中啦，段慧敏一这般地映，她就咉啦，心里怯怯着，也咉，可就落了下风，咉着讲理。许是段慧敏讲理说不过爱云啦，一急，就咉了一句狠的。当官个屁，不还是讨来的嘛！有啥了不起的，俺？野货！爱云一听，兜不住，就一下子哭啦，放老澧儿地扯着嗓子往外涌。也不咉啦，也不吵啦，也不讲理啦。段慧敏一看，心里就得意，吵，吵不过吧？谁怕谁俺！可不是，又赢了一回。头一抬，鼻子尖往下一看，眼一瞥，嘴巴里一哼，扭头就走了。走了，过去坐到自己的位子上，才不管爱云哭呢。

冬冬打一开始她俩斗嘴，就紧张兮兮地瞧着爱云。瞧着她吵架脸红了，脖子上也红了，青筋时不时地还跳出来哩。额头上就沁出了汗珠。又吵了一会，就有几捋头发垂下来，在眉毛和眼睫毛上晃荡，再久一些，就粘在了嘴角上，随着吵架的嘴巴，一张一合，也在慢慢地动哩。真好看，排场得很，吵架也排场。冬冬就心里乐啦。爱云才不动手呢，虽说没啥大家闺秀，可拉拉扯扯的像啥，难堪！才不搁段慧敏样呢，母老虎！冬冬想入非非，咋着也没有听到段慧敏骂爱云的那一句，就只愣愣傻傻地看爱云。看着想着，就纳了闷——咋就一下子放老澧儿地哭了？就像河水冲决了大埂，弄了一个豁口子，汩汩噘噘地喷涌着啦，炸开了呀。就愣了，咋回事儿呀？咋还吵架都哭了哩？

等到老师进了教室屋里，爱云就不哭啦。段慧敏瞧着自己得胜了，觉着自个儿攒劲得很，就搁座位上，鼻子哼哼的，一身的傲气。她可不知道，她敢跟大人吵架，咉一晌午，没啥事。那都是人家一般人儿！可咉了爱云，巴掌耳光子就在第二天等着她哩。

冬冬懒懒地，背着书包走去学校。艾西小学就在庄子里头，他可用不着起早贪黑个不停哩。慢慢地吃一个馍，喝一碗倭瓜菜汤，再拿着两个红薯，走着嚼着，就到学校啦。进了校门，贴着东墙朝南走，一拐，就是三年级的教室呀。可还没走到门口哩，咋就看着了，窗户上扒着恁些人吔，还都是一些愣头青的大孩子。南园村的几个上了五年级的来福、来贵和来全，还有孬蛋、石头，一脸严肃地瞧着哩。那干啥呀？恁热闹？有热闹看，冬冬就赶快跑过去呀。跑过去，才知道，那站着的，是爱云的老爸，南园村的忠心呀！抹着腰，搁段慧敏的面前，吷着哩，骂着哩。“谁是讨的？你才是讨的哩！娘的个腿，恁小的一个妮儿，咋搁个母老虎样，张口都吷呀。”一边说着吷着，一边就还质问段慧敏，是不是她说的，爱云是讨来的。段慧敏那会可就㞞啦。都算她不怕忠心，也得怕忠心的老婆呀。那可是当官人的姐姐哩。那可是南园村的红霞哩。她再能吵，看着人家妇女还中，可眼前站着忠心呀，恁么高，就也不敢动一个脚步喽。她讷讷地，点了下头。就看着，忠心扬起手来，一个耳巴子就打过来啦，就扇得段慧敏的脸，刷一下，红变白，白变红啦。忠心这一耳巴子掛的，可真够呛！段慧敏都趔趄了一下，踉跄着，高低还是又站住了。“娘的个腿，下回再说讨的，看不把你那骚屄给撕喽！再敢吷一句，看不把你那烂嘴给擢喽！”都是咬着牙，恨恨地哩。吓得段慧敏就有点发抖发颤呀，俩腿直打哆嗦哩。连说带吷地，弄了恁么长远。瞧瞧快上课了，忠心才算罢休呀。

老师们可早先儿地，都来了哩。看着这边有事呀，以为是孩子吵架啥的。就想着，过去给一个个的，训上一顿，拉开喽，算个屁！可走两步，就远远儿地，咋瞧着是忠心哩，还搁屋里，指着段慧敏。就一掉头，拐着弯地呢，进了东边的办公室啦。就干坐着呀，等上课哩！段慧敏呀，就是个不知好歹！活了几十岁哩，老师们哪一个不知道忠心的手段哟？敢惹？更别说，人家家里还有一个红霞呐，谁敢碰一个指头啊。多看一眼地，都得抖上三抖哩。段慧敏呀，是该着哩！本来上课的时间到了，早该去打铃了呀。可一个个的，就都没有起身的。都觉着头重，身子重，脚更重呀。一时间，都傻了一样，忘了时间啦！想着心事去啦！忠心一瞧，差不多了，才从屋里出来。还大摇大摆地，没事的人儿一样——这有啥事儿！这能有啥事！这就不是事哩嘛！他还得赶着去艾亭集上，找小舅子呀，商量着弄地的事哪。哪有恁些子闲工夫，晃啦着，摆摊子呀？忠心的影子一过，上课铃声就一下子，敲响啦。老师们一个个地，夹着课本，拿着粉笔，蹶蹶叽叽地，上课去啦。

冬冬就有点纳闷。咋今儿个老师上课，都不顺畅嘞哩？上课铃咋打得恁么晚哩！嘿嘿，怪好！管少上点课。就想着，忠心要是能天天地，来一趟，打个人，映两句，那日子就好过了哩！免得这日日里，熬得受不住哩！就嘿嘿一笑，想着，忠心呀忠心，明儿个，还来哈！不打段慧敏？不打段慧敏就不打段慧敏，不打段慧敏，管来打冬冬呀，打冬冬也中啊！甭管打谁，打人就中。快下课了，尿憋得受不住啦。就一个尿颤，把所有的念头，都打没啦。烟儿一样，散啦，飞啦！散啦，飞啦，事就过去啦！过去了，就谁也都忘喽。可有一点，搁学校里，就再也没人敢碰爱云一下啦，一根手指头，一根汗毛，都不中！都是拿着羡慕、钦佩和巴结的眼神，远远地，望着哩。那之后，和她玩的人，就多起来啦。

2

冬冬五年级还没有毕业，就到艾亭镇的南头，上中学去啦。初一第一学期，老师布置了一个作文，叫写"我的爸爸"。冬冬一听这个题目，就眼泪汪汪着。等放学了，一个人呜咽，悄没声儿地。一瞧这题目，伤心哩，哪里还能去写呀？又咋写哩？

等晚上下了自习，他骑着洋车子，从艾亭镇南头，沿着西菜园子的小路，回路庄去呀。走到吕庄和姚庄的北边，就看着了那烂泥巴路哩。朝着路庄畸扭拐弯地，咋就一下子捅过去哩？骑着洋车子，蹬呀蹬呀，乱七八糟地想着。也不知道咋啦，一抬眼，可就瞄着了南边的麦地了。那可是爹的坟哩。他可忘不了，忠心打段慧敏的那个秋天，没过多远地，都快冬天的日子咯，爹咋就在艾亭镇搁人家喝酒，一呼啦地，喝多啦。喝多了，人就一下子过去啦。人家抬着床，朝街上的卫生院送，打针呀哩，挂水呀哩，还抽血呀哩，可爹就还是个没救回来。他和娘，一转眼，就成了孤儿寡母啦。

磨叽了两天，快到期限啦，都星期天晚上了，冬冬才慢不悠悠地，把写好的十页作文纸，交到了老师的手上。可好，第二儿个，语文老师一进教室，没说上课的事。讲啥？直接就开始夸奖冬冬啦，说作文写得好呀，都管发表哩。余下的日子里，语文老师就帮忙，冬冬修改了再修改，把作文好歹给投稿去啦。谁知道一个月后，冬冬可就收着了两本《中学生世界》杂志书啦。他愣愣地拆开，一瞧，娘吔，咋自个儿的作文和自个儿的名字，赫然印在了书上了哩？那字，都香着哩！没两天，冬冬叫人家印进书里啦！就在艾亭镇的南头中学，一下子传开了。连北头中学，谁谁谁的，都知道哩。一呼啦地，冬冬就成了名人啦。

人家都说冬冬是当作家的料。可不是，冬冬就是爱学语文哩。作文都发表了，冬冬就觉得，该给爱云写信了哩。他可不是那个冬冬啦，他是现在的这个冬冬哩。那个冬冬，跟这个冬冬，就是不一样哩！爱云五年级毕业，去了艾亭镇北头的艾亭中学。那日子里，冬冬就开始疯狂地追爱云啦。搁个狗样，闻着味儿，闻不着味儿的，就是个闷着头寻哩。就不停地写信。格子线的信纸，还有花头，一个字一个字地，冒着香味哩，跳着跑着，飞着奔着，撞着爱云。冬冬就想，这个冬冬，可是在南头中学有名声哩，那还不马上就要成功了？那是肯定哩。爱云收着信，再也不敢给爹娘说啦——她可知道，自己这个闺女是讨来的呀，不是真闺女哩。她小小的，忧伤着的心，就开始缓着慢着，一日日里消沉下去喽。就坐在河边，看青苔搁水里摇呀摆呀的，看鱼咋就叫冻死啦，硬邦邦地，杵在泥巴窝里，可跑不出来哩。也看着，河里的冻冻就给冻成了冰呀。冰就又给冻成了冷呀。冷就还给冻成了寒哩。寒哩，寒就给冻到了心窝子呀。日头咋晒，也晒不干呀，就给照得明晃晃啊，就晃着了眼，瞧不见字，也看不着信啦。咋就瞧着了字儿，一个个变成了星子，闪吧闪吧，怪冷清哩。心里就渴着，要是叫星星都聚起来，总有一天，都管聚成个月亮。再聚聚，许多个月亮可不就慢慢

着，聚成了日头啦？等聚成了日头，她就温暖啦，她就光明啦！那
冻冻就管化啦，小河就管满满地，淌啦……

　　忠心疼闺女哩！就跟自个儿的闺女一样啊。谁敢说爱云是讨
的，看不打断狗腿！可他就不知道爱云的心思，那心里的小九九。
忠心可忙哩。正忙着，把南园村里出外打工的人撂了不要的地，收
整一下呀。起先，狗蛋出外，去溧阳钢厂轧钢，说那边的活不赖，
一个月都管混两三千哩。第二年，把老婆孩子，也都接过去啦。接
过去就接过去，都管跟拎包样，提吧提吧，拎吧拎吧，走呀。可家
里的地咋办呀？难不成，叠叠攘攘，装纽绳袋子里，给背走喽？不
中呀！就得找个人拽着，撂给人家种呀。不管咋着，地不管荒了
呀。过年前的那几天，狗蛋想来想去，摆东摆西，咋着还是琢磨不
出个谁来，不知道该给谁拽好。给大哥牛蛋拽，一个娘的，近，倒
也好。可给他也没啥好处啊。给二哥羊蛋拽，一样样儿的。给军
立？都不管。给他们，捞不着啥好处呀。腊月二十六，早息起来，
一拍脑瓜，就想着了忠心啦。给忠心拽好呀。人家镇上有人，要是
有啥事的，兴许都管帮上一手两手哩，多好呀。就是用不着帮忙，
也管呀。咋着，都管套上个近乎哩。长长脸，腰杆子不也能硬撑点
嘛！鬼灵灵着，心就给揣上啦。腊月二十七晚上，悄没声息地，狗
蛋去到忠心家，说事去哩！可巧，搁南台子上，就碰着了革命。问
他干啥去。他随着口，敷衍了一下，说是去忠心家，串门子呀。

　　才一脚走进忠心家的院门，屋里就飘过来一股子酒香，还有炒
肉的味。狗蛋就觓觓鼻子，吸溜两下，啥也不想，一头扎进屋里
啦。喊红霞，嫂子好。红霞没拿正眼瞧他一回，干着说："大兄弟

137

来啦。"也没往里让狗蛋。狗蛋痞不啦叽的，凑凑着，就去了堂屋。几步远离，就看着忠心，正给桌子上的几个人，敬酒呀。狗蛋悄悄着，凑上去，喝了一声，"哟，都搁这儿喝酒哇。忠心哥好兴致啊。"忠心一瞧，狗蛋来了，也没抬眼皮子，嘴里嘟囔着，"坐。坐。来坐！"嘴里说着，可就没给狗蛋让个座，也不动身子。狗蛋靠着了门口，那么押头一瞧，乖乖，不得了啊！上席坐的是镇长和镇委书记，东边坐着镇里的办公室主任和大队书记，西边儿坐着包片儿的干部。再加上忠心的大舅子鹏举跟小舅子鹏飞，一桌子坐得满满的。脸都喝得红堂堂的。狗蛋就觉着，咋有一股子风哩，凉飕飕地，就后腿根子上，撩着脊梁骨，一咕噜下，从后脑勺愣头愣脑地，刮过来啦。刮得他有点犯晕，直哆嗦。像划船，还摇晃了一两下。好歹没叫倒了，忽儿着，还是站着哩。狗蛋就眯细着眼，堆出一脸的笑，觍着上去，说："恁喝着，恁喝喽，我走呀！"捏捏索索地，就袖着手，一拉身，是要走哩。可腿上，还是个拉不开啊。忠心一瞧，狗蛋平时不咋来哩，看着像是有啥事啊，就喊了一句，问："狗蛋，啥事儿啊?"狗蛋说："来，没啥事儿。就是过了年儿，出去打工哩。这不，家里的地，没哪儿撂，都想问问忠心哥，恁拽不拽啊。恁要拽，俺都撂给恁种着。等啥时候俺回来了，恁再给俺种呀。"忠心一听，来劲了。他高低都想着，得弄一块地哩，试着种两季稻啊。一季旱稻，一季水稻，保管混着钱哩。正好从南集一个远房老表那，弄来了水稻种子，说高产啊，米还好吃得很，贵。狗蛋家在北地大沟沿，有一大块地哩，墒不赖，水也近，正好隔着三家的地，搁自家的连着哩。眨下眼，忠心就叫狗蛋来坐下，说喝两盅。年底下哩，热闹乎乎的呀。狗蛋就一下子慌啦，可不知该咋着喽！愣没神地，戳那儿，俩手搓着褂子的下襟，木木着，呆呆着。忠心一瞧，哼笑了一下，眼一瞥，不瞅人，也不瞧桌子，哪儿都瞭，就睃自个儿的眼哩。不慌不忙地，从背后端个凳子，递了过去，叫狗蛋，坐呀！好歹，搁自个儿的身边，插了一个位。红霞朝堂屋里端菜的时候，一瞄眼，就看到着了狗蛋，咋也坐在了桌子边了哩。就拿眼瞪了忠心，还找眼狠狠地挖了一下。然后一扭头，脸上笑出了花，让着镇长和书记他们，吃菜呀，别客气。忠心看了红霞一眼，也没吭气，就是个还喝酒。女人家，懂个毬哩！

过了年，正月初八，狗蛋就拎着大包小包，兴头上冲冲着，领着家里的，搂着虎子，去艾亭镇坐班车。上溧阳，捞钱啊！过了二月二，龙抬头，天气一暖和，革命闲没淡的，搁路上走着。就瞧着了忠心，背个药桶，搁狗蛋家地里，给小麦打除草剂哩。高低，心里明白啦，狗蛋也是个扛二蛋的货，不是跑着的狗腿子，是扛着老屌出门的人哩。南园村的人，也都是恁么想哩。可自家也要出外打工捞钱不是呀？都思谋着，那地该撂给谁家。末了，还不都是先想着了忠心？革命也想着了忠心，也扛着二蛋，不是跑着的狗腿子，也成了扛着老屌出门的人哩。

忠心鬼精鬼精哩。他侍弄庄稼，可有自己的一套哩。自打得了天字一号地后，他就精心地侍弄着，小鸡样养着。就把自家的一亩半和狗蛋家的一亩弄的，小麦是小麦，水稻是水稻的。麦子可就都清一色地，黑油油着，光亮，粗壮硕大哩。四月天里，暖风打西南吹来，蝴蝶飞飞着，野花开遍田埂的时候，这两块小麦，可就把别家的都给比下去喽。人家地里，麦子黄不拉儿的，白嘎嘎的，没得半点生气。养花时不高，抽节时不长的。南园村的人就奇怪了，咋回事啊？难不成忠心家的麦，给吃了仙丹啦？四好就闲不拉儿的，寡淡吧吧地，凑到了忠心家，问忠心是咋弄的，麦咋长怎么好哩？忠心就一下子，一把薅住四好喽！跟个钓鱼的人一样，就等着四好这一问。一问，可就上钩啦。忠心也不显摆，也不傲气，也寡寡淡淡着，闲不拉儿地，有一句没一句地说着。那话里的意思，四好是个憨子，不会侍弄地。那地还不都搁个女人一样，弄得她痒拉吧唧的，她就一撇腿，能生个男的。弄不好，她还不让弄，两腿夹得紧紧，开叉都难，别说叫她下个男蛋还是女蛋。忠心就嘲着四好，说他，白娶了个恁水呵呵的女人，一掐一冒水儿的，都给浪费了。四好可就一下子，给被激将起来啦。忠心咋恁能哩？都管把地弄成女人，还弄成了开叉地，可肥着哩。四好偏不信忠心能把地给弄好，怨忠心指不定上的啥化肥，打的啥药水。忠心就来了一句——"你能，你能你弄好一个我看看呀。信不信，你的地给我弄，我保证叫她下个带把儿的蛋，叫那地像女人一样浪叫着呀。"四好才不信哩，就算那地是个女人，也弄了多少年哩，没见下个一俩仨的，他忠心就管弄好？就想看忠心的笑话。忠心一看就晓得四好是咋想的，说不亏着四好，可不是要过来白种哩。说是找地换地呀。把狗蛋沟北的一块劣地，换给四好。恁么样，四好都管找一亩地，换北地大沟沿外的一亩六分地哩。划算着，还赚六分地哩，保准不亏呀。忠心还说，沟北的那块地，可都还是干旱地哩，栽红芋保准管长多大，保准个顶个的甜。四好憨得很，就一下子都信啦，屁颠屁颠地，就愿啦。等到麦上场，扬罢了麦，种秋庄稼那会，忠心可就有三块天字一号地了。忠心在狗蛋的那块地里，种了旱稻，在自个儿和四好邻着的地里，种了从南集弄回来的水稻。

忠心心里就乐滋滋的。庄稼地真像个女人，好日弄得很。连起来的两块地，两亩多，够大的，筑起圩埂，夯实了，就灌水进去呀。就给水稻浇水呀。把拖拉机一开，车头上安了水机，扯上粗粗的管子，水就湆湆地，淌到地里啦。浇灌得那地都管像女人的腿窠儿哩，水汪汪。就赶着从军立家借来的水牛，搁稻田里搅和呀。忠心踩着稀泥糊子，叽溜一下，就插陷进去啦。他就觉着，那泥巴地，真是女人的身子哩，软和和的，温润润的，滑不溜秋的，日怪着得劲哩。忠心就定定地立在那，茫然了神。兀地，想起了女人啦——想起了女人，就想到了屋里头的红霞；想到屋里头的红霞，就想到了闺女爱云；想到爱云，就想到了爱云要是个带把的就好啦；想到带把的，就想到了爹和爷；想到爹和爷，就想到了传宗接代，就想到了老谢家的香火；想到老谢家的香火，就想起了年年过年呀，上坟烧纸的情状啊，一个人孤单单着身影，扛着筐纸钱，咋着都觉得心灰灰的，低沉沉的，寡淡困困的，吐也吐不出，咽也咽不下，窝在心里头，怪难受哩。红霞这女人吧，要说不好，也好啊；要说好，也不好哩。好就好在，一身腴硕满满的肉，紧皱皱，香喷喷，白生生的，要哪是哪；不好就不好在，不管忠心咋搁她两腿之间黑黢黢的地里种庄稼，可就是个不结籽。忠心娘就说，别不是忠心天天疼惜那大白身子，不舍得侍弄的。忠心听了，就一夜两回，使劲地上上下下，把红霞给倒腾个遍，直到把红霞那儿倒腾得热乎乎，辣辣着地烫人了，再耗在里面，非得煮熟了不可，他才从红霞身子上翻下来，睡了。不单是不结籽，红霞还狼乎得很，得理不饶人，仗势天天指着忠心干这干那。才结婚那会，谁知道呀。三年过去了，红霞没个籽；五年过去了，红霞还是没个籽。忠心就急了，也不嫌累，吃了晚上饭，抹了嘴就搂着红霞先去屋里弄一通。然后起身，拉上裤头，拿着手巾去抹澡。红霞搁家里，刷锅洗碗。等忠心下河抹澡回来了，红霞就在院子里，烧一锅热水，搁木盆里，脱光了也抹澡。有时候刷锅洗碗快，忠心回来的时候，红霞就把门给插上了。忠心喊门，红霞就一丝不挂地，从木盆里起来，打精屁股，去开大门。忠心一看红霞光着身子，忙嘟嘟地，又跑去木盆里抹澡。就插了门，过去一把拉起红霞。等都收拾停当，俩人上床睡了，忠心还不忘了一天里的第三道。起先，不管哪一回，红霞都浪笑着，鸳鸯戏水呀，奉承着，叫忠心使劲地撞，侍弄得她痒痒的、麻麻的、酥酥的，怪得劲哩。可日子久了，忠心身上就开始不攒劲啦，弄不动啦。弄不动，又想叫红霞下个蛋蛋，就想着法儿地叫红霞给他弄起来。红霞慢慢地，就不干啦，觉出了点啥，就心里恨上了忠心。忠心叫她再去嗍，红霞就一脚踢过去，正好踢在了忠心的裤裆里，一下子撂倒了忠心，嘴里还不停地映着："日你祖奶奶，不拿我当人啊？当狗？老娘不伺候了！"

许是忠心的身子糠了，许是红霞真的不想那事了，俩人一个月都没有啥动静。忠心心里就一下子死心了，不想。别说是光宗耀祖哩，就是个传宗接代，都不中喽。等自个儿人老死了，埋在南园村的地里，就等着坟头荒了吧。没人瞅一眼，也没人逢年过节地来坟头上烧个纸头子的。谁还来给添坟哩？就叫人家笑话死吧。死心了，性事上就凉了，红霞就是光着身子，两个奶子耸耸地立着，不停地挑着，他也硬不起来啦。一个多月之后，红霞就给忠心说了一句："俺嫂子搁卫生院上班哩，叫给咱讨一个吧！"忠心听了，不说是，也不说不是；不点头，也没有摇头。事就放下了。放下了，就又叫红霞给拎起来啦。拎起来，就不再放下喽。一年春上，好歹着，爱云还是叫给搂到了忠心家。忠心就有孩子啦！忠心看着爱云长大呀，也怪疼哩。带不带把，总算是个孩儿哩！

忠心没了啥牵挂，就把心都塞进了地里，塞进了泥巴里。四好家的地换过来后，忠心一日三回地侍弄着那三块地，两样稻子。到了秋里，庄稼都收了，霜降前，忠心要收割他家的稻谷了。新米打出来后，忠心叫红霞用新米做了满满一锅的米干饭。香喷喷呀，硬劲劲哩；嚼在嘴里，软浓浓的，吃一口，满嘴的舒畅啊。忠心就特意着，端了一大海碗，去四好家，叫他尝尝咋样。就是好吃！老实话！四好不说服了，也不说不服，总之，地就叫忠心一直种下啦。

稀稀拉拉地，几年上的光景，用了不同的法子，不是忠心出面，就是红霞出面。有几回，大队干部还出马了哩。去了东风家，说忠心正在搞"试验田"，得把他家的田地，也都弄过去，连成一片。好叫忠心把"香稻谷粒"的水稻种植搞成哩。东风知道忠心的手腕，再不给，怕是不中哩。都说了好几回啦，东风就是不愿。忠心先来的，咋拉关系，东风就是个不吐话；后是红霞又来了，攀关系，拉路子，好说歹说，还有点咋咋呼呼地，想映人的样子，硬朗话撂下一大堆，东风还是个不愿；又找来了鹏飞，一脸痞相，到了孬蛋家里要吃要喝，不说弄地的事，就搁那院子里咋呼，末了，孬蛋还就是个不愿。可等到这回，大队干部出马了，说是镇里的规划，是要上报县里头哩。东风愿不愿意，都得搞，影响了镇里的政绩，他可就得吃不了兜着走啦。东风还是不大情愿，大队干部就说，不是白白地要地，是换。于是，忠心就用马义家东北地的水洼地，换了孬蛋家的好地啦。

弄到了孬蛋家的地，忠心就全乎了。一百七十三整亩的北地大沟沿的天字一号地哩，就全是忠心的啦。忠心打心眼儿里高兴啊。地里收成不错，一季稻，能卖一两万，每一回请客吃饭，不管是叫镇里的头头，还是叫临庄的地痞流氓、镇上的痞子，家里就宽余多了。前些年只是肉啊啥的，这些年，都开始吃鳄鱼肉、野猪肉哩，想着法儿地从内蒙古买羊肉、牛肉呀，从厦门上海买海鲜呀。忠心家里就没断过摆宴，十天一小摆，一月一大摆。过年时，管摆成一条街地吃。有钱活动，忠心的大舅子就从包片干部，变成了镇里的一个主任，当了大队书记。升官了，势也就大了，连爱云的老表，都到镇里上班去啦，成了公家人哩。

这样，一直到爱云初中毕业。可那会，管得严，实在把爱云弄不进去镇政府上班了，就只好去平湖打工啦。

3

冬冬咋了也想不到，他和爱云的关系，就不咸不淡了哩。一早里，冬冬的作文发表了，不说全镇人都知道，可起码也传着了不少地方呀！人家一说训家里的孩不好好念书，就把冬冬拎出来，当个榜样哩。你看看人家冬冬，咋都恁厉害，作文都发表了，名字都印在纸上了。你看看你，咋恁孬啊！还不好好念书。再不好好念书，就搁南园村的顺民一样，落寡汉，打光棍！五十好几了，还得一个人暖被窝，连个扢脊痒的都没有。娶不上女人，瞧你怨谁去！冬冬觉着，自己个儿的情书，写得还怪感人心脾的啊，爱云咋就从头到尾只回了一封信呢？一封信，还是叫他不要再写信了，不中哩。冬冬就知道啦，别说爱云的心思，走路人都管想着哩。爹在世的时候，他王家和他谢家，还算是门当户对呀。到如今，爹死啦，孤儿寡母的，谁还管瞧得上呀！就算吧，爱云管看得上他，可忠心还能管看得上？瞧瞧，自个儿精瘦精瘦的那样，也没个一表人才哩。凭着个作文，还管飞？还管上天哩？冬冬就觉出了自个儿的心里，寡淡淡的，没啥味。呷巴呷巴嘴，咽口唾沫，就把脖子缩了缩，再也抻不出去啦。

初中还没毕业，差一学期，冬冬可就不上学喽。也不管靠着作文，吃饭哩呀。就拾掇拾掇，拎着个小包，跟三叔一起，上上海打工去啦。干工地，当小工，拎灰斗子。至于爱云，他可就不知道喽，只在梦里边，懒懒地抻抻眼，想想看看。爱云咋就一直都是五年级时候的模样呐！冬冬可就不知道，爱云也出外打工呀，还搁平湖哩，离上海可不咋么着远啊。

送走爱云，忠心就一瓜子里觉着，心里呀空落落哩。他可不知道冬冬的心思哩，他的空落落和冬冬的空落落，那得是天上地下哩，得是牛嘴马嘴哩。他空落落着心，还有一点点的伤，有时候想想，还会疼，渗血呢。四十多岁了，时不时地还管跟红霞搁床上弄个一两回的，可心就给叫钉住喽。扯吧扯吧，咋也扯不开，就团在心坎上呀。过了一个月，忠心才觉着好一点了，也就才放下哩。放下了，就下地去干活呀，恁么大一片好地，咋着也管日弄出个好歹来哩。

一百多亩地，忠心除了在养鱼塘里钓钓鱼，拉一些茅房的屎尿喂鱼，就一头扎进去啦！春上麦苗长得好，人家都没有打药，他买了"饱粒满"，得打了两遍哩；秋里稻子养花，他撒化肥，天天里猫着腰，搁那薅草，稗子草呀、葛蒲葶呀的，还单门地找手碰碰稻穗，说是风小，花粉不好传哩；秋收的时候，自己个开着个收割机，一垄一垄地，给稻子割得齐刷刷哩。恁么些子地，也有着一个人干不过来的时候。忠心就得寻人呀。特别是麦罢了，插秧栽稻呀。寻人可不白干哩，一人一天五十块，还管晌午一顿饭呀。南园村的婆娘，家里的活计干了没干了，就都跑过来呀。两天一百块哩！咋张艳也来啦？从艾亭镇嫁过来，张艳还没咋入了忠心的眼哩。人倒长得不赖，浓眉大眼，梳着扎马尾，利利索索，干干净净，排排场场哩。可有一点，她腿脚不好呀，走路一瘸一拐哩，还得找手扶着个膝盖，才管朝前走哩。忠心逮一眼，张艳就和西头的几个妇女，到了地边啦。他也不在意，来了就来了，多干少干的，也没啥，反正也就一天五十块呗。不说来也知道，谢尚林家穷得很哩，三间泥巴房，不弯腰都磕头，还歪叽吧狗的。倒是年年出外打工哩，可也没见捞着多少钱呀。瞅着张艳，忠心心里可就软了一下，温温着，热乎乎哩。那滋味，可就说不上来啦。咋管，也是本家兄弟，女人又干不了啥重活。日子一天天挨着，也得过呀不是。就过呀，就过哩！忠心就连着张艳一起，招呼着大家干活呀。

晌午恁热，忠心还就破天荒了，从艾亭镇上，骑摩托车，去买了一箱子冰棒带回来，给插秧的人吃。庄稼活，累不累人，人家不知道，他忠心还不晓得？寻人家干活，咋着，也不管给人家当牛当马地干哩吧？就一个个地，给发冰棒，吃吃，歇歇，喘口气，冰一下。递给张艳的时候，他高低算是瞧清了张艳啦。娘吔，长得咋恁么排场俺！脸热得，红扑扑着哩；就掉下来几根头发丝，叫汗珠子牢固固地巴在脸颊上，都掉进嘴里啦。接着冰棒的时候，张艳站得好好的，不像是个瘸子，还冲忠心笑了一下。白净净的笑哩，糍糍粑地，敲着了桐树木板，清脆声声的。忠心就对张艳说，天热，今儿个保管吃！可张艳拿着冰棒，要去树荫凉下坐呀，忠心就瞧着了她，一歪一拐地，一摇一晃地，一个手拿着冰棒，一个手扶着膝盖，撑一下，走一下，走一下，撑一下，怪难哩！忠心就一下子，心咋就潮着，找手摸摸，还管擦出水哩。心想，可真难呀，一个女人家，咋就得了这么个疾哩。又发冰棒，就啥都忘了。招呼人家，大着声，嚷着，吃呀！管保够哩！

打那以后，忠心就越发地觉着，谢尚林家是真难呀。吃得上水，打不起井；种得了地，收不上麦；生得下孩，养不活命；出得村子，混不回钱。就咋想，咋觉着谢尚林脑子死，人笨，还憨得要命。人穷，娶不上女人，好歹有个婆娘吧，还是个瘸子。要不是瘸子，人家张艳都该不嫁给他啦！虽说收拾收拾，也是一家人，可穷子加瘸子，恁好，日子就荒啦！掰扯掰扯，觉着谢尚林也不笨，人怪精。可人精，也不中啊，干啥都有拽后腿的。挪不动步，咋管混着钱哩？就想着，看张艳怎么可怜，怪难哩，咋着也得帮了一把不是？好说歹说，也是一门里的爷们呀。他不管，人家远门的，更不会问！

收麦那会，地搭边，忠心就顺道，开着拖拉机，把张艳家地里搁着的几袋小麦，装上车，拉回家，卸下来，搬到屋，码好放稳，才回家弄自个儿的。垛麦那会，一瞥眼，忠心就看着，屋里恁么挤，转身都难。心里有点恨谢尚林——屋里头的撂家里扔着，这大忙天的，爷们也不回来一趟。倒是不捆他手脚了，也没见混着的钱，也不见拉回来一块两块砖。房子盖不起，也没瞧着管吃好穿好呀！孩子都两岁半了，还是个打精屁股。挺着个小屌，东跑西跑，砢碜得慌哩。一转头想想，人家是人家，自个儿是自个儿，过好就中呗。谁管管恁么多哩！说的是本家兄弟，可也不管就拿钱给他呀。个人的日子，还得个人过唷。

霜降种麦，张艳就前儿个，头一回地，上忠心家呀。见着红霞，就热热地喊嫂子，说家里那一块地大，不好种麦哩，扛着个筐，一把把撒麦种，自个儿人不中，看忠心哥去帮着俺，撒一把呀！自打张艳从艾亭镇嫁到南园村，红霞就没正眼瞧过人家。集上的闺女，嫁去乡坷墚子里，可少见哩。瘸子就是瘸子，咋走，也走不直喽！就也想着了自个儿，要是那腿寁恁能生，还管嫁给他忠心了？个乡巴佬啊！慢着，红霞心里就纳闷哩——往年个，撒麦干啥的，张艳都是喊她家大伯子，小叔子的，咋今年喊上忠心了呀？可脸上就还是一笑，说没事没事，明儿个叫开着拖拉机去，犁了地，趁手便，一把手，就撒啦。

　　明儿个，忠心就一大早地，悄没声地起来，摇把一插，摇动拖拉机，就突突地，开到地里啦。搁那儿一停，瞧着，天才蒙蒙亮哩。坐着拖拉机，掏出一根烟，点上，自顾自地吸着呀。两根烟慢悠悠地吸完了，咋就还是个瞧不见张艳的影啊？可急坏人了。忠心就想，要不，去家里头，喊哇。跳下拖拉机，才要动身啊，抻眼一看，影影绰绰地，就瞧着了一个女的，摇摇晃晃地，拉着架车，吭吭哧哧地，过来啦。忠心一瞧，就连忙地，跑着过去啦。可不是嘛！张艳拉着架车，怎么难，一步挪着一步，费劲得很。车袢子倒是挂拉搁肩膀头上，身子都走不直，哪管拉着哩？就撑着俩手，扯劲，拉两个车把，朝前拽呀。架车上，搁着两袋半碳铵，一袋尿素，还有两袋子麦种，得有一两百斤哩。张艳算是才走出庄子，忠心就接过去啦。嘴里还埋怨自个儿着，说早知道，那拖拉机的，从门口绕一下，不就管啦？还得拉个架车子，怎么难哩！赶忙就从张艳手里，摁着车子，接过车把。张艳可好，咋说都不叫他拉。拗不过，才转了身子，从车把框子里出来，架车交给了忠心。忠心戴上车袢子，铆足了劲，一口气拉到地头。

　　拆开碳铵袋子，倒了一筐，撒化肥呀。一块地，都快撒了一半了，张艳才一起一伏地，走过来。许是心里过意不去，许是不知咋的，心里怪怪的，张艳就不好意思，红了一下脸，说是叫忠心哥受累了。忠心说，这有啥，不都是这样干活嘛，有啥累不累的，又不是天皇老子，谁还能不干活哩？一筐到头，折回头，再倒一筐。张艳就守在地头，忠心筐拿过来了，她就赶紧拎袋子，倒化肥呀。忠心可没想着，叫她倒化肥哩，就也伸手去拎袋子。就一下子地，碰着了张艳的手。张艳就颤巍巍地，手哆嗦一下，赶紧着，挪开了。不知道咋地，手就搁在空里喽，拿回去不是，不拿回去也不是，僵着，搁那了。忠心就说，别麻烦了，还是俺来倒，你搁那歇会吧。一点化肥，咋着也累不了哩。张艳这才把僵着的手，抽回去啦，颤巍巍着，耷拉着，有气无力地，悬在大腿边，一时竟不知放哪好了。等逮眼，瞧忠心撒化肥，那手才慢慢着，缓过了神，该干啥干啥了。

　　忠心一回回地在地里走来走去，撒完碳铵，撒尿素。撒完了化肥，就开着拖拉机，犁地。地犁得深，土翻得好。张艳就觉着，闻着了土里的泥巴味，热乎乎的，香喷喷的，还甜丝丝的，滑丢丢的。就看着了明年六月，一地里的麦子，黄澄澄着，都飘着麦香哩。麦穗，保管都耷拉着。一穗子，都管揉出一小把儿麦粒不可。一愣神，就看着忠心，犁好地，又倒了麦种，扛着筐，撒北头，到南头，撒南头，到北头。撒完了，再开着拖拉机，耙地。张艳坐在地头，搁架车子上，头一回觉着，这霜降天，咋怎么冷哩！往年种麦，可都是热得汗直淌呀。管它霜降，还是立冬的，还都一样热着。这一回，就冷在地头，觉出了霜降的冷。得是快到冬天了吧？耙地过去，再拐回头来，忠心就喊张艳，叫站耙上。南园村的人，谁都知道，耙地耙得深，土坷垃就碎乎乎的，那麦子就长得好。南园村的人也都知道，忠心给人家犁地耙地，从来也没有喊人站在耙上的。都是搁了半袋化肥，开着拖拉机，扯呼这头，扯呼那头，地就耙好啦。人站上去，拖拉机得掏老劲，费油哩！张艳就挪挪地，过去了，还担心腿脚不好，别摔下来了。忠心叫她扶好，一个腿扯劲，俩手摁住座子，摔不倒，开慢点呀。就开着拖拉机，耙过来，耧过去。为着拖拉机不压地，砸实了，就一耙拦最宽，错开了拖拉机轮印子。一大块地，耙平整了，耧齐活了，碎乎乎的，平展展的，庄稼就种上啦！

日怪哩很呢！给张艳家种罢麦，忠心也没闲着，又去犁地，一块地六十块钱。得犁了一天哩，十来亩地呀！可到了晚上，吃饭，抹澡，睡在床上，没试着累，反倒觉着身上来劲了。不知不觉地，裆里就硬邦邦地杵着，心里怪痒痒哩，冒火啦。红霞搁院子里抹澡，娘吧，咋抹怎么长远，窠窠兑兑都洗了，也抹不怎么长远呀。忠心就听着外面的动静，一呼啦，撩水；一呼啦，揉搓；一呼啦，还撩水；一呼啦，还是个揉搓。再一呼啦，洗胳膊；接着一呼啦，洗大腿；又一呼啦，洗肚子；还一呼啦，洗胸脯；总该到最后一呼啦了吧？可就还是一呼啦，一呼啦，撩水，洗身上。忠心咻喇火火地，一骨碌起身来，搁堂屋门口瞧，红霞还在搁那撩水，洗头发，捏头发上的水，一绺一绺的，呲喇一股子水，又呲喇，还是一股子水。忠心一瞧，还得呼啦撩水半天，就又回去了。睡床上，身上的劲就蹿得更高了，蹦着跳着，顶人哩！硬邦邦地杵那，觉着，太空啦，咋啥也没有啊！呼呼啦啦，弄了怎么长远，红霞高低算是抹好了澡。一手拿着手巾，擦头发，一手就去拉灭了灯，坐在床边，擦着，等着，叫头发好晾干。屁股才一沾床，忠心就一呼噜下，爬起来，扳倒了红霞，三七二十一，拱上了。

弄着弄着，忠心有一回恍惚呀，觉着身下的女人，咋不是红霞，是张艳哩。娘呧！心里就咯噔了一下。咯噔一下，就又搂着红霞，狠着劲地弄，足足地顶着红霞，把红霞给弄得啪叽啪叽直响，嘴里还不停地咿咿呀呀叫着哩！

4

种罢麦，南园村就寡啦，空了一样。人都闲闲地，拢在一堆。有一搭没一搭地，说不上是说话，也说不上是不说话。叙一会，闲一会，有一句没一句的。寡寡淡淡地，稀稀拉拉着，起身走几个人。再稀稀拉拉，又来几个人。妇女们就围一群，纳鞋底呀，绱鞋呀，缭衣裳呀，绣花呀的。出门在外，回来种秋的，种罢麦，就都拎着纽绳袋子，又出去啦。原来不出外的，趁着种罢麦，有闲空哩，也都拎着包，去城里干上个把月，混点钱，留着过年哩。红霞的娘家外甥女，在平湖弄一个啥服装厂，也说缺人啊，就叫红霞去，说帮着干一两个月，可不是扎衣裳，是衣裳弄好了，收上来，装包，码在那，得记账哩。红霞初中毕业，这事，能干。农历九月底，红霞就坐车，去平湖啦，留着忠心，一个人，搁家里喽。

一个人，就咸没淡的。也不想着生火做饭，也不想着摸这干那的。忠心有事没事，就去弄弄鱼塘，钓钓鱼。前半个月，倒没觉着啥。后半个月，也都没觉着啥。可快一个月的时候，忠心就觉着，空拉拉的呀！一个人，睡在床上，坐在凳子上，站在门口，就试着，咋着，都没意思得很。红霞一走，他就觉着，自个儿的那小心呀，麻痒麻痒的哩，就光想着红霞的身子，胳膊是胳膊，大腿是大腿；奶子是奶子，身子是身子的。肉都香呀，搂着都怪结实哩。就笑自个儿傻，蠢瓜蛋子。笑过了，就还是觉着没劲得很。啥啥啥的，都没意思呀；哪儿哪儿哪儿的，都不得劲呀！瑶州饭店里，倒是有几个小姐。别说那小姐长得不咋样，就是长得不赖，排场得很，可他忠心敢去？红霞的哥和弟，还有本家人，跟眼儿，就瞧着呢。那要是被逮着咯，红霞都管不着回来，就发个话，还不把他的屌给阄了哇。当太监哩！生个孩，就咋着也没指望了哩；老谢家的香火，就一呼啦，半点都没啦！忠心忽忽儿，想一搭，没一搭的，还是个觉着没味得很。就试着，头搁南边，难受。搁北边，还是个难受。管是搁东呀，还是搁西呀的，都不得劲。怎么大点头，竟都没哪搁了。一个床上，就滚过来，滚过去；掉个头，转个身；趴着，躺着，侧着，斜着，横着，竖着，弓着，弯着……咋着，都还是个不得劲！没意思得很。空空的，渺渺远远啊！空了，就虚了；虚了，就白嘎嘎一片哩，瞧不着手，也瞧不着脚，更瞧不着腿呀肚子的。可咋就瞧着了自个儿的脸，脸上还画着符，捉妖怪哩，驱魔哩。拿着桃木剑，比比画画，指指点点。还看着，自个儿，咋就搁地下，跳呀，唱呀，还打滚哩，一抹一磨，翻跟头呀。又还瞧着了死去的爹，说水都埋着嘴啦，埋着鼻子啦，出不出来气儿啊。就喊忠心快拉他一把呀，再不捞，就淹死啦。淹死了，老谢家可就得绝一门人啦。这谢家小八门的，可不管搁他手里，就绝了一门人呀。人家那七门的老少爷们，非得拎着桶，打水灌他，得浇死他不可呀，得淹死他不中呀。咋就哭啦。眼泪水，跟个水桶，汩汩着，倒水呀。就越倒越多，淹着了鼻子，淹着了眼，最后把头都埋进去啦。爹就一没留神，叫自己个的眼泪水儿，给淹死啦！淹死了，爹就还是个哭呀，说死得憋屈呀，说死得难瞧呀，说死得没脸没皮呀。可哭着，就看不着眼泪水了，都散在水里啦。就觉着，爹不是在哭呀，爹是在哭着，喊哩！嘴一憋，一撇，一呼吐，一张着。爹不是在哭眼泪水哩，爹是在哭命呀，是在哭心哩！就喊爹，可咋喊，爹就是个听不着，自顾自地，还是个哭呀，哭呀哩。呜呜唎唎地，一急，忠心就醒啦，就觉着身上出了怎么些子汗啊！

忠心日里夜里，夜里日里，没味得很。身上没味，嘴里也没味，裤裆里，就更没味啦。就是从集上，买二斤红烧肉，可吃着也是个没劲。忠心就打其他人的主意。打谁的主意？打镇长、村长他们的主意。反正自个儿做饭怎么难，就去集上下馆子呀，今儿个和镇长喝酒哇，明儿个和大队书记喝酒哇，后儿个又搁溪湾村的村长家喝酒哇。喝酒，不管就得劲啦？小一个月的样子，忠心就还真的，交了不少朋友哩。酒都管从艾亭镇，喝到陶老，再从陶老喝到赵集，接着从赵集又喝到马集，看着就快要喝到芦集了。就一直朝南，喝呀。也去宋集，也去张集。可去宋集也好，去张集呀陈集呀也罢，酒喝着就不咋得劲啦，蔫了吧唧的。闲没事了，骑着摩托车，疯疯着，跑大梁营，找顺子呀，杀狗，吃狗肉火锅哩。要么去大张庄、小张庄，找富贵、金玉，打麻将，赌牌九，还管玩骰子。输了，不就怎么点钱嘛。赢了，赢了就请他们喝酒去呀。日里夜里，垒起来的难受劲，就在酒里，泡着泡着，软啦，稀啦，散啦，就没啦。虽说晚上也怪难受哩，可白儿里，有事干呀。有事干，就得劲。累了也得劲！

从艾亭镇到马集镇，该有一百六十里地哩。忠心先是去赵集喝酒，找赵集街上的一个二不赖，外号叫赵狗头的，街上一霸哩。喝酒，赵狗头就说，马集怎么些子地，都没人种，怪可瞎哩。还都是大块大块，成片的地呀。种麦栽稻，好种好收。自家都弄了二百亩哩。就鼓捣着，叫忠心也去，弄个两三百亩的，反正有拖拉机，有收割机，怕啥！三孔桥那，还有个远房的老表哩，有个照应呀。忠心就心里痒痒着，想跟着赵狗头，骑着摩托车，去马集找人喝酒。找的人也是街上的，混混横横的，叫光明。喝酒，也不忘了给芦集的文化，也喊上。那日子里，忠心就在南集，也交上朋友啦。

说得不赖，包地有望。还怪中哩。忠心骑着摩托车回家的路上，北风呼呼啦啦地，就刮起来喽。冷。冷也不怕冷，衣裳都不用裹，照样，骑着摩托车，飞快哩，跑呀！过赵集，到洪河口，路怪烂哩。可忠心走着，得劲啊。到洪河大桥上，停好摩托车，划拉开拉锁，掏出屌来，对着洪河，尿了一泡怎么得劲的尿哇。哗哗啦啦，噼里咔吧，从桥上落到河里，怪响哩。尿完了，从心头到身头，又从身头到屌头，满满地，打了个激灵，浑身抖抖着。就觉着，娘吔，怎得劲啊！可走着，就试着，要变天哩。早息起来走，怪暖和。到了晌午，日头还管晒得人出汗呀。可咋一转眼，天就阴了呀，还刮怎么大的风哇！一泡尿，一个激灵，弄得忠心有点凉呀，就裹了裹怪单的衣裳，骑上摩托车，赶快回去哩。到了南园村，一瞧，那庄子咋就撂荒了呀，咋哪儿哪儿都寻不着人吔。都蹶着头，屋里蹩着呢。偶有一两个小孩，疯疯着，还玩哩。

天儿冷，天气预报说，冬天里第一场雪就得下了哇。忠心就赶紧生了煤炉子，搁炉子上兑哒兑哒，燘了一小盆肉片粉条烩方便面。吃过后，觉着身子还怪暖和哩！换了煤球，闷上炉子，翻出一条新被子，暖暖和和地，瞌睡啦。瞌睡着，就梦见了红霞。一瞧着红霞，就急得不中啦。忠心才不管三七二十一，扯吧扯吧，把红霞的衣裳给脱光了，想搂起来撂床上，就要弄事呀。咋红霞就不叫搂，自个儿走到床边。娘吔，走着走着，腿咋瘸了，还找手扶着膝盖哩！忠心从后面，就一把搂住了红霞，搬起她的一条腿。红霞咋就"啊吔"着，一愣回头，红霞咋就又不是红霞啦，是张艳哩！精光赤条条地，还搁嘴里，不停喊着哇，忠心哥，忠心哥，开门呀。还喊得，恁么急哩。忠心还没来得及搁下她的腿，就一愣猛子，醒了。

醒了，就听院门有人拍，梆梆梆地，还有人搁那喊呀。听起，就觉着，像是张艳的声儿呀。忠心就赶快着，披了衣裳，开了房门，再开院门。一瞧，可不就是张艳。还不是一个人来的，怀里抱着谢尚林的儿子阳阳。忠心连忙问咋啦。张艳就说发烧，烫人，烧开水哩。急死了，没法弄啦。就过来，瞧忠心哥，看找摩托车带着，去溪湾村找盛世呀，打一针，得退烧哩。忠心一听，就心急火燎，都忘了叫他们进屋，一个人奔去西屋，胡乱着，穿好衣裳，推出摩托车，发动了，就要走呀。可想着，别怕阳阳冷啊，就又去扯了一条毛毯子，叫张艳连忙着，裹紧了阳阳，坐好了呀。

娘吔，外面咋怎么黑呀，伸手不见五指。张艳是咋走过来的呦！忠心赶忙，呼呼喇喇，打开头灯，再发动摩托车，开着就走啦。怕张艳搂不住阳阳，还怕开快了，把张艳给闪下去了。就解下围脖，拿过来，箍住张艳，再绕过去，拴在自个儿腰里，朝溪湾村盛世家，奔呀，跑呀，开得恁么快哩。都是泥巴路，不平整，坑坑洼洼的，可管不了啦！忠心就心里想，可别把张艳给拖坏了。张艳把阳阳搁在当中，一个手揽着，一个手抓着忠心的衣裳。

上了埂，走三地身子远，就到了盛世家。忠心停好摩托车，赶快去叫门，喊盛世。拍得院门哐哐响，嘣嘣的，就是不见盛世起来开门，里边也不应一声。忠心就映盛世，睡得恁死吔，跟个死猪样。嫌声儿不够大，忠心就急乎乎地，气呼呼地，摁摩托车的喇叭，吡吡喇喇，嘀嘀咣咣的，还是不见动静。忠心就恼啦，操起盛世家门口的一截碗口粗的木棍，对着院门就砸，铁门就哐哐哐哐的，跟地震了差不多。可咋砸，里面就还是个没动静。旁边的盛国，倒是迷迷糊糊地，开门了，说他哥盛世昨儿个，像是去刘大营子走亲戚了，不能晚上没有回来呀？忠心就知道，屋里头没人哩。赶快掉头，骑着摩托，得去艾亭集上，找卫生院啊。

风又大了，呜呜的，鬼哭样。忠心怕张艳娘俩坐后面冷，又把自个儿的皮大衣脱了，包着他们，再系上围脖，就开得更快啦。再不快，阳阳不得烧坏才怪哩。谢法俊家的安意儿，不就是烧成了个跛子呀。风呼呼地刮着，钻进衣裳里啦。可忠心也觉不着，还试着，咋还有点热呀，急促促地。

好歹走到了段庄，柏油路一直通到艾亭镇哩。瞧北头一拐，卫生院就到啦。忠心一脚油门下去，飞了就哇。到了卫生院，大门虚掩着，就赶快去敲医生的门。也是喊了一小会，急乎乎得不行。医生一个哈欠接着一个哈欠，瞌睡得很，惺忪着眼，问咋啦。用手一摸。我的乖乖，烫死了个人都。还怪张艳，说咋把孩子捂恁么紧，不烧也捂烧了。叫赶快给衣裳拿掉，散开呀。就赶快拿温度计量，一瞧，都烧到四十一度啦。说赶快打针，就打针。问是不是玩出汗了，风再一刮，受伤风了。张艳就说在外面玩，回来热，喝凉水，还跑出去，怕是逮着风寒哩。一针下去，阳阳都烧蔫了，哽唧一下，也没哭。都哭不出来喽。医生又左挑挑，右拣拣，药片儿、药丸儿、胶囊的，包了六小包，说是两天的，喝了后看情况，好了就不用来啦。忠心急得，问有水没，赶快喝一包呀。医生说深更半夜里，哪给弄水啊，回家了再喝也管，晚不了。打针了哇。这一说，忠心一看，乖乖，夜里两点半了都。出了门，忠心没有再给张艳娘俩捂皮衣，就要走呀。医生哎哎地，喊了两声，说咋不捂紧啊，恁么大的风，还得发烧啊？忠心就愣住了，不是说不叫捂恁么紧的嘛。医生就说啦，恁憨吧，那会儿发烧，能捂恁么紧呀？这会打针了，要发汗呀，漏了风，打针不是不管用啦？忠心就赶忙，又脱了皮衣，包着阳阳。用围脖系着皮衣，算是捆紧了。

回去的路上，风是小了，可盐子儿就哗哗啦啦着，落下来喽。从段庄往南走，都是泥巴路，偏巧盐子儿又变成了雪花瓣，给路弄得呀。忠心就不敢骑恁么快啦。路湿了一层皮哩，打滑，趷得很。扭扭拧拧着，趷着滑着，高低算是到了南园村。忠心就叫先去他家，有热水呀，还烧着炉子哩，管暖和一点。阳阳睡着了，摸摸头，也不恁么烫了。忠心就叫张艳，把阳阳给放搁床上睡着，盖了暖和和的被子。忠心就去倒了热水。等冷凉了，叫张艳把药给阳阳喂了。折腾了恁么长远，两个人也都觉着，累哩。

忠心和张艳俩人，等阳阳安瞪下来，围着炉子，坐在板凳上。一坐下来，张艳就哭啦。也不知道咋的，委屈呀，憋得呀，眼泪水，缕缕滔滔地就淌出来啦。拿着袖子，抹着眼泪水说，"叫我一个人，咋弄呗！"嘤嘤着，呼呼哧哧。忠心就干干地，咽了口唾沫，也不知道该说啥，也不知道咋安慰下，心里就哀怜怜地，有点凄楚，还有点怜惜。也试着，没奈何，咋办哩？竟不知道。哀叹了一丝，就想，一个女人家的，哪有恁么容易啊。可还是愣愣地，傻站着。张艳哭着，慢慢地变得哽咽，想说啥，又没有说。忠心就心疼起张艳来啦。

外面雪下大了，扑簌簌地响。张艳不哭了，抬起头来，想是说，要回去呀。忠心就瞧着她又垂下来的一绺头发丝，贴着淌眼水的脸颊。也不知道哪来的劲，哪来的胆子；也不知道是个咋想的，是个啥打算，人就一猛子，起身过来，搂起张艳就搂在了怀里啦。张艳也不动，还伤着心，委着屈，感着激的，任凭忠心死死地搂着。张艳不动，忠心胆子就大啦。扳起张艳的脸，就嘬嘴呀。嘬嘴，张艳还是个不动哩，也叫忠心嘬。忠心就又胆子大啦，手就不停地，隔着衣裳，去摸张艳的奶子。张艳嘴里唔了一声，嘴也没拿开，身子也没动，就叫忠心摸哩。隔着衣裳，摸不着，忠心就腾出手，去脱张艳的衣裳。张艳就有点惊，手划拉一下，想抓着衣裳，不叫脱。可也没有抓住，空着俩手，晾在那哩。忠心就去解张艳的胸罩，一抽，张艳的两个奶子，一呼啦地蹦出来啦。忠心俩眼就定定地，盯着张艳的俩奶子。张艳就赶忙，找手捂住了。忠心一下子，掰开了张艳的手，奔着张艳的两个结实而壮硕的奶子，亲了起来。张艳就一下子也放开手啦，任忠心亲着哩。亲着亲着，忠心就一把扳倒张艳，把她放搁床上。忠心浑身燥热，就不管三七二十一，疯狗一样，扑过去。张艳很沉重地，"嗯"了一声，就一下子瘫在床上啦，任着忠心的性，摇摇晃晃地弄着。还不小心地，咋就碰着了阳阳，咕咕哝哝地翻了个身，又睡了。俩人惊的，一动不动，紧紧着。瞧着阳阳又睡了，忠心和张艳俩，就偷偷一笑。

也不知道咋回事，忠心平日里跟红霞弄个一回就差不多了，可一沾张艳，咋就弄个没完了哩。断断不拉的，续续的，忠心居然弄了张艳三回。天快放亮的时候，又弄了一回，才觉着身上，哪儿哪儿的，都服服帖帖，就不想动弹啦。张艳才二十六七岁，身子弹绷绷的，摸着有劲。忠心可不就一下下地，掉进去啦？掉进去，可就出不来喽。

天麻麻亮，张艳一激灵，翻骨碌爬起来，赶紧穿上衣裳，说走呀。忠心也一愣，慌了起来，就叫张艳悄悄地，给阳阳裹着毛毯子，赶快走哇。忠心穿上衣裳，开了堂屋门，再去开院子门。轻悄悄地，不敢动大气。还探出头来，东瞧瞧，西瞧瞧。怎么早，还下了雪，谁起来啊。忠心就有点放心了，招呼张艳搂着阳阳，赶快过来，出门走哇。张艳慌慌张张，搂紧阳阳，腿上一瘸一拐地，身子一高一低，挪着步，出门走了。

张艳咋了也想不着，住在忠心东南角的谢尚昀家里的，叫一泡屎憋急了，拿着手纸，刚好转过屋角，朝茅房去的两步路上，逮眼一瞥，正瞧着了她从忠心家里，瘸瘸拐拐地出来了。路走得，恁难哩！

5

腊月二十，红霞从平湖回来了，可忠心咋了，也硬不起了，脓脓包包地，上过一回她的身子，还敷衍得很。红霞倒没有在意，荒了一两个月的地，咋能一下子就结出庄稼来呵。可她咋知道，一个月零二十来天的日子里，忠心和张艳俩人，不知道弄了多少回，居多都是在张艳家的泥巴房里。谢尚林晚两天，腊月二十二回来了。还没有等到夜里，就猴急急的，一看阳阳出去玩了，就拉着张艳，跑进屋里。张艳就觉着，这心里，可咋着都不是个滋味哩，快也不快地，闷闷着。想想对不住谢尚林，心里怪难受哩。要不是他，谁要自个儿一个瘸子呀。可谢尚林弄她的时候，那滋味，就不是忠心弄着怎么利索哩。身上不利索，心上也不利索哩。也不吭气，就只默默着，受了。

春上活少，除了弄黄瓜，种水萝卜的，就都还是闲着。谢尚林没等到正月十五，就拎着包出外打工呀。红霞倒是仍旧留在家里啦。过完年，红霞就不是红霞了，红霞是艾亭镇的妇女主任啦，管着怎么多大队妇女们的事哩。上环啦、结扎啦、流产啦，劝人莫离婚啦，管一下婆媳矛盾啦，妯娌矛盾啦，她都得冲锋上阵。过一个年，跟打仗样，送礼、请客、吃饭，赔笑、说话、套近乎。一个年过下来，为了个妇女主任，花了三万多，做饭都把腿给站细了，炒的菜也从二十几样，变成了五六十样不带重复。忠心对当官倒不咋上心，还冷冷地泼泼水给红霞，叫她不要蹚那趟浑水，别到末了，湿了身子还啥也捞不着。可红霞请人吃饭，他还得一样地陪着。也都是老熟人。镇上的书记、镇长啦，办公室主任啦，哪儿哪儿的村长啦。红霞的事就顺当多了，牵牵线，搭搭桥，走走门子，跑跑腿的。正月初八，可就去镇上，风风光光的，第一天上班哩。可就比以前忙喽，东西南北地跑着，日里夜里地管着，天天地，费着不知道多少口舌哩。为这妇女主任，还专门学了开摩托车，突突突一忽到这，突突突一忽到那。家里就可全撂给忠心啦。地里家里，家里地里；里里外外，外外里里的。

可好，红霞一忙，就啥也顾不上。不是忙着往外跑，就是忙着搁家里，迎来送往呀。家里也不知道咋的，一下子就亲戚更多了起来，多少年不走的远门子姨奶、妗奶，要么就是姨姥、舅姥的，都来啦。庄子上，谁不媚着眼，睃一下红霞。就有恁多的人，伤风感冒的，都兜着鸡蛋，拎着肉的，来探望探望。

红霞忙，忠心也忙。可再忙，忠心也没有叫自个儿的骚情闲着。红霞天天价地不在家，忠心就踅摸着，趔着趔着，去了张艳家。天天地，都是啥也不说，直不愣登地脱了张艳的裤子，就弄上一回。自打谢尚林出外，张艳心里就老琢磨着忠心，想他咋样才能过上一回瘾。就耐着性子，等啊等的。到了农历二月二，龙抬头，南园村该出外的人，就都走啦。还有干临时活的，也出去了，等收麦再回来呀。张艳就想，这庄子里人少了，忠心也管来了吧。于是，忠心就来啦。来了，她就心里怦怦直跳。等忠心把她扳倒在床上，她就自个儿把裤带解开。她就觉着，自个儿那身子，是干了一年的地呀，皲裂着口子哩，专等着忠心来，给她捯饬捯饬。

断断续续的，老猫偷腥哩。忠心就得空去一趟张艳家，要不张艳就去一趟忠心家。谁说哩，张艳去红霞家，可不是也得巴将着？人就不疑了。要么早息起来，要么得黑，红霞出门，或还没有回来。有时候急了，大晌午头的，俩人也急咻喇乎乎地，就着床边，裤子退一半，热火上一回。忠心就觉着，张艳越长越美，身子就越水灵，咋样都亲不够。腿瘸也不瘸，说拐也不拐，好着呀，都好好着哩！恁么排场，恁么好瞧哩。

　　日子一长，纸里可就包不住火啦。南园村的人，一个个地，都捂着嘴巴，传着传着，就没有谁不知道啦，除了红霞和红霞的亲戚。人们叙话，各说各的，说忠心想要个儿子，是借着张艳的人，生一个香火哩；也说，猫闻着荤腥，还有不吃的呀；要么说，妻不如妾，妾不如偷哇，那弄着，还不得劲死呀。人家说人家的，不妨碍忠心在张艳身上弄几回。过两三个月，忠心又趄摸着，趄过去，搁张艳家里，就扯掉她的裤子。这一回，张艳可就不叫啦，咋说都不叫。忠心憋得难受，非要进去不可。张艳就恼啦。俩人相好恁长远，忠心可就第一回地，瞧着了张艳的恼啦，脸红彤彤的，气呼呼地，眼还瞪得恁么大，母狗护儿样，想咬哩。就不敢再朝里边杵啦，就只得穿上裤子，瞧着张艳呀。平一会，张艳就对忠心讲，说她身上这个月没见红哩，那个没来呀，怕是怀上了。

　　忠心的头就轰一声，两个手唰唰怵怵，不知道咋着才好哩。就坐卧不安呀，就慌里慌张呀。就搂一回张艳，又松开；松开了，再搂一回。也高兴呀，也害怕哩。高兴呀，张艳不管生个啥，那可都是他亲生的呀；也畏怕着哩，张艳不管生个啥，红霞还不母老虎一样，吃了他！不吃了，也得把他给咬碎喽，撕烂喽。张艳在忠心怀里，觉着忠心就搁那抖呀。就起开身子，对忠心讲，怀没怀上，还没个说准哩。要是怀上了，就问忠心，是流了哇，不要啦，还是给忠心留个种，传个香火呀？忠心也没说啥，又搂一下张艳，就走了。

回到家，忠心可就丢了魂啦。要去下面条，可端着了面瓢；去地里要打除草剂，手里拎着的却是蜘蛛满。坐在那有发点颤，走着路，腿就有点飘，轻轻盈盈地哩。人就恍恍惚惚着，晕头转向地。也不知道咋回事，红霞怎么晚才回来，都快夜里十一点啦。忠心就一直坐着，像是等红霞，可又不想红霞回来。不回来，也得回来呀。回来了，那可得咋办哩！坐那，针扎着了屁股；起来，腿有点发软；睡那，身上像炸了痱子。左也不是，右也不可；前也不对，后也不中；上也不管，下也不行。可是不是，可不可；对不对，中不中；管不管，行不行，他也得要个亲生的呀，也得生个传香火的呀。就还心里得劲，想着要有儿啦。可还心里害怕哩，恁么容易就管要个儿？传香火，传香火，就有香火，也得管传下去呀。前前后后，左左右右，上上下下，转圈，坐那，睡这，站会，蹲会。钟表就咔噔咔嚓，嘣噔嘣嚓地，走得恁么匀称吧！走得匀称，可咋还走得恁么慢哩。一小步，一小步地，挪着走呀，慢慢悠悠。还走一步，退三步地呀，那步子，咋恁么碎哩！连个钟表，都煎熬人哩。就想着，红霞咋还不回来？也想着，红霞得啥时候回来呀？还想着，莫不是不回来啦？可末了，红霞还是要回来。回来了，一小留心，就瞧着忠心不对劲，问他是不是病了，得去盛世那看看呀。忠心啥也没说，脱吧脱吧的，睡了。

又过了一个星期，张艳身上还是个没来红，就知道自个儿八成是怀上了。都过了快一个月啦，等不得身上的红哩。不敢叫人知道，就从娘家喊了个本家弟弟，开着摩托车，来接她呀。逢着人家，就说赶集啊，回娘家呀。回到娘家，张艳就说，得住两天。娘看着阳阳，张艳就拖口，去卫生院拾点药呀，不利索的腿，又有点酸疼啊。娘可就不在意哩，张艳拾药，那不稀罕呀。怕碰到熟人，张艳搁卫生院里，踅摸了好一会哩，才闪进了妇科检查的门里。等她从里面出来，脸上灰一块，红一块，再紫一块，白一块。心里呀，咋就跟个小孩吹气球样，吹饱了又瘪了，瘪了又吹饱，瘪着饱着，张艳就有点六神无主啦。人家医生还说，可能是个男的哩，她就觉着心里更忐忑啦。默想着，俺忠心哥，可就是想要个传后的呀，这一忽的，就遂了心愿哩。满心欢喜着，又担着忧哩。

心里惊惊的，张艳也不敢回南园村啦，说在娘家得住了个把月呀。忠心搁家里，可就煎熬喽！翻来覆去，怕东怕西；覆去翻来，盼南盼北。风吹草动，心上抖三抖；没风没动，心上想三想。睡在床上，别说搂着红霞了，就是贴着她，都得搁心上，抖一下。红霞也累，个把月了，忠心也没有朝她身上爬过，她也不觉着啥。忠心心里就盼着，红霞早息起来快点出门呀，晚上回来再晚点呀，不回来也中呀。心惊胆战着。虽说朝后，好了一点，可心里的疙瘩，总还是个放不开。自个儿，咋说也能生哩，不管是搁哪块地里，种的庄稼管长，那就中。可不咋样，种人家地里，就得给人家收喽？思来想去，人家收了就收了，咋样，还不都是自己的种？心宽下来，忠心就好点了，想着该咋给张艳说呀——那得是谢尚林的孩儿哩！

张艳也好不到哪去。住在娘家，不怕人家知道，可自个儿的事，自个儿知道呀。怀上了孩子，咋办哟。给谢尚林说吧，也中也不中。中呢，就对谢尚林讲，是他播的种，这不也是才怀上不多久么，离过年也就个把月哩。不中呢，那可是忠心的种呀，心里过不了那坎呀。咋着，也得给忠心留个种呀，留个香火呀。可过不了坎，也不中啊，她是谢尚林的女人哩，除了管怀上谢尚林的种，还管怀上谁的种啊！红霞那凶狰狰的恶煞样，知道了，不得吃了自个儿哇。前前后后，后后前前，张艳就想啊想，想得脑仁都疼呀。想来想去，还是得亏着谢尚林哩。不亏他，一个女人家，可咋弄呀？好在离谢尚林回家也不多远，那不然，咋着，也不管给忠心哥保下这个种哩。可怜的，恓惶惶着，四十多岁了哇，也没能生个自个儿的孩儿。想想，怪心疼哩。

不见张艳回南园村，忠心心里就急啦。急了，可不是害怕的急呀，是想好了咋办事，得找张艳商量的急呀。等不及了，忠心就去赶集哩。骑着摩托车，一遍，一遍，又一遍地，搁张艳娘家屋子边，转悠啊。转悠着，等碰呀，还得提防着红霞的娘家人。要是瞧着了，就说赶集，一下子的，也中。忠心转悠第一遍，高高兴兴的，啥也不想，碰着了也没事，赶集哩！转第二遍，也中，谁都没有碰上，等于从头再来呀。可转到第四遍那会，就碰着了一个熟人，红霞娘家的邻居，一个堂哥家的嫂子。寒暄了一下，说赶集啊？赶集哩！等到转悠第五遍，忠心就急啦。急了，就埋怨张艳，咋就不出个门吧！第六遍，又碰着一个红霞娘家的亲戚，远门子的，给忠心惊出一身细汗来。就想着，张艳要是再不出来，该咋办哟。不中，就得赶快回啊，下集再来。可巧，转到第八遍的时候，还没有转到张艳娘家屋边，老远地，就瞧着张艳跟她嫂子，走出怎远了哩。看样子，也得是赶集哩。忠心就故意装作没事的样，慢慢悠悠地，过去啦。快到张艳身边了，就一扭头，刚好就瞧着了张艳，怪吃惊哩，就招呼下。张艳脸腾的一下，就变红啦。红了，就又白啦。嫂子可没瞧着，正转身去路边的糍粑店，要买糍粑吃哩。张艳就应了忠心一声，赶集啊？赶集！买啥？也不买啥，看看，一会得去俊明那，拿两瓶除草剂呀。俊明那？嗯哪，俊明那！

张艳跟着嫂子，搁艾亭镇北头集上，走了走。朝中街去的时候，张艳跟嫂子说，得去俊明家，买两瓶除草剂呀，得回去，给麦打药啊。就叫嫂子，一会买了东西，先回呀，她一下就回去了。嫂子一听，买除草剂，是要回家了呀！二话没说，笑着叫张艳早点回去，今儿个买龙虾，回家煮了，蘸酱油吃。张艳一瘸一拐地，扶着腿，走了怎么长远，去了俊明家。才走到俊明家路边，瞧着了忠心，在俊明家店里的条凳上，坐着哩。吸烟。装作没瞧着呀。就走了进去。故意一瞧，才说，忠心哥也来买除草剂啊。忠心就寒暄着，说怎长远没回去了，娘家住着可好啊！张艳就笑着，俩人跟一个庄的邻居样，拉了几句闲话。张艳说腿有点不得劲，去卫生院拾药了呀。忠心问咋样哩。张艳说没啥事，找医生看了，说吃吃药就中。忠心就知道，张艳那病，是怀上啦。

没两天，张艳回南园村了，还是本家堂弟送回来的。晌午回来的，吃罢晌午饭，就去忠心家，说借电喷雾器，给小麦打除草剂。

庄里人见怪不怪，寒暄着，就过去啦。进了忠心家的院子，张艳就朗声地问，红霞嫂子不在家啊？忠心就说没在家哩，去县里开妇女会去啦，得两天才能回来呀。张艳就小着声地对忠心讲，真怀上了，医生说，是个男的哩。忠心一听，心里就乐开了花呀。搓着手，想老谢家高低还是有传后的啦。老天爷有眼，没叫他忠心绝后。甭管搁哪块地里下种子，能长出来的庄稼，都是他忠心的种呀。观世音菩萨娘娘呀，给你烧高香哩。老啦老啦，又种上啦！老谢家，不该绝这一门人呀。伸手要搂张艳，又赶忙收回来——院门都还没关哩。张艳又小声地问，咋弄哩？忠心就说啦，还是得给谢尚林挂个电话呀。咋着，也得说是他谢尚林的种啊。张艳一听，知道忠心是想要这孩。低下头，咬了咬嘴唇。像是狠下了心，横下了心。说她也是恁么想的呀，想给忠心哥生个孩哩，别管咋着，那还不都姓谢，那还不都是他忠心的后呀。忠心就心里潮热乎乎地，想搂着张艳亲两嘴巴。可不能那样，这大白天的，又不背静，人眼闲杂。他回身去了屋里，拎出电动的喷雾器，递过去，要给张艳。张艳要提，忠心就俩手拎着喷雾器，一手使劲，另一个手里握了一把子钱，都是一百的。这个手递着喷雾器，那手就把钱，一下子地，都塞给了张艳。叫她多注意点，买点好吃的，补补呀。张艳的眼泪水，一呼啦地淌出来了，噼里啪啦地朝下滴哩。忠心说，哭啥，别哭哩。往后缺了钱，就还来借喷雾器呀。咋说，那有孩了，也得劲呀。哭啥，哭啥哩！别哭着身子哇。张艳就说，她高兴哩。

6

　　说是谢尚林的种，忠心就不怕啦。张艳也不怕啦。怕啥哩，那是谢尚林的种呀！日子一天天地过去，张艳的肚子也就一天天地大啦。张艳心里高兴哩，脸上也笑着。大摇大摆地，搁南园村的哪儿哪儿的，爱咋走就咋走，爱咋停就咋停哩——那怀的，可是谢尚林的种哩！谢尚林听说张艳又怀上了，又喜又忧哇。再要一个儿子，就多一个后呀。得劲！可再要一个儿，那计划生育咋办呀。想不着办法，谢尚林就想着了红霞，那可是妇女主任哩！找她，弄个准生证的，不就中啦？从此，张艳就管常去忠心家啦，说事呀。说准生证的事哩！忠心也就管常去张艳家啦，也说事呀！红霞有啥的，都得是他跑过去呀，说事咋样了。

　　张艳和忠心再瞒，可也没有不漏风的墙呀。红霞日日里忙，正在给南园村的谢法名家的二儿媳妇桂霞弄结扎的事。跑了几趟，桂霞咋了，就是个不想结扎。可按照规定，桂霞可是非得结扎不可的呀。谁管逃得了呀。红霞狼乎的一面就来啦。咋咋呼呼，一边是好言相劝，连哄带骗；一边是凶巴巴地警告，再不结扎，大队就派人来，罚款！再不中，上房揭瓦，进圈牵牛，扒窝逮鸡。非得弄个倾家荡产不中哩！弄得谢法名一家上上下下，心里头扑扑通通的，没个法过日子啦。红霞狼乎，那桂霞也不软哩。狠劲上来，可也虎着哩，谁怕谁呀。俩眼一瞪，都圆着哩。谁还缺胳膊少腿呀？红霞不叫她好过，她也不叫红霞得劲喽。还没等红霞第二十三次上门要求她结扎哩，桂霞可就专门瞅着空，想着，得跟红霞拉呱拉呱。没过几天，就被桂霞逮着一个空。红霞从集上回来，一堆人在南园村的村口，坐着闲聊哩。红霞就停下摩托车，跟人家寒暄着，宣着威风哩。等她要回啦，桂霞也说要回家呀，就喊着嫂子，叫红霞捎着，带她一段呀。坐上摩托车，桂霞就急乎喇喇地，有一阵没一阵地说，张艳咋怪哩很吔，有事没事着，咋就光是朝红霞家跑呀？忠心咋还怎么热乎地，迎着哩。这，啥事哩！红霞可不搁在心上呀，那还不是谢尚林塞了钱，叫给办准生证呢嘛！桂霞就没再说话啦。哼哼着，冷笑了几声，一脸不屑着，又呼啦下，一冷猛子，噤声啦。桂霞那话，倒没咋叫红霞想啥，可她那口气、神情，就扎了红霞一下啦。还戳得，怪疼哩。尿样，还敢瞧不起她红霞呀？

回到家里，思来想去。慢悠悠地，红霞觉着，乖乖儿吔，还真就有点不对劲呀。桂霞可从来没有敢这样呀，竟瞧不上她红霞。咋怎么怪着哩！莫不是，忠心真有个啥？这一想，倒还真就，有点惊慌了。忙这忙那，忠心咋样，她都忘了哩。心里毛躁躁的，红霞就啥事也干不了啦，觉着憋屈哩。就狠狠心，要是忠心真敢跟张艳有个咋样子的，看不撕了那个瘸子。能耐哩，路都走不好，还敢偷汉子！咬碎了牙哩。想着这，红霞心就抖了一下。牙还是恨恨地。忠心个狗日的，真要敢偷女人，非得打死他个日娘的不中。瞧着吧。心里就朝着坏里去呀。就谋算着，得找集上的哥跟弟，非得给忠心撂倒，打到交国投降为止。弄死他个狗日的。胡乱着，想一通。

可空口无凭的呀，也没有个准。人家满嘴跑火车，她红霞也跟着满世界地跑嘴呀？可真不？也不晓得。红霞就想着了个招儿。天抹黑，忠心给小麦打矮长素回来了。红霞做了两个菜，俩人吃着叙着。一叙话，红霞就句句不离张艳，问怀的咋样了；叫忠心对她讲的事说啦没；张艳一个瘸子，怀孩子容易不；才几个月呀，肚子怎么大哩；家里管吃上肉不，得补补哩；谢尚林也是，咋就不回来瞅瞅呀……忠心起先不觉着啥，就随便一说，跟说南园村里其他人没啥两样。可等到红霞问了五六句，忠心就有点慌啦。这女人，该不会是闻到啥腥味了吧？说话就注意上了。话到嘴边，都得想三想，思三思哩，还得再回锅翻炒三下呀。红霞究竟也没问出个啥，可心里还是打鼓。觉得忠心日子里怪怪的，可哪怪，又说不上来个啥，也看不出来个啥，也就不在意了。洗罢碗筷，特意擦洗了一下身子。一睡到床上，就搂着忠心，摸他。还脱光了衣裳，拿着两个奶子，蹭呀。忠心也有点慌哩。自打当上个妇女主任，可就一回也没有搂过呀。咋说，那也是妇女主任打精屁股，搁那蹭呀摸呀的哩。没想啥，忠心冷冷着。红霞扭着身子，拿下身蹭忠心，喘着粗气。忠心叫红霞弄得，热热乎乎了，就起身，咸不拉几地，弄着。红霞心里头就有点凉啦，咋就觉着，男人不是自个儿的男人哩。

畸扭拐弯地，红霞想着了个点子。去艾亭镇找了自家老弟，叫鹏飞拖个街上的痞子，打探一下忠心和张艳的事。听个假，也欢心哩。鹏飞就找着了街上的痞子满堂。满堂又拽着一个相熟的南园村的来全，也是个痞不啦叽的二流子货。一听有人打听忠心和张艳的风流快活事，来全就眼冒绿光，一下子来劲啦。把听来的风言风语，添油加醋的，使劲朝荤腥儿上找，说得唾沫乱飞，实实在在的，过了一把嘴瘾。来全的话又叫满堂添油加醋的，不说带荤的，朝着八九不离十上说，到最后，竟至于铁板上钉钉，铆紧实啦。鹏飞一起头，恼得，捶着拳头子，喷着唾沫星子，跟红霞说了。还说，咋着，也得给忠心个日娘的，弄死算毬。红霞当下，搁娘家就发火啦，还砸了电视机，狠劲一下子上头啦。上头了，可不乱。叫大哥喊南头的流氓海军和空军，赶快骑着摩托车，先把忠心给围家里，别叫跑喽。又叫老弟喊上青山和四化，赶快去逮张艳那个骚屄呀，别找不着人影哩。

娘儿们气节上，狠劲狠乎劲，都出来了。风风火火，二话不说，暴风雨一样，刮到南园村！鹏举带着空军和海军，气炸乎乎地，到了忠心家，一脚踹开了院门，哐啷一声。瞧着忠心正搁屋里看电视哩，鹏举就没好声的，怒恨恨的，喊忠心，你给我出来！忠心一惊，心下就存了一两分的忧惧，知道事要不好啦。一下子立身，走出屋子。鹏举上前去，一巴掌，叭叽一声，就闷响在忠心脸上。接着抬起一脚，照着肚子，狠命蹬过去。忠心被踹倒在地上。完了，鹏举还一口唾沫吐过来，骂了声不要脸的，狗日的，没爹的货！空军跟海军就站在那，脸黑黑地，瞧着。平日里，酒桌上的，称兄道弟，也和忠心一下子生分喽。红霞后脚就跟进来啦。闯到院子里，操着钉耙就要去夯忠心。空军一看，要出人命哩，赶忙拦住，抢下钉耙。红霞就疯了一样，从窗户棂子上，操起一把镰，对着忠心的头就劈过去啦。可巧，镰是背着打过去的，嘭的一闷声，忠心头上淌了血，一点点地，往下直滴哩。红霞还不解恨，拿脚对着忠心的胸就蹬过来。忠心挨了一镰，就知道那事，十二分地坏喽。他不躲，也不起来跑，心想就打吧。叫红霞打够了，打死了，才好哩。给男人打死了，当个寡妇，叫人家瞧瞧，狼乎的女人！一呼啦又想，解了红霞的恨，张艳才不会遭殃哩。红霞瞧见了忠心的心思，又扇了一耳光子，怒气冲冲地，嘴里叫着鹏飞和青山，还有四化，赶快去那个瘸子家里，打死她个骚货呀。忠心一听那话，心想完啦。就不要命地，跳起来，朝着红霞，狠狠地扑了过去，嘴里还喊着啥。鹏举一看，赶忙和空军海军一起，把忠心按倒在地。红霞一瞧，真还护着那瘸子哩，一回头来，拿着锄头，照着忠心的屁股和大腿，狠命地敲打。忠心嘴里呜呜叫着，跟个死狗一样，头给按在泥巴里啦。红霞一扭头，叫四化留下，咋着，也得看好了忠心。不能跑了呀。带着老弟鹏飞，快步跑着，走去了张艳家。看着红霞怒火喇喇地去了张艳家，忠心的心就一下子凉啦，咆哮着，唔唲着，要起来去护着张艳哩，得守着自个儿的种呀，那可是老谢家的香火啊。就被鹏举四个人，按头的按头，按手的按手，按脚的按脚，钉着，死死地铆在了地上。他似哭不哭，似叫不叫地，呜呜着，嗷嗷着，哇哇着，啊啊着，一下子，心就死啦！心死了，人也就背过去啦。四个人还是死死地摁着。死他个日娘的！

张艳也在家里。怀上孩子后，她少干活得很，乏乏的，哪也不想去，哪也不想动。红霞带着鹏飞来了，进到泥巴房里，红霞扫脸一耳刮子，打得张艳趔趄着，退了两步，差点没摔倒哩。还没等张艳伸手捂住脸，红霞就一把拽住张艳的头发，三拖两拖，从堂屋里给拖到了屋外地下。左邻右舍的人，就听着红霞的破口大骂：骚货！偷汉子！也不看看啥德行，瘸得路都走不好哩，还骚哄哄地偷汉子！不要脸的骚货！呸！骂着，手脚还不停，攒着劲，死命地朝着张艳的小肚子踢过去，一脚一脚地，不停下呀。张艳许是踢疼了，许是担心肚子里的孩儿，就身子蜷曲着，用手护着肚子，半趴在地上哩。红霞一把扯过她的头发，再一拽，把她翻过来，还是朝小肚子，腿窠臾里，攒着劲地，狠命踢，死命踏。不过瘾，还蹬，还跺，还踩，还踹。张艳又护着了肚子，身子蜷曲着。红霞又开了别的窍，拿脚朝张艳的下身踢，嘴里还映着，看你还偷汉子！鹏飞站那，不动。女人的事，不插手！那咋插手哩，一个大男人呀！姐又不吃亏。张艳躺在地下，蜷着身子，不动弹，任红霞踢呀、蹬呀、跺呀、踹呀的。肚里的孩子得保住呀，打死了也得给忠心哥留个后呀！

打累了，打不动了，红霞才停下。停下来，就赶快叫鹏飞，把张艳弄到摩托车上，赶快带到卫生院呀。干啥？把那野种给刮了呀！鹏飞一提，把张艳朝摩托车上拖。张艳可就一下子发疯啦，又是踢，又是打，拿嘴咬，拿手掐，摇头晃脑，死命地挣脱着，就是不朝摩托车上去。那么瘦弱的一个女人，扑棱两下，劲还怪大哩。可哪里有鹏飞的力气大啊？一把抱着，连张艳的手也给箍到身子上，就给撂到摩托车上啦。张艳一咕噜，从摩托车上跳下来。红霞看鹏飞弄不住，赶紧过去，搂着张艳，像装一个猪娃子一样，嗷嗷叫着，还是给弄上摩托车了。弄上去了，张艳就找手捶打鹏飞。还狠着劲，按在鹏飞肩膀头上，咬呀。红霞箍住双手，给朝后扳。那哪中，张艳就用头撞，狼嚎一样地哭着，哇哇地，嗷嗷地，啊啊地。摩托车发动，一冒烟地，带着张艳，去了艾亭镇卫生院啦。

摩托车一走，看热闹的人还不散，三三两两地，议论着。先前映张艳是臭婊子的人，都开始怪起红霞啦，还映红霞，这女人，恁狠吧，那可是怀了孩儿的女人呀，咋能怎么踢人家、踹人家呀。还是个瘸腿了的女人哩。妇女们就都怜惜着张艳，知道她这一去，可就没好果子吃哩。怨归怨，恨归恨，可谁敢说呀，那可是艾亭镇的妇女主任唵！桂霞一起先，瞧着红霞气成那样，甭提多得劲了，心里乐呵得，都管装上四五个兔子。可瞧着红霞怎么地踢张艳，心里后悔了。就算整红霞，可不能把人家张艳也给搭上了呀。罪孽哩！人家怀的那孩，要是没啦，自家那孩，还能好喽？一打冷战，就哭啦。哭着，怪伤心哩，就回家去啦。没过多久，桂霞咋就一屁股墩，闪着了，怀了两个月的孩儿，也流产啦。

鹏飞骑着摩托车，弄着张艳，从忠心家门口走过。忠心听着了张艳的号叫声，嗷嗷地，哇哇着，心一下子，全死啦，动弹都不想动弹，死了算啦。老天爷都不叫活，活着还有啥意思哩？老天爷叫他得绝后，咋还管生下来个一儿半女哩？张艳看走过忠心家，就大声地叫唤呀，使劲地，嗷嗷着，心想着，忠心能出来拦下啦。可一瞅，忠心哥咋就叫打成那样了呀。她那一瞥眼，又开始心疼起忠心哥啦，就更加大声地哭喊呀——那可不是求救，也不是号叫。是悲鸣，是心死，是活着不如死了哩。哭自己的命苦，小时候咋就得了麻痹症，咋就又成了瘸子呀；嫁人吧，又穷成那样呀；找个可心的人吧，想生个孩，都不中呀。张艳就从心里，撕开了豁子，扯着嗓子，拼命地喊呀，号呀，叫呀。哭不动啦，眼泪水，哗啦啦地，流着，淌下来啦，下暴雨，飞瀑布，淌成河。

鹏飞摩托车开得飞呀，快得很哩。到了艾亭镇卫生院，红霞一蹦，下来后奔着结扎的屋子走过去，鹏飞牢牢地耪着张艳。张艳早没劲挣了，任凭鹏飞箍着自个儿。红霞简单地和结扎的医生说了下，跟她讲，一个逃计划生育的女人，罚钱不给，还又怀着了孩子，镇里决定强制执行流产。一边还恨恨地说，对抗执法，不服管哩。还说计划生育工作难开展，都是这些个女人，管不住自己，一叉开，男人就种上啦。种上了，不得是违反计划生育呀。就得流了，就得结扎，就得上环！跑也跑不掉，天涯海角哩！跑了和尚，还不成，跑了庙？医生可知道红霞的手段，在她手里，已经流过五六个计划生育外的超生妇女啦。可从来也没瞧着，这么哭闹的呀，八成是妇女主任要强行执法啦。她们就也理解妇女主任计划生育的难处。就说流啊，去了解情况。正好给张艳检查怀孕的医生也在，想起了张艳来检查的事，悄悄地，提醒了做流产的主治医生，说怀了三个多月了，流产会不会有风险？怎么小的卫生院，可没有怎么高的技术。要是出人命了，吃不了就得兜着走了呀。那主治医生听了，一看红霞凶神恶煞的，也觉着有点不妙，就不敢动这个流产啦。本来说要先检查，看清楚情况了，再来流产。红霞斩钉截铁地不让检查，说直接流！那医生就更慌啦，说卫生院条件太差啦，怎么不配合，谁敢给做流产呀！就建议红霞去县里的人民医院流产去。那儿水平高，技术好，啥啥的都齐全哩。卫生院麻醉也不够呀，万一流产的时候，瞎胡动，出人命了可就不中啦。红霞没办法，也觉着要是在卫生院弄，事露馅了，妇女主任怕是干不下去哩。县里也好，远，就没人知道。再说啦，谁去查张艳是不是抗拒计划生育才被强制流产的啊。不管咋样，张艳就是超生了嘛！

红霞就叫鹏飞赶快喊人，包车，弄县里，流产！张艳就被弄到了临泉县的人民医院。妇产科的医生看张艳哭闹号叫，吓了一跳，不知道咋着好哩。红霞又像汇报工作一样，说是杀鸡给猴看，不然计划生育工作开展不下去。还说张艳是个老滑头，怀孕了不上报，该结扎不结扎，该上环不上环，该孕检不孕检，带头抵抗政府，抗拒执法哩，不给她流产喽，工作还咋做啊？医生就问家人咋说，镇里咋说，她可怕担责任哩。红霞就连蒙带骗，说是镇上领导开会做的决定，盖章的手续，逮这个孕妇的时候，一时情急，忘在孕妇的家里啦。还说这种违法的事，就得快刀斩乱麻，流了产，他们就投降交国啦。找他们商量，那不是更做不成啦？医生将信将疑，给张艳打了不少麻醉，粗糙糙地检查一下，没啥问题，就推到手术室里，流产！张艳睁着眼，想张嘴说啥，想对医生讲，红霞说瞎话呀，可不是抗拒执法呀。还给她送怎么些子钱哩，还叫她给办准生证呀，还给她割肉送鸡蛋哩……哑巴哑巴嘴，可不知道咋说。说了，也是没个声，除了自个儿管听着，谁管听着哩？想着，不是超生吗？是超生呀！可真的超生吗？也不算呀！红霞是恨她，是在害人命呀。张张嘴巴，张艳最终也没说出个啥，默默地，眼泪水又哗啦啦地流淌着，顺着耳根子，把头下的垫子，都哭湿啦。

麻醉了，可张艳还是感觉到了，医生那一个冷冰冰的镊子还是啥的，捅进了她的身体，掏啊掏的，剐啊剐的，扒拉着这，扒拉着那，又拿个啥东西，吸呀吸的。一吸溜，就把她的身子给抽空啦。身子掏空了，心也掏没啦，魂也掏走啦！万念俱灰地，死死地躺在手术台上，任凭那冷冰冰的镊子在身子里掏啊掏的，剐呀剐的。张艳就觉着，自个儿要给掏死啦！

7

直到张艳叫医生护士的推进手术室，红霞才松了口气。松了口气，就赶快去外面，找电话，给谢尚林说事呀。费了半天劲，找着了一家公用电话，红霞就给谢尚林厂里拨过去。挂断了，等着人家喊。等了恁么长远，谢尚林才到，红霞又拨过去，劈头盖脸就映谢尚林——你个憨瓜蛋子呀，恁女人叫忠心睡了你知道不？还屁颠屁颠地省着张艳给你怀了个儿哩。那是忠心的种！张艳给你戴绿帽子啦，你都不知道，咋恁憨哟！天天累得跟死狗样，挣的钱都让那骚货吃香的喝辣的啦，都叫忠心个狗日的占了便宜啦。女人都叫忠心日了，你还出外打工，眼都长裤裆里啦？还不赶快回来！那野种叫我流了，回来赶紧给你女人接走！

谢尚林就一下子蒙了。收拾东西，赶紧回艾亭镇。张艳被推出来，还在迷迷糊糊着，医生说得搁医院里观察下。红霞才不管呢，死了才好呢！就说艾亭镇卫生院也管观察，弄回去，没事呀。等张艳的两瓶子吊水挂完，红霞就不由分说，叫鹏飞背着，弄进车里，就拉回艾亭镇的卫生院啦。把张艳朝医院一撂，红霞就叫鹏飞骑摩托车带着她，去收拾忠心呀。

咋收拾忠心，从临泉县回艾亭镇的路上，她就想好啦。不管咋样，就是把野种流掉，她也不解恨，非得把忠心打个半死不可哩。叫他个日娘的还蹦跶。回到家里，天就麻麻黑了。到院门口一看，忠心叫绳给捆住了，绑在堂屋门口的水泥柱子上。鹏举几个正坐在院子里吸烟。看来是不知道该拿忠心咋办，都在低头想呢。红霞就风风火火地闯了进来。鹏举站起来，问咋弄。红霞就咬牙切齿地，要把忠心给弄断一条腿呀。他不是喜欢弄瘸腿的骚货吗，给他也打瘸，叫他俩一对瘸子弄去，得劲去！鹏飞一听，腾的一下，火就上来了。从晌午到南园村，他还没有碰过忠心呢，他得打一回。于是就拿了半截棍，对着忠心就狠命地打，红霞就在一边喊，打死他个狗日的。鹏飞专朝忠心的大腿打。鹏举看着，心里嘀咕，别真打出人命哩。人命关天，可就脱不了身啦。他回过头来给红霞说，晌午饭还没吃哩，都恁么晚了，先去吃饭吧，吃了饭再来收拾狗日的。红霞一想，也对，自家人不吃饭没啥，那空军、海军、青山和四化，总得去吃饭啊。可吃饭，恁么晚了，还咋做呀。鹏举就说去街上，找个馆子，吃得快。去街上，恁么远，忠心咋办呀？还捆着？跑脱了呢？红霞就想了个点子，把他给关屋里。

　　鹏举几个人就把忠心从柱子上解下来，换成用绳子反绑着手，再绑着脚。弄到屋里，红霞还是个不放心，怕忠心跑了，就把屋里打好的板子拿出来，找了铁钉，把门头上的大缝给夯死。然后锁了堂屋门，就骑着摩托车，朝艾亭镇走了。鹏举落在最后，关院门的时候，也没找着锁头搁哪了，就把门带住，骑摩托车也走了。天，就黑下来啦。

　　红霞走后，过了个把小时，忠心的一个本家亲叔谢法劭，披着衣裳，悄没声息地，摸到了忠心家。一推，院子门没锁，就轻轻地推开门，闪了一条缝，进去。进去了，靠近窗户，朝里看。可啥也没看着哩。就轻轻地唤忠心，忠心才闷不啦叽地应了声。谢法劭一听，就问咋样啦。忠心说自个儿叫绑起来啦，弄不开哩。谢法劢就去院子里，趑摸着，看着了红霞夯忠心头的镰。捡起来，就递过去，叫忠心赶快割开绳子，逃命啊。忠心一听，硬气着，就是不逃，他就不信，红霞能把他给打死喽。打死汉子，可怪长脸哩！寡妇就当着得劲哩。谢法劢一跺脚，嗨了一声——你不走，她真打死你，就说你是得病死的，她家里怎么些子当官的，谁给你查？就是不打死你，给你关这屋里，活活饿死你，你也干瞪眼哩。到时候，谁知道啊。再说了，就算不弄死你，打瘸你的腿，你可咋样好啊？赶紧割开绳子，逃命要紧啊。忠心就惦记着张艳，不想走哩。谢法劢就劝他说，留着青山在，不怕没柴烧。孩儿没有了，有男有女的，还怕传不了后啊？要是万一死喽，种都没有啦，再好的地，管给你长个啥庄稼啊？可就没后啦，断一门人了呀。忠心想了想，觉着也是，就叫谢法劢把镰扔进去。谢法劢没扔，叫忠心蹾过来，他从外面把绳子割断。忠心腾开手脚，觉着头上疼，就摸了一下头，黏糊糊的，还有腥味，就知道是淌的血。接着，凭记性，去屋里摸了一把锤子，踩着椅子，把门头上钉着的木板，一块块撬开。从门头上的大缝里，就翻出来啦。翻出来之前，还在屋里摸了摸，把家里放着的钱，都装兜里，逃命去呀。

出了院子，忠心可就不知道该朝哪里逃去了。亲戚家哪能去？红霞都知道。那去哪呀？想了个遍，才想起来马集的光明。哪都不能去，除非朝马集跑，红霞可不知道他那还有朋友哩。打定了主意，忠心就把兜里的钱拿出来，塞了一把给谢法劢，叫他赶快去卫生院瞧瞧，张艳是不是叫他们弄那去啦。把钱给她，叫她也逃命，去南集找忠心呀。谢法勐收了钱，也不敢停，就骑着洋车子，呼呼啦啦地朝卫生院奔哩。去到那，一找，就找着了张艳。医院的人都下班了，张艳一个人躺在敞屋里的床上。谢法勐就喊了张艳，没应声，像是睡着啦。还喊，才迷迷糊糊地醒了。张艳一瞧是谢法勐，就猛地清明了。谢法勐把钱塞给她，叫她赶快起来，娘呃，逃命啊！张艳觉着身子沉沉的，动不了呀。哪里走得动啊。谢法勐就赶忙搀扶着，叫张艳坐在车子上，带着她，直奔艾亭镇的南头哇，朝陶老乡去的路上。为了避开红霞家里的人，还故意绕了东北角，从东边的大路，朝南走。送到十里桥，离陶老不咋远了哩，谢法勐就说快到陶老啦，叫张艳一个人走过去，那边有包车的，再去赵集。他得赶紧回啊，要不红霞知道了，可就不中啦。张艳下了洋车子，一瘸一拐地，拖拖挪挪，朝陶老走去。身子沉，走不动。脚不利索，还得扶着腿，摇摇晃晃的。谢法勐瞧着张艳慢慢拧拧地走，一歪一斜的影子，就心疼啦，淌了眼泪水。说了一句：造孽啊！

8

忠心出了院门，拔腿就想跑。可才迈一大步，咕咚就摔倒啦。腿叫鹏举狗日的打的，生硬硬地疼哩，跑不起来啦。咬着牙，迈开步子，快快地走哇。出了南园村，忠心就一直朝南走。过闻营，走尚寨，穿吕庄，偏大田埂，再上埂，过河，走徐营，穿南天门，过魏庄，就到了陶老南边的洪河啦。过了洪河桥，就到赵集啦。赵集再一路朝前走，经过三孔桥乡。再走长长的一段路，就管到马集啦。马集还朝南，就是芦集。还走，可就到淮河滩啦。

出了南园村，忠心就觉着自己走不动啦！除了早息起来吃了一块馍，喝了一碗米汤，一天里，可就啥也没有进过呀。还叫鹏举他们打得怎么狠。头上轰轰地响，直冒金星哩。腿上疼，头上也疼，身上也疼。跑不了，也走不快，拖拖拉拉地，好歹算是走到了闻营，就实在走不动啦。走不动，就在人家的麦地里，躺下来睡会。可躺下来睡会，真就睡着啦。睡着了，就瞧着爹咋来了，脸撸图着，黑堂堂的，也不笑，就吓人得很哩。还听着娘说，可气死爹啦，怎么大了，连个一儿半女的都没有，丢不丢人哩！丢死先人哩！那往后，该咋见祖宗哟！爹还是脸黑堂堂的，背着两手，走过来。到了忠心跟前，盯着他看了一下，就抬起脚来，一脚蹬下去，正好蹬着了鹏飞找棍打的地方啦。疼得忠心娘吔地叫了一声，醒了。才知道，乍猛儿，是做梦哩。醒啦，摸摸身边的地，那可不是盖服哩，是麦苗子啊，正在拔节的麦苗子呀。四周里静悄悄，一点声儿都没有呀。远远看去，一个个黑黝黝的庄子，家家户户都还亮着灯哩，该是都在吃饭了吧。平日里，要么就在家里，跟红霞一块吃饭。红霞不回来，也能去张艳那里，弄一回张艳呀。一想到张艳，忠心心里就凉冰冰的，一点生气都没有啦。也不知道这会张艳咋样了，谢法劢叔把钱给了没有哇？要是跑不出来，红霞知道自个儿跑了，非得打死张艳不可呀。就想，张艳呀张艳，就赶紧着，跑出来啊，逃命啊！

睡了一会，身上又有了点劲，忠心爬起来，赶忙朝南走啊。去了南集，红霞就追不着啦；找着了光明，就有饭吃啦。忠心就摸摸肚子，迈步赶快走。腿上也没有怎么疼了，可头还是轰轰着，有点晕头转向的。他也不知道，自己晕晕乎乎地，走了多少冤枉路。走着，就瞧见人家庄子里，灯一个个地灭啦。夜深了，有薄薄的雾，笼罩过来，忠心就觉着身上的衣裳潮了。路边的庄稼，都长得绿油油的，黑乎乎的，有风一吹，就哗啦啦地响哩。一响，忠心心里就有点惊，觉着那寥地里，别窜出一条小鬼来呀。

也没有月牙子，阴天了哩。忠心就越走越黑，越黑越走；越走越深，越深还是个得赶紧走，好像掉进了泥巴地里，打着滚，陷进去啦，啃一嘴巴泥哩。可忠心的眼睛咋怎么亮吔，都管给夜路照得明明白白，清清楚楚。走着也不磕磕绊绊，泥巴路都变成了柏油路，平整展展的，顺溜着呢。过了大田埂，再朝河沿去。下了埂，就要过河啦。忠心饿得不行，可这大春上的，地里哪有吃的呀？走到河边，马上就得要蹚水啦。蹲下来，从河里掬起一抔水来，满满地喝了一肚子。喝了水，也挡饿哩，忠心就脱了鞋，脱了裤子，准备过河。过了河，忠心憋得慌，就掏出家伙什来，朝河里尿开啦。尿撞击着河面，哗啦啦地响，忠心乐呵了一下，人就轻松了一点哩。就想着了那回，搁洪河桥上，掏出屌来，尿了一泡，多得劲！坐在河边草地上，晾干了脚，穿上鞋，觉着累了，就不想动啦。不想动也不中，红霞他们吃了饭，回去看自己跑了，不赶紧就追啦？就一拍屁股，还是得走哇。慢慢地，穿过了吴淖。庄子里的灯，稀稀拉拉，有几盏没几盏地亮着。夜就怎么深啦。

再朝前走，就到魏庄了。忠心累坏了，头轰轰响着，人就越发地晕啦。可忠心不敢停步，一步挪一步地朝前走呀。走着走着，咋就听着有小孩的欢笑声，还一边跑一边喊爹哩。忠心抬起头，朝前边一看，咋就瞧见了张艳，还带着个孩子呀，奔着就跑过来啦。张艳真可怜，瘸了腿，弯着腰，一摇一晃地走路，瞧着都叫人心疼哇。可张艳乐呵哩。那孩可不是阳阳，是忠心的孩哩。忠心就想，得给张艳弄个拐杖，走着就利索啦。张艳走着，还跟以前一样，忠心就觉着放心了。红霞该是没有打她哩。小孩在张艳前边跑，跑啊跑啊，就奔到了自个儿的面前。咋还是个不停下来哩？还是个跑。忠心明明看着都撞到自个儿腿上啦，还不刹住脚步，就一呼啦地，穿过了忠心的身子，跑走啦。忠心猛愣着，一激灵，做梦了一样，再抻眼一瞧，哪里有张艳哩！空旷旷的麦地，呼呼啦啦地，涌到忠心的腿边啦。忠心就有点怕了——别不是走进了迷糊里了吧？

　　夜咋恁黑吧。忠心揉揉眼，就日怪得很呀，怎么黑的夜里，咋就瞧着了恁些子东西，红的，黄的，绿的，蓝的，紫的，悠悠的，火一样跳着呀，就搁脸面前，一呼啦画出了个乱七八糟的画。瞧瞧那画，咋像山包子，不陡，也不峭，平平缓缓着，一顺溜地，下来啦。山坡上，就开着恁么多的花哩。桃花红呀，梨花白呀，杏花粉哩，枣花小哟。就还瞧着，那花树下边，咋还坐着个小孩哩？放牛呀，老水牛啊。那是谁家的孩呀。红的黄的，蓝的绿的，紫的粉的，白的黑的，一哆嗦，就又画着水哩。一股子小浪呀，一股子小波，荡着漾着，拥挤着来啦。忠心就觉着，自个儿站不住了，得叫水给淹住啦。可那水怪得劲哩，软绵绵的，滑丢丢的，一碰一个窝窨，就跟谁的酒窝一样。水珠子就跳起来啦，钻到水机里，浇稻田哩。咋稻田里，还飞起了白鹭，一扑棱，恁么远呀。还听着了黄鹧鸟叫，布谷鸟唱。塘里的鱼，起网啦，就跳呢，就飞呢，就摇头摆尾呢。咋还有拖拉机，哞哞地，蹦蹦着，犁地哩。还撒化肥，撒麦种呀，还得耙地哩！就瞧着了女人啦，脱光了，站在那。恁好看吧。也不是红霞，也不是张艳，是红霞跟张艳，俩人合着一撮啦。颜色就一下子混着啦。混着了，就变成了白嘎嘎的呀。白嘎嘎的，咋一展眼，又都黑乎乎的哩。就瞧着了夜啦。乖乖儿吧，那夜咋恁么空呀，恁么虚呀。可夜就是夜，看着夜不是黑，是白呀。也不是白，是红呀绿呀，蓝呀紫呀，黄呀粉呀。一忽闪，爆炸啦，透明着哩。就瞧着了那女人。脱光了，叫五颜六色呀，叫白嘎嘎的夜呀，给照得透亮哩。就瞧着她那小肚子里，咋窝着一个猫娃子哩。恁么小一点点，还动呀，还唛手指头哩。忠心就笑那猫娃子，咋就管长成个人哩？还管传香火？还管去坟头？过年呀，清明呀，烧纸送钱哩？笑着，就嘿嘿地，出了声。那猫娃子就听着了，一扭头，哇一声，瞪起闭着的俩眼，一张嘴，长满了獠牙，里面红堂堂的，要去吞了忠心哩。忠心一趔趄，忽愣下子，人猛着，回过神来啦。就瞧着了寮地，瞧着了寮地里，长得齐刷刷的麦子，幽深黑黑的，瞧不着边呀。赶紧着，就走哇，逃哇，奔哇，找命哩！

越是寮地，忠心就越不敢停啦。远远地瞧着，庄子里就剩下一两个灯了，人都睡啦。人都睡了，夜就更深啦。忠心想跑，于是就跑了。忠心的跑自己瞧不着，跑得就像走。忠心那走，也不像走，像挪窝哩。奔着南天门，忠心想还不抵就睡着，朝前滚。滚都比跑得快呀！可是滚，就不知道滚哪了呀，找不着路哩。走，咋说，还管找着路呢。

快到南天门的时候，忠心老远地就瞧着麦地里，有不少疙疙瘩瘩的。风一吹，麦就匍着过来，土包包露出来了，一个接一个。忠心想起来了，这是南天门的坟地呀。一下子，浑身上下起满了鸡皮疙瘩，瘆得慌。一个坟头上还飘着白幡，花圈还围着土堆子，摆得整整齐齐。忠心走着，就听着坟墓里边，有嘶嘶的声音，跟蛇叫唤一样。一会，又传来吱吱的响声，跟老鼠叫唤一样。再仔细一听，咋又嗞嗞啦啦的，跟谁在揉一团纸一样。风又吹来了，白幡就招摇着，呼啦啦过来，呼啦啦过去，活像一个人影，吊死在了竹棍竿子上，摇摇摆摆，跟着风跑。忽悠来，忽悠去。忠心吓坏了，忍着疼，拔腿，真的就跑起来啦。

　　过了南天门，是徐营。到了徐营，就热闹一点了。洪河里有沙子，人家盖房子，都是从徐营拉沙子呀。一到徐营，忠心就知道，快到赵集北边的洪河岸啦。路上有拉沙子的车子，忠心觉着像是找到了依靠。车子的灯亮得很，比他家的拖拉机还亮。忠心走在灯影里，影子晃着，过了徐营。再走不多会，到了洪河桥啦。喝水喝多了，忠心又想尿尿，就掏出屌来，还是站在桥上，尿了一泡长长远远的尿。那尿就在河里，呼啦啦地响个不停。尿完了，恁得劲吧，都管成仙人啦。走到桥南头。忠心实在走不动啦，坐在桥边，靠着桥栏杆，歇了一会。歇着歇着，忠心觉着自个儿又睡着啦。蒙蒙眬眬里，有点似睡非睡，不睡又睡的样子。就瞧着桥北头高一下，低一下着，有人在走路。忠心迷迷糊糊，也懒得瞧，才一眯缝眼，就猛地醒啦。醒了，就赶快跑过去，这跑就像跑啦，不是走哇，也不说挪哇。到了桥北头，一看，可不就是张艳嘛。忠心喊了一声张艳，就听着扑通一声，看着那一高一低走着的身影，倒下去啦。

忠心赶快过去，跪在地下，搂着张艳的头，揽着，抱在怀里。张艳就放声地哭啦，哭得委屈得很，也哭得欣慰得很。忠心就从哭里面，听出了悲凉，听出了张艳的身子痛哇，听出了孩子没有了哇。也听着了张艳的疼，听着了张艳的苦，还听着了张艳的怜。他也难过啦，几滴眼泪水淌出来，滴在了张艳的脸上。两个人抱着，哭了好大一气，才慢慢地停了。停了，张艳就一把搂住忠心，把忠心压倒了，趴在他身上。枕着忠心，就说睡呀，睡着了，就管睡过去啦。过去了，就不苦啦，就不累啦；就不疼啦，也不痛啦；也不可怜，也不憋屈，也不难过啦；也不笑，也不哭，也不得劲啦；就管舒舒坦坦地，瞌着呀。使劲睡，睡到一百岁，睡到一万岁，睡到老天爷都老啦，睡到土地爷都成空啦，就睡成了神仙啦。也不用吃饭啦，也不用尿尿屙屎啦，也不用走呀奔呀，坐呀卧呀。就真的，得劲啦！

谢法劭把张艳送到十里桥，张艳就瘸着腿，一拐一歪地走了快两里地。她越走越慢，到最后，真就是挪着步子哩。下身虽不疼，可就觉着身子难受，软软的没劲，沉沉着，俩腿像绑着石头块。走着，就有个开拖拉机的，从北边过来。她就在那招手，挥着呀，舞着呀，摆着呀。人家看是个瘸子，还是个女的，大晚上的，恁胆大呀。要不，就是难着了。啥也没说，让坐在拖拉机上，给她捎带着，去了陶老。到了陶老街上，张艳想不走了吧，再走，不累死，也累瘫啦。手里还有忠心给的钱，找个旅店，歇一晚上吧。才想去找旅店，可咋么也不敢去呀，明儿个，那谁谁的，瞧见了，红霞不就撵来啦。就一股脑儿地，还是赶快跑吧，逃命啊。找了一个摩托车，让人家给她送去马集。人家一听，怎么晚了，只能送到徐营南边，洪河桥都送不到哩。黑咕隆冬的，瘆人得很，别说马集了，就是赵集，也去不到哇。张艳没办法，就坐上人家的摩托车，到了徐营。

拉沙子的车，都朝北开，咋就没有朝南走的呀？艾亭镇的人，都怎么有钱？都拉沙子，盖房子？走着，张艳就跟拉沙车错开着，走远了，就再也看不见亮儿啦。都快一天没吃东西了，张艳把从徐营到洪河桥一里多地的路，走了十几二十里的时辰。走走停停，停停歇歇，歇着歇着，就在路边的草地上，睡着了。睡着了，就瞧着忠心过来找她呀。找着找着，明明自个儿就在眼跟前，咋就看不见哩？忠心眼瞎了吗？一急，人就醒了。醒了，接着还是个走。等到了洪河桥，听见有人喊，知道是忠心哩，一下子就瘫那了，再也走不动啦。

张艳一伸手，摸着了忠心的头，觉着有黏糊糊的东西，还带腥味。知道是流了血，就又啜泣着，心疼忠心哩。心疼着，又哭。哭着，对忠心讲，说孩子没有啦，叫红霞给刳掉啦。忠心倒没有额外的难过，他知道红霞会这样干呀。怎么狼乎的一个女人，啥法想不出来。她就是想叫忠心当个绝户头，就是要绝了忠心这一门老谢家的人！他搂着张艳，紧紧地箍着。慢慢地，听着，连北边拉沙子的翻斗车都没有了，忠心就知道，夜肯定快深到底啦。张艳还是哭，不哭身上疼，不哭走得累，就是哭孩子没有了，没给忠心哥留下个后。也哭忠心哥的恓惶，一辈子没个一儿半女的，得有多可怜唷。哭着哭着，心都哭出来啦，魂也都哭出来啦。忠心抱起张艳，走到洪河桥中央，有人家卸货，弄的稻草。铺开，把张艳放上去，脱掉张艳的裤子，恁么黑的夜，黑得恁么深，忠心还是瞧着了张艳白生生的大腿，黑漆漆的一撮毛。他把张艳的两个腿掰开，跪下去，俯了身子，慢慢地，轻轻地，亲了一下张艳的下身。再慢慢地给张艳穿上裤子，搂着张艳，坐了好大一会。

天真黑成了无底洞啦。忠心搀扶起张艳，朝赵集走哇。走得慢，可走得也远哩。等夜从黑的无底洞里，开始朝上慢慢着爬的时候，他们缓缓着就走到了马集啦。害怕红霞都管找到马集来，就还是个不敢停下来，只得又朝南走哩。在天即将麻麻亮还不亮的时候，终于走到了芦集。忠心听光明说，芦集还往南，过了淮河滩，可就是趑孜镇哩，可就到潢川县啦。忠心就想，够远啦，就不跑了吧。再跑，也跑不动啦；再跑，就得把张艳跑累死啦；再跑，也跑不到和尚庙哇，跑不到观世音娘娘那，再给送一个儿呀。追来就追来吧，打死也跟张艳就死在一块啦！在芦集街上，走走停停，东找西找，好歹找着了一个叫"惠民旅店"的地方，十块钱，俩人就住下啦。

也不洗洗，也没脱衣裳，俩人就躺下了。躺下来，也睡不着，睁着四个眼，看天黑，黑成个啥子样儿。天黑就变成麻麻亮，麻麻亮又变成了大白天；大白天，就又瞧着日头出来啦！日头出来了，就暖和啦！暖和啦？暖和了，就好啦！也没一句话，俩人只紧紧地搂在一起，默默着……

9

　　再后来？再后来的事，冬冬都不用听人家说，他自己都管瞧得着呀。红霞回去，知道忠心跑了，就怪鹏举他们吃饭吃得慢。鹏举可知道红霞的性，不弄死忠心，也得给弄残废喽。真要是弄出个事来，可就吃不了兜着走啦。打了个圆乎，按下了红霞。红霞赶紧又去了卫生院，一找，张艳也跑啦。就一屁股坐在地上，嗷嗷地，哭起来了，就真的，伤心啦。哭得有点委屈，也有点憋屈。哭自个儿命不好，哭自个儿白长了个女人的身子，咋就不能生咃！还映忠心和张艳，一对狗男女，不知道跑到哪去了，天天浪去吧。浪也没好命，死了都得叫狗啃喽！打那以后，红霞三天没吃没喝，差一点就死过去啦。要不是爱云回来，喊娘，红霞就真不想活啦。老天爷就没有给她红霞留一条活路啊，连个一儿半女的都生不出来。人再排场，有啥用！天天叫忠心弄，再排场再好看的身子，也得弄烦了呀。生不下个一儿半女，那人还是个人呀？就不是啦，是石头，是土坷垃，是榆木疙瘩哩！羞死个先人啦！要生下个孩儿，该多好啊。那忠心就不去找张艳个骚货啦；忠心就跑不了啦，她就管过得得劲啦。可天底下哪有娘不想要孩儿的哟！哪有娘，不念叨孩儿的呀。忠心啊，你个死忠心，身子叫你弄，奶子叫你摸，就一个生不出来孩儿，你咋就连啥都不要了咃！哭着，眼死了，人也死了，心就死啦，就啥也不想啦，想着也不中啦……

　　忠心和张艳都想着红霞会叫人出来追他们，非得剁了不可，阎了忠心，撕碎张艳，才一口气跑到了芦集呀。可想着，还跑啊。跑到短孜镇去呀。不够远，就还朝上油岗跑呀，朝魏岗跑呀。再不中，就跑到卜塔集镇呀，跑到仁和镇呀，再跑到砖桥镇，跑到凉亭乡，就跑到南边山里啊，当野人吧。他们咋也不知道，红霞压根就没有去找他们。回到娘家，一夜没睡。十几二十天了，才又出来，又上街了啦。上街，人家就看着，红霞可就老了有二十岁啦！三十七八的人哩，可就老成了五十多岁的人呀！

谢尚林回来了，回来了就找红霞。红霞说忠心和张艳都跑啦，咋办吧，咋弄哩。咋办？好办！谢尚林说得干脆，跑了就跑了，不跑，那女人也不管要啦。不要了，就是撂了。张艳就像破鞋，叫谢尚林随手给扔啦。他才没有闲工夫去找那骚货哩。不要脸的东西，臭婊子。瘸着腿，还偷汉子。恨恨着，咬着牙。搁家里住了一晚，第二个，带着阳阳，坐车又出外了。这一出外，就多少年没有回家啊。再回来，就不提张艳啦！张艳就跟没有嫁过来，早死了哩！

红霞公报私仇，乱用镇政府的名义，终于还是叫张艳娘家人给捅了出去，书记和镇长就都知道啦。知道了，也就知道了，没有谁追究哩，就放下啦。可后来，又捅到了县里，书记和镇长不敢再包庇了，坐不住啦。劝着红霞，别干妇女主任了，再干，他们都得跟着撸掉呀。红霞咋着也不同意，说自个儿是坚决贯彻计划生育政策的好干部呀，她张艳就是超生啊！超生了还不让管啦？还有天理吗？还有王法吗？恁么好的干部，啥时候都想着政策哩！弄掉她，死都不中哩。就是死，也得死得像个干部呀。她可是计划生育的功臣哩，是政府的榜样哩，瞧谁敢把她给撸掉！就在镇政府里闹，成天价地映，号叫着，蹦着跳着映，还屙人家办公室，尿人家办公室；又还脱光了衣裳，搁人家办公室里不走呀。镇政府里的人，就不敢得罪啦。惹得一身骚哩，都躲着，叫闹去呀。闹了半个月，见没人理，没人睬的，红霞就只得叫鹏举和鹏飞给劝回家啦。要不，鹏举和鹏飞的大队书记，也干不住啦。

忠心去了芦集，躲了一阵子。打听下，红霞也没有追来，就放心啦。去马集，找光明。光明怪义气哩，听说忠心有难，就拍着胸脯子，跟文明合着伙，给他在芦集包了几十亩地，就又种上庄稼啦。还借给忠心钱，买种子、化肥和农药。干着不赖，忠心就又包了百二八十亩地，整块整块的，好种好收。还有修好的浇水沟渠，省劲儿！张艳也养好了。养好了，可就再也怀不上啦。张艳又哭。还是个哭不能生，哭忠心一辈子留不下个种，家里没个一儿半女的，咋传后呀？可怜惶惶的。又说，都是自个儿对不住忠心哥，怪肚子不争气，恁好的种，咋就种不上了呀？忠心不叫她哭。哭啥，没就没呀。没，还管不叫人活啦？可张艳哩，不哭也记不住呀，还是个流泪。滴滴淌淌，淌淌滴滴。后来，忠心高低，还是在腿孜镇上，讨来了一个男孩，算是终于有后了。张艳就把那男孩，叫了个平安。不想啥好，就想个平平安安。就像亲儿子一样，待着，疼着。

三年后，忠心回到艾亭镇，正式和红霞离婚啦。那时候，爱云的孩子，刚满两岁，忠心就当了姥爷哩，补了两百块钱的满月。红霞还是跟个仇人样，恨忠心。离婚后，红霞四邻八村地找相好，可咋着，就是个找不着啦。人家都不愿意去当她的上门汉子。红霞只好去了平湖，给爱云带孩子呀。一下子的，家里就荒啦。院子里长满了野草，黄蒿满地。屋子房顶也漏水了，浸泡泡地，一绺绺地泛白霉，像谁从屋顶上撒泡尿，淌下来了，留下的尿渍。那一百多亩地，也就只得，都给鹏举种着啦。

再往后？再往后，张艳就联系上了谢尚林，从南集打电话过去，说她想阳阳了……

10

抻着眼，跑了恁么远，冬冬就觉着累哩。累了，眼就酸了，也涩了，就想闭着眼，赶快睡吧。睡一觉，明儿个起来，就不想啦。啥事都不想了，就好啦！日子也就管过顺啦。

冬冬就拿手，把心上落满的灰尘拍了拍。一股子呛人的味，弄得他直咳嗽，打喷嚏。日子久了，心上还是落下了满满的灰尘；日子又久了，爱云又生了一个小孩；再日子久了，忠心、红霞和张艳，也都得走啦。人一走，就啥仇啥恨的，也都没有啦。就又拿了手巾，给心上潮湿湿的地方，抹干净。抹干净了，才能干干净净，亮亮堂堂呀。干干净净，亮亮堂堂，就好啦！日子也就顺啦！

伸了个懒腰，出了口懒气。冬冬就把抻出去的眼，折吧折吧，叠吧叠吧，窝啦窝啦，收起来，裹在一堆呀，就都装在眼壳子里啦。叹了口气，打了个哈欠，就想睡啊。

睡了，就迷迷糊糊地做梦。就梦见了忠心啦。咋还打着精屁股哩，挺着身子。一会儿碰碰红霞，一会儿碰碰张艳，给她俩蹭得，还咯咯地笑。咋三个人就搅和在了一堆，拧麻绳一样，拴成了一根线。搅在一起，咋扯也就扯不清楚啦。一转眼，咋就都化了，流水样，云雾样。还搂在一块。就在黑漆漆的床里，睡着啦，像才生下来的婴儿……

秋夜

1

　　秋天午后的太阳，虽已苍凉了许多，但仍不失热度地，炙晒着大地。田野里无风，蒸腾着一股焦渴而闷热的气息。庄稼都已渐次成熟。芝麻开罢花，枝头上，就缀满了一小把一小把簇拥着的梭子。仰着，望向天空。玉蜀黍高高的个子，一个挨一个，排列在天空下。结实饱满的穗子上，吐着的缨子，都已变成了黑色的。玉蜀黍秆上伸展的叶子，也已经深绿而枯黄了，靠近根子的，都变得焦黄而短小。秋天果实的气息，洋溢着，漫在泥土上，小道间。嗅着，沁人心脾，怪好闻哩。混合着尘土味，香，也踏实。抬头望，天空显得高远而宁静，云朵安详地飘忽在村庄的上空，寂寥着，淡泊着。田野里寂静一片，所有的庄稼都静悄悄地立着，并不摇，也不动。偶尔一丝风，悄着，遛着，逮着一叶两叶的，摇一下，晃一下，又归于无声。

土路上磨起一层细灰，人走过，风尘仆仆的。要是风大点，漫天飞扬的灰尘，就落在庄稼叶子上，人身上，再有，落到路面上，层层堆积起来。因着这，路边的玉蜀黍，宽大的叶子上，总有一层黄土，布着。路上，也累积着，越来越多土灰。走过了，脚脖子上，就锈了一层尘，老老地，加了一层皮哩。许多天没有下雨，灰尘不能结成泥土，安生不下。走着，瞧着，秋天的收成，就在阳光的照耀下，一日日地丰满起来。怪诱人的，都钻出脑袋了哩。出去打工的人，也都纷纷背着纽绳袋子，回来了。收庄稼呀哩！

三巧儿吃过饭，刷锅，喂猪。太阳还大的时候，她就上地了。北地就在村子北边不远处。家里喂了小牛犊，还喂了几个羊羔子，哞哞着，咩咩着。她今年，就在北地大沟沿，种了一块玉蜀黍。好种好收不说，玉蜀黍叶管喂小牛犊，也管给羊羔拌料吃。等玉蜀黍收了，冬天里猪啊牛啊的，就有麸子喂了。临走的时候，她给拴在柿子树下的小牛犊，添了草。解开小羊羔的圈绳，牵在手上，朝北地去了。

玉蜀黍和细高瘦长的柳子，把路围得严严实实。没有一丝风气。热就沿着裤管，一劲地，攀着，爬上了头；又从头顶，一咕噜，滚下来，烫人着哩。烧着了样，也烘烘着。走到洼塘子，身上的衣裳，就被汗浸透湿完了。羊羔子还不听话，在路边不停地捯嘴，啃吃着落满了灰尘的草，和路边的庄稼。三巧儿就使劲地拉。

嘴里还映着，怪着，都是嗔呢！身上的汗，愈发地，多了。一个个细毛孔子，突突地冒着哩。直到大沟沿的地头，她才把羊往沟坎子上一搣。可热，也是一点不减。

钻进玉蜀黍地，一潮烘热围住了她。身上起了一层鸡皮疙瘩，头轰的一下，热就从皮到骨，从骨到筋，又都呜呜嘟嘟地，一股脑儿，倒进了心上，滚烫烫地，烧着了心啊。热也不怕，得干活哩。就搁玉蜀黍长满叶子的地方，茂密着的，解了一下手。嗞嗞地，声就串到了热里，身上好歹松爽了一些。系好裤腰带，转回头来，接着昨天没有打完的地方，开始打玉蜀黍叶。

一把一把的玉蜀黍叶，在她的手中跳跃着，欢快地。玉蜀黍叶多了，手抓不满了，就折过手中较长的玉蜀黍叶，缠吧缠吧，朝里边一窝。一把一把地，放在身后。逐渐地，玉蜀黍叶就挂遍了身后的玉蜀黍，一地里，都是绿油油的青草味呀。

天太热。脸上的汗直往眼里边淌。三巧儿就把脖颈子上的手巾绕过来擦擦。手巾全湿了，取下来，拧一把，一手的汗水就滴答着，出来了。水珠子掉下，不见摔成碎的一片，一家伙地，就干啦，叫渴焦着的泥巴，全吸了去。手上都是青青的玉蜀黍叶的汁，手巾就脏了。她停下来，取下手巾，拿到沟里边，洗洗涮涮。再去地头，拿来茶瓶，喝一点水。然后坐在玉蜀黍掩映出来的一片阴凉下，歇一会儿。

2

三巧儿家的地，三面都靠路边。有时候行人走过，总是能够说上几句话。可这会，三巧儿在玉蜀黍地里，深着，密着，就看不着的，过去了，也就过去了。只管听着人家，噗嗒噗嗒的脚步，声就慢慢地，远了。三巧儿不欢喜和路人说话。嫁到谢家来，本就没有几年。又总是出外，老不在家的。村子里的人都认识了，路过的邻村的人，就不咋认得了。她的心太素静，言语又少。自家顾自家地干活呗。要是碰上旁边四婶也来地里干活，她才会多说几句话。四婶是个老好人，刚嫁过来那会，怎么些村子里的事，都是四婶教给的。四婶家的玉蜀黍叶都打完了，就剩下三巧儿，只一个人孤寂寂着，打玉蜀黍叶。

路上经常有人走过。她知道，可她并没有回头来看，依旧打自己的玉蜀黍叶。她听得出行人脚步的轻重缓急，就管区别出，哪个是背着纽绳袋子，出外打工回来的人；哪个是上地干活的人；哪个是匆忙忙地，赶路的人。她只是打自己的玉蜀黍叶。玉蜀黍叶在怀里蹦蹦地跳，活脱脱像个闹气的孩子。

提起孩子，三巧儿心里就咯噔了一下。仿若是吃干饭时，无意中咋就嚼着了一粒沙。蹩牙得很。嫁到谢家三年了，没有开过怀。模样俊俏着。可没有个一儿半女的，心中总是空落落的呀。光这样咋行啊？去年看医生看了三回。吃了不少中药西药，也按摩过，也推拿过。还是不见效果。过年的时候，四婶家上大学的小儿子回来。无意中说了一句话，倒是提醒了三巧儿。今年三月十八会的时候，男人带着三巧儿去了一趟市里的医院。真是四婶家小儿子说的那样，是男人不中哩。三巧儿的心就放下啦，那可不是她不中哩。放下了，就又担起来了。

比她晚嫁过来的人，现在都牵着咿咿呀呀喊大喊娘的孩子，上地，抹澡。热热闹闹的，怪得劲哩。三巧儿心里，就潮湿湿着。男人一出外，她一个人在家里，怪单的。人家孩的声，就显得怎么大，江江河河地，全都倒泼过来，淹着了她。倒是四婶家的孙孙，常过来喊着花婶的，要糖吃。安慰倒是安慰了，也有孩呀，有了声响，可那毕竟不是自家的孩子哩。

愣了一下，三巧儿又开始打她的玉蜀黍叶。看着玉蜀黍穗子满满的，心里就乐了。想，不开怀就不开怀。玉蜀黍倒是开满了怀，满怀了就不好看了。缨子也从粉红变成了黑黑的，腿叉里的毛毛一样。脸就"腾"的一下子，红了。红到了耳根哩。不好意思地低下了头，看着自家的绣花鞋。鞋上还有自个儿绣的一双蝴蝶哩。左脚一个，右脚一个。要是两个蝴蝶绣在一起，那该多好呀！

抬头望了一下天。天很蓝。蓝得一汪清水样，静静的。她想谢平了。三亩地的活，大秋天的也不回来。累着了婆娘，也不想一下。恁放心啊？男人就是懒。懒到骨头里，懒到心坎上。不干活就不干活吧。也没指望他干多少活。三亩地说多也不多，自个儿都管干完哩。可回来了，总管就见个面的吧？连个信儿也不捎一回。啥样！懒蛋！

3

从远处，走来一个人。三巧儿知道来了个人。影影绰绰的。吊着的魂样，松松垮垮地，走着哩。可她只顾打玉蜀黍叶，一把一把地，放在身后。懒得去想人家，爱咋走咋走，想走哪走哪。怪恼人哩！怎么些子人，不得清净呀。就在玉蜀黍叶里，装着了她的乐趣，和她小小的成就。

影影绰绰的人，慢慢地走过来了。走过来了，可就没有再走过去，朝着庄子里，走了呀。就站在了那，不动了。三巧儿可没有在意，只是自顾自地打玉蜀黍叶。打好一把，挂在玉蜀黍穗子的脖子上，就想起了小羊羔还在沟坎子上。不知道跑了没有哇。还没有转过头来，就感觉着，身后咋像是站了一个人哩。惊着了，猛地一回头。面前真就站着了一个男人。

男人并不是她的男人，是男人二姑奶奶的孙子。叫老表的。惊慌和失望荡在三巧儿的脸上。红红的，润着滴滴汗水。

"伯秋哥，是你啊！我还省着是谁哩。你咋回来了？"三巧儿边披着玉蜀黍叶，扎成把把，挂上，边对来的男人说。

"天怪热哩。你咋恁早就上地干活啊？走一路子，也没瞧见几个像你这样干活的。家里还有很多活没有干？怎么卖命哩。"伯秋一边说，一边放下手中的提兜，身上的背包。

三巧儿心里纳着闷。这回回来，伯秋咋好像换了个人似的。纽绳袋子换成了大背包，衣裳也是新新的。头发弄得，怪顺溜哩。脸上刮得白白净净，人模人样了呢。除了多了一些灰尘。她挂好玉蜀黍叶，用右手将着额头掉下的一绺头发，抹到耳朵后面，夹在那里。先是伸眼朝沟坎子上瞧瞧，那羊羔还在呢。就抬起头来，望了一下表哥，说："也没有多少活。在家里闲着没事。就过来打玉蜀黍叶。不然，晚上小牛犊就没啥吃的了。"突然就发现了什么，她赶忙说："哟，瞧我都忘了。大老远的回来，赶快回家坐着呀。别光是站在这里说话呀。天儿怪热哩。"说着，就让着伯秋，往家里赶。

伯秋站着了，并没有动，说："平儿让俺捎个话给你。他秋收里，就不回来啦。那边活多，忙季不回来，加班哩，工资都管比往常多恁些子呀。我说我回来哩，他就叫我来，帮着你，干干活啊。正好我回去，路过南园。没想，路上就碰着了你。我还想着，去家里看看你哩。"说着，就挽起衣袖，朝地里走去。要干活哩呢。

"也没有啥活。我都干得动。恁么一点地，累不着。听平儿说，俺姑奶身上不好？到底是个啥病啊？不当严重吧？我还说抽个空，去瞧瞧哩，还没有闲下来哩。"

"不当严重。小病儿。人年纪大了，伤风感冒的，也都是大病了哇。我回来，还看看家里边盖房子哩。不盖房子，没法寻人啊。"伯秋恁么大了，可还没有媳妇呢。家里头正说着一门亲事，女的说没房子的，咋结婚啊。

"听说三姑介绍的，是恁一个庄里的姑娘？那敢情好。平儿说他见过哩，长得还怪排场哩。说得咋样了？你回来是相亲的？这回都管对上象了吧？"

"庄稼人，长得再排场，也没啥用哇。土里来土里去的。结实就管。我回来，也是下下彩礼。房子再盖盖。现在啥子都没有哩，事也不好定下来的呀……"

远处大坝上，跑着几只羊。几朵洁白的云，悠然然地飘在天空上。

4

伯秋都快三十岁了，还没有寻下个人。家里人怕他落寡汉，催他回来盖房子，相亲。

伯秋晚上并没有急着回家。他告诉三巧儿，先把她家的活干好，再回去。帮着三巧儿，拉了一大架车子的玉蜀黍叶，不沉，也不重，呼啦啦地，就一口气，拉回家了。三巧儿掰了五六穗子嫩玉蜀黍，想着晚上烀玉蜀黍吃呀。家里也没啥好吃的呢。伯秋就在前边拉架车，三巧儿在后边推，一手牵着羊羔子。走在路上，人家都笑着和三巧儿寒暄，说家里来了个帮忙的呀？

回到家，三巧儿去张广彩家，割了十二块钱的肉，还买了一盒烟、一瓶瑶州大曲。做饭的时候，伯秋就坐在锅门前，烧锅，三巧儿搁灶台边，忙来忙去的。做了四个菜，撒子炒小白菜、萝卜片子炒肉、小葱炒鸡蛋和清炒梅豆丝，又捞了一小盆儿玉蜀黍，热乎乎的。用了小罩头子，装了两个发面馍，一个咸馍。三巧儿就喊伯秋洗手吃饭。吃饭前，坐在桌子边，伯秋从布袋里，掏出了一千块钱，整得齐码码地，递给三巧儿。说是平儿叫他带回来的，收秋哩。秋天里种麦，犁地的，都要钱哇。三巧儿想不开，上回去东庄接电话的时候，男人没有说朝家里拿钱啊。哪一回捎钱带东西的，都是先搁电话里，说了一声的。虽说男人在外挣钱，就是得拿回来种地的。咋就觉着，有点不一样哩。也没说啥，三巧儿收好了钱，把钱放在一个红包包袋子里，藏到厢房里。回到桌前，把瑶州大曲推到伯秋面前，说："伯秋哥，你自个儿喝吧。别客气！"

伯秋笑笑，就拿过酒瓶子，开酒。开着，就不小了，脸一沉下来，像是红了一下。把头低了再低，深深地说："平儿回来的时候，还叫俺对你讲，叫你，好好地，招呼俺哩……"

三巧儿一听，心里"嘣"的一声，像是断了一根纳鞋底的针一般。针尖就留在了鞋底子里，也扎在了她心里。她支吾一声，就没有再说啥话。夹了一筷头子梅豆丝，嚼在嘴里。冷着，翻着，一上一下的，咕咕嘟嘟地，冒热气呢。就不知道嘴里嚼的是个啥，没有咸，也没个淡的，吃草一样哩。

就听着，四婶在后院喊，"三巧儿，弄好了吧？下河抹澡呀？"

"噢，来啦！"高声地应着四婶，一边对伯秋说："你吃着，我去下河。吃好了，我来收拾。等我回来了，你也下河抹个澡吧。换洗衣裳带了没？没带就穿平儿的呀？"转身去东房里，收拾衣服了。

"我走了啊！你自个儿吃，别客气……"三巧儿说着，打着电棒儿，拐过厨屋墙角。

一群女人在月光下，脱下衣服，慢慢走到河心。水被撩起来，打破宁静的河面，泛着零碎的月光，反照在女人们的肌肤上，白白的，亮亮的，连水都细腻腻的。女人们七嘴八舌，说说笑笑。没有带香皂的，就说一声，拿起人家的香皂，抹了一下身子，揉揉搓搓罢，再跑到河里，涮净了身子。虽说是早秋，可河水也都开始变凉了。女人们并没有洗得太仔细，上来用手巾擦一下身子，就赶快着，穿上了带来的干净衣裳。

三巧儿最后一个上岸的。她在水里一边洗，一边想着自己的心事。人家问她，今天来的是哪个客呀。她说是二姑奶奶家的孙子。问晚了没有回家是吧。她说，嗯，平儿说的，还要帮她家干些活哩。问平儿是不是秋里不回来啦。她说，嗯，不回来了。加班挣钱哩。

女人们都穿好了，问走吧？都说走。三巧儿说，她的凉鞋掉了，转身找着。说，你们先走吧，再找找凉鞋哩。女人们就先走一步。只剩三巧儿，一个人在河岸，孤着影子，悄着，看河水。

三巧儿并没有弄掉凉鞋。女人们都走了，她一个人坐在那里，看水中晃着的月亮。荡荡悠悠，碎了再聚起来，聚了又打碎，满满碎碎地，碎碎满满地，漾着，就亮得，怪冷。月光皎洁，蓝白色的光，映照着水的寂静。有虫子在河边叫，嘤嘤唧唧，呱呱啦啦。叫就叫吧，叫得，可就更安宁啦！一个水漂浮子爬过，水面的月亮就被打碎了。点点漂泛着的明亮的光，散了，又聚在一起，聚成一个完整的圆圆的月亮呀。三巧儿就瞧着月亮里，该是住着嫦娥呢。月亮照着岸边的红薯地，玉蜀黍地。庄稼叶子上的月光，被折射了，映照着整个夜空，也明亮了许多。也不深，也不黑，倒怪亮哩。

三巧儿深深吸了口气，然后平静地吐出来，缓慢地站起，回去了。她心里恨着男人，恨他为啥……

5

回到家，伯秋已经吃过饭，坐在那里，抽烟。

堂屋里亮着灯，照着烟雾更加地青蓝。伯秋并没有吃多少饭菜，盘子里，还剩下多着。他坐在那里，像是在想什么心事一样。

三巧儿慢慢地走进去，直到走到了跟前，说："吃好了？""嗯，吃好了！"

三巧儿满头湿湿的长发还在滴着水。身上一股子香皂的味。她怯怯地走到自己的房间里，取下一个干手巾，一边擦头，一边对外面的伯秋说："伯秋哥，香皂在门口的盆架子上放着。手巾在香椿树绳上搭着，洗头膏在盆架下面的地上。平儿的凉鞋就在外面的门口。你下河抹个澡吧。走了一天的路，没有歇着，又干了恁多活。抹个澡，洗洗身上的灰尘。解解乏哩。"她擦好了头，并没有走出东房。站在昏暗中，摘耳听着外面的动静。她听到伯秋说："好。"也听着他起身，拉背包的拉链，听到了他取衣服，再走出去，脱鞋，换鞋。拿洗头膏，拿香皂。又听着他趿拉着凉鞋的声音，越来越小了，直到最后没有了，该是走远了，才走出来。一个人呆呆地坐在板凳上，看着满桌子的菜和依然温热的玉蜀黍穗子。

想啥呢？也不想啥。可啥，又都想着。

最后，她起身，简单地收拾了一下碗筷，放到厨屋里。返回堂屋里来，捏亮了西房的灯。拿来一个破衣服，拍打了一下床上的灰尘。然后去东房的衣柜里，拿出了一床盖幅，一个缧巴子。缧巴子铺放在下面，盖上床单子，然后把盖幅整齐地叠好，放在床上。床铺好后，三巧儿就去厨屋里，刷锅洗碗。正在喂猪的时候，伯秋回来了。

她并没有回头来，说："西房的床我都铺好了。你也累了一天了，赶快瞌睡吧。歇歇脚。"

伯秋应答着，放好东西，去了西房。

直到很晚，三巧儿才收拾停当。她关了厨屋的灯，把东西简单地再收拾一下，摆放好。然后打开东房的灯，关掉堂屋的灯。她没有脱衣裳，躺在床上，关灯睡了。

月光清幽幽地透过窗子，铺洒在床面地下。南园村安静下来，人们都歇着了。可她咋着也睡不下，而是睁大了眼睛，看着窗子，看着窗外，看着月光和月光的漫溢。铺洒了月光的屋子，显得多了一份美妙。虫子鸣叫着，怪明亮哩。有一点儿风，就把水也给摩挲着，沙沙响呢。

她睡不着。躺在床上，就开始想她的男人。想男人现在有没有瞌睡啊？想男人今天吃了啥啊？想男人知不知道家里已经来了一个人啊？想男人心里到底是在想个啥？想……想着想着，她迷迷糊糊地就睡着了。

月光安静地照着窗子，照着她和她的床！

6

接下来的活，就慢慢地重了。掰玉蜀黍，往家里拉玉蜀黍，扛着庄稼翻晒，割芝麻，割豆子，刨红薯……伯秋确实帮了她很大的忙。她一个人的，哪能把活计干得这样利索呀。

秋庄稼看看就收好了。该是播种小麦的时候了。小牛犊还小，不能下地，拉犁子。她就找人家开拖拉机的犁地。地犁好了，伯秋就撒麦，赶着小牛犊耙地。麦子也就快种好了。还剩下两块地。三巧儿就不愁了，赶在霜冻之前种上麦子，一年就清爽了。

把耙放在架车上，没有用完的化肥，以及仰锯子、淘麦框……都放进架车。伯秋拉着走在前面。三巧儿牵着小牛犊和羊羔子跟着后面。夕阳的余晖把整个田野装扮得妖娆芬芳，人们拉着车，牵着牛羊，纷纷从田野往家里赶。村子里已经有炊烟飘出来，怪呛人的，也怪好闻的。庄稼地里凌乱着枝叶。翻新的土地，泥土味低低地弥漫着，温馨而恬静。

7

南园村的夜晚总是安静的。一到夜里，就能听见风从屋顶走过时留下来的脚印。还有猫不停地走动的声音。树叶纷纷落下来，沙沙的，漫天飞舞一样。有些声音，仿佛是从泥土里发出来的，还带着一丝丝的香味呢。飘散着，就飘进了房间来。三巧儿闻着温馨的香味，迷迷糊糊地，她犹若梦见了自己的男人一样的。恍惚中，男人慢慢地从堂屋走进来，站在她的床边看了好一阵子。她心里还在想，男人难道不想她？她就在睡着，有啥好看的呢？似睡非睡的，她听到了真实的呼吸的声音，沉重，急促。

有一只手慢慢地伸过来，抖嗦着，胆怯的小兔子一样。慢慢地醒了，三巧儿就知道有人来了。但是她没有翻动身子，看看来的人，也没有任何声响。只是些微地，轻声地叹了一口气。身子为之而起伏了一下。这时，手就伸过来，触碰了一下她的肌肤。她一哆嗦，身体一缩。顿了一下。她往床里面挪了挪只穿很少衣裳的身子，腾出另外一半床来。她感觉到有人坐在了床沿上。停了一下，窸窸窣窣的脱衣服的声音传来。慢慢地，有人躺在了她的身边，贴到了她的身体。她赶忙把身子挪开一下，再安静下来。平躺着下来后，身边的身体开始慢慢地转过来，她就感觉到自己的后脑勺有温热的气息。一只手又伸过来了，试图抱着她。她的身体就又往里挪了一下。双手抱在胸前，紧紧地蜷缩着。她感觉那手慢慢地移去了。也感觉到了那人欠起身子，抬起脚。欠起的身子坐起来，在床边，刚要下床走出去，她翻过身子，一伸手，正好抓住了另外一只手。她的手一颤抖，赶紧松了，又躺了回去。依然侧着身子，面对着床里面的墙壁。她感觉到，有一个身体重又躺回了床上。有一只手，重又开始抚摸着她的身体。她的身体没有再哆嗦，也没有再挪动，而是慢慢地翻过来，平躺着，仰面望着屋顶。抚摸着她的手，慢慢褪去了她的衣服。

三巧儿在那一晚不停地做梦，醒着做梦，睡了也做梦。她醒着，就好像是睡着了；她睡了，就好像她醒着。梦中，她总是看见自己的男人牵着一个孩子，远远地朝她走过来。孩子身上穿着整洁的衣服，短短的头发，可爱得很。一恍惚，自己的男人和孩子就不见了。又一迷糊，她又看见了男人牵着孩子的手，朝着她一个劲地笑。咯咯的，孩子像是在笑她的衣裳穿反了，脸上涂了锅烟子灰……

8

过年的时候，男人回来了。

男人是在晚上回来的。三巧儿看见男人，像看见了一个陌生人，愣了很久。男人说："俺回来啦!"她还是站着一动不动的。等她缓过神来之后，男人已经放下纽绳袋子，来到了她的眼前。

三巧儿无声地哭了。泪水在她红润的腮边划下长长的痕迹，滴落下来，摔得粉碎。溅开了，然后被大地接纳了。哭了一下，男人伸手揽过了她的头，放在自己的肩膀上。男人感觉到她的肚子鼓鼓的，就欠着上半身，抱着她的头，抚摸着。三巧儿就一下子放声地大哭起来，哭得委屈，哭得酣畅。还不停地用手捶打着男人的胸膛。男人搂着她，无声地抬头望着天。天空深蓝，繁星闪烁。她分明感觉到一两滴咸咸的雨水，滴落在她的脸颊上。

9

第二年的入秋，还没收庄稼，三巧儿生下了一个男孩。男人高兴坏了，抱着孩子不停地转悠，亲吻着，端详着：眉目清秀，方脸阔额，眼睛大大的，一笑还有酒窝，活脱脱另一个三巧儿……

牧羊

1

　　天边的白云棉花糖一样，一团团，一簇簇。茂盛着呢。天空晴朗得干净，爽快。高高的，远远的。高了，远了，却又分明是亲了，近了。天空蓝得，出奇地静。蓝色如水，囤积着时光。寂静之中，人和天亲昵着，喃喃的絮语之声。

　　蓝天下，一望无际地延伸着的庄稼地，可意着。庄稼正吸收着日头的光华，可劲地生长着。随着风飘过来的，是喧闹的庄稼生长的声音。啪啪的拔节声，吱吱的枝叶伸展的声音，还有庄稼的根朝土里扎的声音，嗞嗞响。前两天刚下过雨，庄稼得了滋润，就在日头下疯狂地生长着。土路刚刚明亮了一些，有了路眼。日头蒸腾着湿热的地气，氤氲着一层，燥热难耐。

玉蜀黍的个并没有长高，才到胸脯样的。玉蜀黍秆却怎么直地挺拔着，拖出一片片玉蜀黍叶，左右分开了，散发着出去。玉蜀黍正在养花，大晴天的正好传粉。芝麻的花开得可劲地旺盛，洁白之中还有红色。落下来的芝麻花，像个小喇叭一样。站在埂上看下去，一目了然。庄稼地展现在眼前，平展的，辽阔的。地和天相衬相应着，绵延了许多里，缝合成一条线，眯细着，人的小眼睛一样。

幸好埂上有棵小树，虽撑不起大的阴凉，却能够遮挡一下烤晒脊背的阳光。可是，地下蒸腾起来的湿热，笼着罩过来，烘烘的，周身就都在蒸笼里了。羊羔子却不怕热，咩咩地叫两声，仍然低下头来去啃吃着青草。地上的青草翠绿地，一咬，流了一嘴绿油油的汁液。绿色就水一样地，淌遍周身。拿眼看看，都能看出绿色的水流来，可意可心地铺满地面。把羊羔子的锁绳解开，就跑吧，遍大埂地爱跑哪跑哪。

安意儿一个人坐在大埂上那棵小树下。心里还在想，老天爷咋高得怎么干净哩？又咋蓝得怎么安静哩？抻开眼睛，把眼看着埂下面的庄稼，就看得出了神啦。

南园村是三面围河的村庄，溪河从西面流过来，转个弯，开始朝南淌。淌着淌着，一扭头，又朝东淌。淌着，谁惹了它一样，拐头朝北又淌。兜了一个大圈子，又瞧东流过去。南园村依河而建，整个村子是一个圆圈，在背面打开缺口，通往艾亭镇。溪河箍了一圈，箍出一片山谷地一样的平原。埂筑得高，夏秋发大水，不然就淹了庄稼和人家。南园村靠着溪河，溪河挨着南园村，平原与河流融为一体，恰切，安适，柔美之中带着许多坦荡。

西埂上草多，放羊放牛的人也多。人多，大多是日头落山了才来，安意儿却是日头老高的时候，就来了的。他吃过饭，拿着一个纽绳袋子，铺在家后园的树荫下，睡了一会。睡着，鸡喇子就叫个不停，呜啦呜啦地。落了一片桐树叶，硕大的，扇子一样。掉下来，就盖在了安意儿的肚皮上。他拿眼一瞧，一个鸡喇子就飞走了。心里恨恨的，叫叫叫，叫个啥啊。天都恁热了，还叫，叫得人心也热得不得了。翻来覆去地，还是睡不着。睡不着，睡不着就躺着吧。这个时候，猴子和东建跑来了，屁股一簰①就坐下了，在那搁方。一个拿着土坷垃，一个拿着干棍子。为了一步棋，吵个不停。安意儿就烦了，嚷嚷着："你俩不管不吵吗？吵嚷嚷的，干啥咃？"猴子就说："咋不吵？赢喽就是一袋子瓜子哩。你睡个啥？起来，帮俺俩一起下。"说着就要来拉安意儿。安意儿起来，拿着纽绳袋子转身走了。猴子看着他影子说："乖乖儿，不得了了，安意儿现在当大官了。嗔啥嗔俺？有啥了不起的俺？你个瘸子!"还狠狠地吐了一口唾沫。

2

在家没啥事干，安意儿舀了一瓢水，咕咚咕咚地喝了。奶就在屋里，摸着针线，还在缭衣裳哩。缭儿下，就抹一下眼。听见安意

---

① 簰，pái，本意为筏子，借指铺开、排开。

儿回来了，就问："意儿啊？回来放羊去？"安意儿从厨屋里走出来，拿着橛子，准备牵羊。奶又说："这晌儿就去放羊？天还热啊娃，一会儿再去吧？才吃了饭没多会儿，恁早去，羊也吃不着好草啊。"安意儿不想跟他奶说话，也懒得说，就执意地牵着羊，走了。

　　走出南台子，走到日头底下，他才知道奶说的是对的哩。日头火辣辣的，照着人生疼。可庄稼不是蔫蔫的，却都抬首挺胸，昂首阔步着，军队一样。安意儿拉着羊羔子，又回来了。在五爷家的竹棍园歇下了。竹棍园阴凉大，把竹棍叶拢拢，睡上去，还怪软和的。

　　躺在竹棍叶上，安意儿看着上面摇摆着的竹棍。竹棍把天给搅碎啦。不是搅碎了，是割碎了。竹叶子尖尖的，一片一把刀。也有风，吹过来，竹棍就摇摇摆摆，晃荡着叶子。安意儿躺着，看着，就迷迷糊糊地看见了他大和他娘。

　　大和娘咋又一起回来了呢？他俩还推着家里的洋车子，洋车子后面带着两个大包。他才想起来，大和娘赶集去了。赶集回来了，买的麦麸子，回来准备养猪啊。大是先带着两袋子黄瓜赶集的，娘是吃了饭后，喂了猪刷了锅才去赶集的。咋恁么快就回来了呢？今儿个黄瓜恁好卖？安意儿就高兴地跑过去。跑着跑着，脚下被六婶家叫人撇断的小树根给绊倒了。头一下子磕在了砖头上。疼得他"哎哟"一声。

　　安意儿一下子醒来了。原来是个梦。竹棍掩映着阴凉，四棱八叉地遮着老天爷。

　　日头没有恁毒了，安意儿起身，解开绳，牵着羊朝北地走去。路边的草，经了雨水的滋养，也愣头愣脑地到处张望着。羊羔子就拽嘴得很，走一步吃三步。安意儿想，吃就吃吧，管它在哪呢，吃饱了就行。他就不慢不紧地走着，一颠一颠地跟在羊羔子屁股后面走。羊羔子有五只，母羊一个。安意儿手拉着母羊的圈绳，羊羔子就在母羊身边转圈边玩边吃边走。

来到西埂上，日头也还是有点辣。安意儿就把母羊的圈绳给解开了。随意地跑吧，这么大个埂，爱上哪吃就上哪吃吧。他就独自跑到小树下，朝那一坐。汗冒了一身，热火朝天，拱着身子。

坐着坐着，他就想起了刚才的梦。奇怪倒是没有啥好奇怪的。只是想想，心里怪酸的，酸得叫人想流泪。安意儿就抬起眼来，看看北地的庄稼。庄稼可长得欢呢。庄稼长得欢，可自个儿长得就悲了。

3

安意儿的小名是爷给起的。娘一生下他，爷知道是个男孩子，当下就说，叫安意。心安了嘛。安意儿的大名是谢修己。这个名儿可不是爷起的，是四爷起的，爷没有恁沉的文化。小的时候，爷经常拉着安意儿上地干活，带着他给白菜浇水，拔萝卜，还给他逮蟋蟀。爷是在给公家交砂礓的时候死的。说是要铺路，每家都要交钱，交不上钱的，交砂礓也行。爷就带着大和奶还有娘，去南河拾砂礓。溪河没有砂礓，只有沙子，砂礓只有南河才有。安意儿一个人在家，怕坏他了。拾够了，就用架车拉着送到艾亭镇上。走到小洼的时候，要上坎子，爷就跌倒了，再没有起来。

爷没有了，安意儿就少了许多乐趣。他记得，自己在夏天的晚上捉呦子，关进笼子里，喂它大椒。它吃了，辣得受不住了，就开始拼命地叫，一夜不停。他就喜欢这样的声音，把白天的热闹给叫萧索了，热烘烘的气也叫稀薄了。夏天的夜里，总是安静得很，有些东西在叫着，心里美美的。夜里他听着呦子叫，迷迷糊糊就睡着了。可是第二天早上，他却很晚才起来。他喜欢夏天的夜里睡在架车里，屋里热，外头凉快。起来晚了，鸡跑到架车上，拉屎，身上就脏了。等娘干活回来，对着他的屁股打了一下。他才醒过来。醒过来，就觉得自己的头昏昏沉沉的，浑身无力。娘就一直忙着在厨屋里做饭。等大回来吃饭的时候，他也没有胃口。吃了饭，和娘一起喂猪，他就走着走着，一脚没有踏稳实，栽倒了。

栽倒了，就喊溪湾村的盛世。盛世来了就挂吊水，还打针。安意儿始终是迷迷糊糊，看不清人影。可看不清人影了，却看得清楚自己的大和娘。他感觉大和娘看上去咋恁么亲切哩？都坐在床沿，望着他。他不觉得热，也不难受。觉得心里面想喊娘了，就喊了一声"娘"。喊了，觉得心里舒服了，就问了一句："娘，俺大上哪儿去了？"娘就说："你大去请三婆去了。盛世的药不管劲，你大说不是撞了邪了吧？就去喊三婆来瞧瞧。"安意儿听着，觉得话很远，他想睡瞌。于是就睡瞌了。

一醒过来，大就在眼前了。三婆真的来了，拿着一把桃木剑，砍来砍去的，嘴里边叽叽咕咕的不知道念些啥。念叨了一阵，三婆就烧香磕头，拜了一会，停了下来。脸上还怪认真，看着有些怕人。然后走过去，和安意儿的大和娘说些啥。安意儿看见了，可是他听不见。他就是觉得自己轻飘飘的，云里雾里一样的。他就给娘说："娘，我成仙了，我会飞！"

安意儿真的醒来，不迷糊了，说话清清楚楚了。娘高兴得就去给他煎鸡蛋吃。大也高兴得，坐在床边儿，吸烟。烟管不长，烟袋是娘缭的，都磨了一层油了，大还在用。安意儿就对大和娘说："我好了，没事了。我就管去放羊了。"大和娘心里眼里就潮起了一层雨雾，不说啥了。

吃了娘煎的鸡蛋，安意儿就要起床。娘说："不敢恁快地就起来。再睡一会儿。"大说："好了，也该下地跑跑了，身子骨儿都睡坏了。"安意儿就下来，脚一着地，像踩着了一根针，"叽"的一声，像老鼠叫。声音就钻进了脚丫巴子里，随着腿蹿上来。他"啊"了一下，腿一下子弯了。大和娘都吃一惊，赶快去扶。安意儿躺在床上，觉得脚不疼了。就跟大和娘说："不疼了，没事了。"他再下地走，腿就开始一拐一拐的了。

大和娘心里猛地一凉。

4

娘总是埋怨大，说都是因为大，安意儿的腿才会瘸的。大就不吭声，只是"嗞嗞"地吸烟。娘说一阵就不说了，眼中兀自流出了泪。

安意儿不知道该咋去安慰娘，安慰大。就只好天天好好干活，放羊，牵牛，牵猪，拽牛草。大心里更不是滋味，娘也常常就背过身来哭。后来盛世说，安意儿那个时候要是及时地被送到县医院，还算治好了哩，不会落下这样的病。大就问，还有没有其他的办法。盛世也不知道，只是说，或许竟是还有办法的吧。

大就不再谋算了。看看安意儿长大了，十七八岁了。娘心里嘀咕着，该给他说门亲事了。可是他腿那样，哪家的闺女会嫁过来啊？大就说，只要出得起财礼钱，没有娶不来的儿媳妇。水庄的麻子，那样的丑，五万块，还不是娶上一个白白净净的姑娘？现在都有孩子了。娘就说："你能耐，你能耐你就弄五万块，也给咱安意儿娶一个啊！"大就在心里谋划着另一件事情。

初中考试，谢修己卷子上的分数高。可是他体育不及格，后来学校就不要他。不要就回家吧，回家种地，土地爷不嫌人。干活吧，安意儿又干不了重活，挑水劈柴，他都不中。他就天天放羊。去西埝上放羊，去东埝上放羊，也去北地放羊。放羊，他就看见了大丽的娘偷了四爷家的玉蜀黍，掰拉掰拉，朝草筐里一窝。还看见了狗蛋偷六婶家的红薯。安意儿就装作没有看见，依旧放他的羊。羊吃饱了，窝在草地里。他就一个人躺着，看天，看云，看鸟飞过。看着天上有啥，就会带着一只鸟，不急不慢地飞着，恁么自由哩！翅膀忽闪几下，飞走一段；再扑奔几下，又飞走恁远。也有斑鸠，咕咕地叫两声，鸟在天空中，声躲在绿树里。天上最多的还是云彩，一团一团的，滚雪球一样地朝前跑。轻飘飘，慢悠悠，安闲自在呢。安意儿就想，要是像云彩那样，朝前飘，那得有多舒服啊！到晚上了，安意儿才牵着羊，回家了。

还是昏黄时候的夏天最美，夕阳照着北地的庄稼，昏淡的红色和黄色落满了庄稼地。村子就显得远了。南园村沿着埂，括弧一样。不过括弧只有一半，另一半括弧就被橡皮擦给涂掉了。走在北地回来的路上，都能够闻到谁家蒸馍的味道，谁家炒菜下面条的味道。肯定是谁烧馍了，都烧烋了，味就不香了，可也勾人哩。担着草回家的人，胳膊上扎着草筐的人，一路路地说说笑笑就回去了。

回去了，大就和安意儿说，路庄有个闺女，跟他一般大。东台子上的马邑娘夜儿个来提了。人家也不要啥，给财礼六万六，就管结亲了。人家闺女长得白净，白净了好，而且还长得结实，能干活。以后安意儿就不用怕重活了。大还说，手里都已经备下了四万多块钱了。再弄一点，亲戚们那里再借借，明年就管办喜事了。安意儿听大这样说，心中不知是啥滋味，总觉着成亲这事离自己还远着呢。不过，大说成亲就成亲吧，娶个媳妇，也能帮家里一把手，何况，自家没孩子，也该养个小孩子给大和娘添些啥。

爷爷只有他一个，单传。到了大这一辈，还是单传，虽然有一个姑姑。到了安意儿这一辈，依然是单传，连个兄弟姐妹都没有的。计划生育严，不让生。娘要了一个安意儿，就结了扎。屋里来屋里去的，一个孩子，怪寂的。冷冷清清的。单着呢。

安意儿就把路庄的闺女记下了。记下了，想想，没有印象。安意儿就跟大说："你说的蜜蜂，我咋没有见过呢?"大就说："蜜蜂从小跟着娘干活，没有上学。你咋会知道哩?"安意儿就不说话了，只是放羊。

放羊，就牵着羊的绳，从家里走，沿着路边，让羊吃草。吃着吃着，就来到了西埂上，东埂上。拿个橛子一搣，要么丢了圈绳，任意地让羊羔子跑吧，吃到哪儿，算到哪儿。放羊是情趣，多舒服自在啊。朝草地上一躺，看着天，心就开始飞啦。要多远，就能够飞多远。贴着天边儿，可意儿地飞啊飞，就飞到了云头上了。朝下一看，娘哎，人咋恁小哩，跟个蚂蚁一样。一块地一块地的，趴趴房一样。落下来，然后就四棱八叉地躺在草地上，听鸟叫呢。

5

自打大给安意儿备下了说媳妇儿这事，大就开始天天卖命地干活。园子里菜开始多了，春上，黄瓜弄了三大棚。大天天很早就起床了，然后和娘拉着一满架车的黄瓜去卖。娘送到溪湾村，上了埂坡，再回来，喂猪喂牛的。弄好了，摸摸园子，干干杂活。大每天卖菜，下午才回来。有时候回来早了，能赶上吃晌午饭。晚了，娘就在锅里留下饭，盖上锅盖，大回来了，填把火热热。黄瓜还没卖罢园，番茄，豆角，大椒，马铃薯，还有茄子又都下来了。每每卖黄瓜的时候，捎带上几袋子的杂菜。大每次卖菜回来，脸上总是喜悦着。吃饭之前，必定把钱包拿出来，十块二十块地先数一下钱。

到了夏末秋初，没有啥菜好卖的了，大就开始发愁。天天没有进项，还不停地花钱。五叔家上梁，礼钱五十。听说过年的时候还有娶媳妇儿的，走闺女的。大想着该种些啥菜，多挣些钱的。可是，南园村的天气就是这样。一年四季，春上顶多种种黄瓜，西葫芦。到了春末夏初，豆角番茄之类的。初冬的时候，才能卖上萝卜和白菜。其他的菜种上，长不成。在南园村，在最缺菜的季节里，没有人能想出种啥菜。大就盘算着去北庄窑上干活。一天三四十块的，也不少。家里的活，娘干着。

只有到了春上，大才是开心地累着的。可是大永远不觉着累，心里面乐滋滋的。大今年一下子种了四棚菜。三棚黄瓜，一棚杂菜。大盘算着，豆角番茄大椒出早了，卖得贵。往年总是和人家一起卖，都有了，不稀罕了，就不值钱了。狠狠心，花了一千多块钱，又置了一棚的竹棍和一棚的胶布子。还没有过年，大和娘每夜睡觉的时候，肚皮上就摊上了种子。

赶在立春前头，早了在年头里，晚了正月初几。大把瓶瓶罐罐的拿出来，把黄瓜籽还有番茄籽大椒籽放到温水中，泡上一两天。适时地不停换温水。发现这些籽子张嘴了，就把用布缭好的兜子，装上籽子。快干不干的时候，夜夜在肚皮上温。上了两三天的温，芽子顶头了，就端来一个箔子，铺满麦糠，撒上顶芽的种子，再撒一层麦糠。端到沟里湿湿水。回来后，放到大盆里，大盆下面弄上温水。盆外面扎一层胶布子，再围上柴草麦糠好保温。过个五六天，黄瓜芽子就低着头，一个个钻出麦糠，羞羞地你挤我，我挤你地望望外面。大棚弄好了，太阳一出来，里面就热得跟个蒸笼似的。芽子放到大棚里温几天，发青了，就可以拔出来种了。

四棚菜长得你追我赶。欢喜得大每天吃罢饭，碗都不朝厨屋里拿，就去园里忙活了。大还准备着，在夏天最热的时候，种上一季菜，不管是啥菜。心里算盘打着，说："今年要是卖好了，六万六的财礼就备齐了。年里拿去，看看年后正月里就能把人家闺女接到家来。"娘也乐坏了，干活拼了命的。

果然，夏天里，最需要菜的时候，大没有种菜，倒是种了几分地的西瓜和小瓜子。瓜长得凶，秧子扑扑地长出了一地还不够，还路上铺。一个一个小黄花，吹得天气更热了。

许久没有雨，连五月二十五，老龙来探母的日子里，都没落一滴雨。庄稼看看都旱得蔫蔫的。幸好南园村是沙土地，能够存些水，不然，玉蜀黍苗非干死不可。坰场的地就不行，黏土地嘛，水都漏下去了，庄稼苗子就干死了不少。人们焦急地等着老天爷下雨。可是日头一日毒过一日地晒着。人们终于失去了兴趣，就说，干就干吧，一秋不收，饿不死人。年年个儿，不是干就是发大水，淹个不行。人们反而不急了，天天坐在树荫下，端着个碗，一顿饭从东台子吃到西台子，再回到南台子。中午饭吃到天快黑了。摸摸园子，浇浇菜。日子倒也自在了许多。

可是，大没有闲着。大心里盘算着，天气干，吃西瓜的人肯定多。要是这个时候浇上水，瓜长势旺了，有个好收成，六万六就富余了不少，办酒席都够了。大就在瓜最旱的时候，借了四叔家的水机，准备浇水。安意儿说要帮着浇水的，大说有娘就够了。安意儿就去放羊了。

南园村浇水，都是要扯很长的电线，把水机放到溪河里抽水。水管子拉得长长的，水咕嘟嘟就冒着出来了。电线没有怎么长，都是自己用几截接到一起的。弄得不严实，线绳子就总会漏电。电线要是和水管子一起，混了水，经常就有人被打住了。

天黑麻麻的时候，安意儿就牵着羊回家了。到了村口，看着水管子还在地上，电线也没有人弄。心里想，该是浇瓜还没有浇好的吧。想着，把羊牵回去，去园子里帮着浇。也管快些。回到家，只看到惊慌的奶在家里不知道该干啥。安意儿愣了，咋回事儿啊。奶见了安意儿，放声地，就哭了出来。

大死了，给电打死了。

6

大是用门板抬回来的。挺在门板上，一动不动。

大叫电打了，甩都甩不掉。后来五爷过来，愣是用竹棍敲掉了电线。送到溪湾村盛世那，早就不中了。娘一听，哇的一声哭了，哭了，第一声哭完，第二声还没有哭出来，人就不中了，倒下了。盛世赶忙掐人中，娘才醒了。醒了还是个哭。哽哽咽咽，哽咽了几下，又放声大哭了起来。人抬着大，盛世家的搀着娘，天黑透溜了，才回到家。

奶一看躺在门板上的大连气也没有了，脸煞白，哭都没有哭一声，就晕倒了。晕倒了，缓不过来了。醒了，头就开始晕晕的，问这是咋回事啊？才又看到大躺在了床上。奶就开始哭，哭了一天一夜，还是个哭。人给大穿衣裳，准备棺材，奶知道他们马上就要把大埋了，就还是个哭。

夏天热，大一天后就下葬了。就葬在大沟沿那块地里。安意儿举着白幡，心里呜咽着，悲鸣着。安意儿哭了，哭了就只是流泪，哗啦啦地淌个不停，就把白幡飘下来的纸条给哭湿了。

埋了大后，奶还是哭。又哭了三天三夜，哭得没劲了，就不哭了。奶渴了，就说："意儿啊，给奶一口水喝吧。"安意儿就给奶端了一碗水。递过去，奶睁着眼问，水在哪儿啊？安意儿吃了一惊，说："奶，水不就在你脸前呢嘛。咋？你看不着了吗?"奶这才喊着说，咋屋里一片黑啊。她伸手来摸摸，胡乱地摸了一阵子。

奶的眼就哭瞎啦。

7

埋了大，烧过头七的纸，娘还是在家里昏昏沉沉的。昏昏沉沉的，不知道该干啥，不知道该朝哪去。小舅来了，说接娘回娘家，住几天。

安意儿就只得自个造饭。烧茶熘馍，炒酱豆子，蒸馍，擀面条，刷锅，喂猪。奶眼瞎了，他就把尿窑罐拎到屋里，奶就不用摸着出门了。

娘在姥娘家里住了一个多月，回来了。娘回来了，就不是娘了。娘变懒了，啥事也不问了。安意儿整天开始造饭，喂猪，喂鸡……娘说话有一句没一句的，总是心不在焉的样子，对啥也没了兴趣似的。奶就问娘："他娘啊，你咋打算啊？意儿这么大了，要不咱就苦一下，围一家人地过下去。意儿他大留下了钱，赶快准备一下，该咋弄咋弄吧。意儿不能就这样拖下去了啊。"娘没有答话。奶不管咋说，娘就是不答话。

后来，奶就托马邑娘再帮着说说话。奶还留马邑娘在家里吃饭。可是娘也没有咋招呼马邑娘，还是安意儿造饭，招呼着吃了一顿。马邑娘就去路庄又跑了一趟。路庄的闺女，闺女的大和娘都知道了安意儿家的事，犹豫着了。

马邑娘回来，对奶说："老婶子啊，不是俺不尽力。路庄人家说话没有痛快处，黏啦吧唧的，没个爽快话。看那样子，人家心里是不情愿呢吧。要不咱还是找别个地说说？"

奶一听，就知道咋回事了，用瞎了的眼望着门外说："老天爷是要绝俺谢家的后啊！"说罢，就不言语了。

几天后，娘说走亲戚。走亲戚就走亲戚吧，娘收拾了一个包裹，临走的时候拿着一个红纸包，交到奶手里，说："娘，俺走亲戚啊。往后，你搁安意儿俩造饭吃。俺走了。"

娘这一趟亲戚，走了，就再也没有回来。

南园村有人瞎说，说安意儿的娘改嫁到了艾亭北的十里桥。也有人说，是安意儿娘家哥做的媒，把自家的妹子嫁人了。

安意儿没有伤心，奶也没有伤心。奶就把安意儿叫到腿跟前，说："意儿啊，你娘也走了。走了就走了吧，咱也不找她。找她她也不会回来跟着咱受苦了。你……"奶说着，就哭了，泪水从她瞎了的眼里淌出来。

奶就和安意儿一直地过，放羊，种菜。

8

天依旧是个蓝，蓝得人心里怪惶惶的。

热气退了些，可是依旧烤烘烘的，让人没个去处。庄稼地里，有风吹过，庄稼叶子就呼啦啦地你推我搡的，挤歪着。风一来，身上就猛一凉爽爽的。安意儿刷地坐起来了。心里沉沉的。想着过去的事，心劲都磨没有了。这样过就这样过吧，天天放羊，也是好好的。

风渐渐地，越吹越大。天终于爽快地消除了一大半的热气，站在埂上，嗖嗖的凉风，搁个风扇一样。羊身上的毛都被吹得一撮一撮地竖起来。羊羔子吃得差不多了，站在埂上，四处张望着，时不时地咩咩地叫两声。天凉快了，连羊羔子都知道停下来舒舒服服地享受一会。

庄稼地里起了波浪一样地，哗啦啦地往前涌。上地的人越来越多了，都走在路上。北地挨着南园村，除了种菜的园子就是庄稼地了。人们扛着锄头，拽着牛绳，拉着架车，扛着叉子，三三两两地上地干活。天凉爽了，干活就都带劲了。

安意儿站在埂上，觉着日头衰下去了，没有了。一扒拉子云彩，黑幽幽的，怪霸道地，就飘过来了。不是一朵，是一阵子的云彩。也不是云彩，反正就是天黑了一大片。黑的天，影子一样地朝南园村这边滚来。他知道要下雨了。下雨了好，只要不发大水，下雨了，庄稼长得灵光。

风就越来越大。天慢慢地，被黑了的半边天遮着了。昏昏暗暗的，天真个要下雨了。上地干活的人，走到半路，看天黑了。赶快，又折回头朝家里跑。家里晒的麦子，衣裳，得赶紧回家收啊。人就又都牵着牛，拉着车，急急忙忙地朝家里跑。

看样子，天黑得怎么厉害，该是要下大雨了呢。

埂上风最凉，埂上看天也更清楚。安意儿知道大暴雨要来了，也准备牵着羊回家。家里奶眼瞎了，啥东西都看不着，不弄点柴火，饭都吃不上了。他抬头看着埂下的庄稼地里，路上人们哪是走啊，都跑开了。风把路上的土灰吹起来，扬了多高。一个个，旋风一样的，绞着往天上飞。

一个大的闪光。轰隆隆的一个炸雷。

人们奔了命地，扎猛子朝家里跑。滋啦啦地，闪光越来越多，越来越快。雷声更响了，吓死人。

人们跑着，看见一个畸扭拐弯的亮光啪地抻着身子闪在西埂上，随后一个满满的炸雷，劈开了庄稼地一样的。

9

雨停后，人们出来看彩虹，东家西家地串门子。安意儿奶急坏了，说安意儿放羊，下恁大的雨，咋还没有回来啊？

淋湿了全身，一个跑回来的孩子就说，安意儿叫雷给劈了。人像个橛子一样，挺在西埂上，羊羔子吓得窝在玉蜀黍地里。

看稀奇的人，真的就跑到西埂上。果然，安意儿木桩一样，直挺挺地立在埂沿边子上。

人都说，安意儿胸口五个长长的血口子。那是龙爪子抓的哩……

行医

1

　　天已经麻麻黑的时候，四爷才回到家。身上背着药箱子，风尘仆仆。布鞋的帮子上粘了一些黄土泥。许是过溪湾的时候踩到了岸边的泥巴了吧。吃午饭那会，东湾庄的老刘过来请先生。四爷饭没有吃完，就背着药箱子相跟着去了。四爷行医有个习惯，周围村庄的人来请，他是坚决不骑洋车子的。

　　他喜欢南园村，喜欢南园村附近的田野和麦地。春天是油菜花和麦子，青黄相应。秋天里天高高的，云彩啊，青天啊。远是远了，可觉得亲近。像这片土地上的人一样。行医四十年了，见过活人眼睁睁地就死了。也见过快死的人，棺材都准备好了，十天半个月地，又活过来了。看过男人的身子，也看过女人的身子。生过孩子的女人，黄花大闺女的姑娘。跛脚的，癫疯的，身上烂掉长蛆的……他就想起了年轻的时候。那时候不懂事，看病看的都是一些轻病。他害怕好好的肉身子糜烂了一片的伤口，他恶心伤口里长满了的蛆。

二十一岁那年，还没有寻人。他在南园村徐福有家喝酒，正喝得酒性浓，就听有人敲院门。急急地，忙忙地。听着有喘气的声音。进门的是水村的刘老汉。刘老汉上气不接下气地说："快！……快！……救……救俺……娃的命……出……血来……流……不止……"四爷也吓坏了。毛头小伙子，行医一年，没有见过出血的。打了个激灵，酒就醒了一大半！赶快回家背上药箱子，和娘说句什么话就走了。那时候走像跑，跑得像风。一进门，就看见了刘老汉家的女娃，一个人坐在堂屋里。她一边哭，一边害怕地提着遮掩下身的长褂子。见来了一个人，心里一惊。害怕了一下。怕了，又安静了！刘老汉老伴早些年死去了，只剩下刘老汉和闺女俩人。四爷进屋就问："咋啦？疼不疼？肚子疼不疼？"毛妮儿就用含着泪水的眼看他。看了一下，又低下眼皮不看了。脸通红。

"快，让我看看。"四爷放下药箱子，才看见血从毛妮儿的小腿肚子上往下淌。

他二话没说，掀了一下毛妮儿的褂子，看着了腿上的血痕。以为是腿上割伤了，或者耙地的时候耙齿挂的。赶快放下褂子，取出镊子，用药棉沾了沾碘酒，慢慢地把血痕抹掉。再往上撩起褂子的时候，天哪……

毛妮儿下身没穿衣裳，只在上半身罩了一个褂子。褂子很长，和裙子一样，盖住了下半身。血痕引领着四爷往上看，直看到少女最隐秘的部位。他赶快用力地拉下褂子，呼呲呼呲喘粗气。像是吐什么东西一样，有一口，没一口的。只是低着头，不看毛妮儿，也不看其他。

这时，刘老汉跟回来了。头发棵里冒着烟，汗珠子一个个滚落下来。"咋样？……咋样啊？……谢先生？"进来，就扑通一声瘫坐在地上了。

四爷也缓过神来了。稳当当地站起身来，背上药箱子，准备走。刘老汉哇的一声哭了出来。无奈又感伤的眼神里，询问着，喃喃低语："俺闺女没救了？"四爷走过去，搀扶起刘老汉，坐在凳子上。转回头就看见了毛妮儿用恐惧的眼光看着他。他羞了一下，一愣。马上又镇定下来。对毛妮儿说："毛妮儿妹子，没啥事！不怕，不担心的！……你家茶瓶呢？"毛妮儿还是坐着不动，六神无主。四爷看了看，茶瓶在条几上。他过去，拎起茶瓶，一晃，没水了。他钻到厨屋，舀了一碗凉水。递给刘老汉，说："你喝一口吧！"刘老汉乖乖地喝了。初冬的凉水，冰牙，寒胃，冷头。刘老汉抬头看看四爷。"刚才你说啥？"四爷就又说："毛妮儿她没事。你出来一下。"他领着刘老汉来到院子里，说了一阵子。刘老汉将信将疑，回到屋里摸摸毛妮儿的头，说："娃啊，别担心。谢先生说没啥事！"

后来，毛妮儿就成了四奶奶了。

2.

黄昏的南园村，显得安静而孤独，带着点点忧伤。余晖里散发着人家的炊烟，冷冷清清的田野，广袤而单调。一眼望去，土黄的大地，刚刚抽芽的麦子。荒凉之中，显得秋后冬初的日子格外冷寂。

四奶奶也已经开始做饭了，烟囱里冒着灰灰的青烟，直往青蓝的天上飘去。四爷领着他心爱的狼狗，悠闲地，踏着步子回来了。四爷并没有急着回家，而是先到菜园子里，看看白菜和萝卜长势咋样了。园子并不大，栽了一小片的菜。白菜已经开始窝心了，等着霜降就可以扎起来。等到下雪，搁在菜窖里，腌上辣白菜。蹲下来，看了看白菜。然后拔了一个萝卜，拧掉萝卜缨子，用牙啃了一下萝卜头，剥开皮子，吃了起来。平平地把眼抬一下，望着北地的麦田。麦苗还小，稚嫩着铺在黄土上，新鲜，却也更显示出冬日的苍凉。想着来年的丰收和麦仓，四爷欢喜了一下，起身回家了。

四爷家还在埂上住着。园子离家有些路程，人家都从埂上搬下来了，四爷图清净，老屋子住着。狼狗叫作大黄。大黄欢快地撒开了跑，边跑还边回头望望四爷。大黄已经跟着四爷三年了。三年里不离身边，走哪跟哪。跟个小牛犊似的，身子肥肥的，墙一样。四爷走到屋后，就听着大黄在门前咬人，汪汪地叫！他知道又有人来家里了。大黄并不是真的咬人，只是好像是要告诉在后面走着的四爷。

以往，有人在这个时候来，四爷总是留人吃饭。吃过饭，再去相跟着，天还不晚的时候，人家送一下，就回来了。四爷有着好口碑。每次谁家死了人，他总是留下一些钱。不管病能不能治好，不管这死和他有没有关系。

一进门，他就看见了路庄的李小拐。李小拐并没有坐着，在院子里转来转去。他的一只腿是跛着的，一瘸一拐的。四奶奶看着心里焦急，说："小儿啊，你甭急着了，坐一坐，喝喝水。一下子你四爷就回来了。"可他不坐，也不说咋回事。就一个人在那里干急着。四爷正在给他说媒，是西湾王家的闺女。快成了，可娥的爹说，拐子家穷，又没有了大，没人做主。何况拐子还跛着个脚。亲事就这样搁下来了。李小拐人好，憨实，忠厚。可娥的大就是个看不上。

四爷看见李小拐就说，"拐子啊，你咋来了？娥儿那边又有啥事？"

小拐寒战，差一点跪下来。"我的四爷啊，快去救救俺娘吧。她快不中了。"

听这话，四爷一愣。他和李小拐的娘商量着咋把这桩婚事给承下来呢。咋一下子地就不行了呢？咋恁快哩？唉，人老了，说不中，就不中了。走着走着路，不中了，就倒下了。

一慌神，四爷顿了一下。"你说说，你娘咋啦？咋回事儿？"

"我娘回家，说掇菜做饭。还没出门，人就倒啦。倒了，啥都不知道哝。"拐子急急的，手直搓。

四爷赶快回屋，叮叮咣咣地拿了药，对四奶奶说："我赶快走啊！你先吃饭吧。好了我再回来。"

拉着李小拐就出了门。

3

大黄跑在最前面。夕阳铺洒在大地上，黄土地染上昏黄的夕阳余晖。麦苗还小，遮不住裸露的黄土。惨淡的黄昏的颜色，和着荒凉的田野的景象。如此，走路的人都步履匆匆，生怕晚了回家的脚程。

从南园村到路庄，并不是很远。但是要绕绕弯弯的，还得走过小洼。小洼在艾亭小学的南边。因着一个洼塘子，所以就叫作小洼了。小洼是个瘆地方，白天也有些阴森。路庄和水村以及西湾的坟墓都在小洼。常常有夭折的婴儿的尸体横放在洼塘子边。死小孩一多，就听得夜里总是会有哭叫的声音。一声猫叫，也能把人给吓死。总听人说，带着狗走路，因着狗的火气旺，所以总不至于害怕。不太晚的天走夜路，是大可不必害怕的。雨天走夜路，就得小心。小鬼可能会从洼塘子的水里冒出来。四爷不管，因为四爷有大黄和他做伴，何况大黄是这样大的一条狗呢！

拐子带着四爷，匆忙地赶回了家。

拐子娘躺在床上，已经死的样子。只是还有微弱的呼吸罢了。拐子慌神了，不知道该咋办，站在那里愣愣的，冷冷的。四爷可是见惯了。过来跟拐子说："舀碗凉水，给你娘灌下去。"拐子娘咳了一下。但依然只是死一样地躺着。四爷站在床沿，冷静了一会。对拐子说："拐子，不是你四爷不管你娘的死活。你得体谅你四爷。你娘的病，来得怎么快，许是撞上了啥子邪。我的药治不好啊。"

"四爷，你咋说也得治一下俺娘啊。咱不能这样看着她死了啊。俺娘她……"拐子就呜呜地哭了起来。

"拐子你站起来，跪个啥啊？起来!"四爷命令着，搀扶着拉起拐子。"要治你娘，也不是没有啥办法。要是你娘有个三长两短的，你不会怪四爷吧?"

"你说，四爷，我跟着你干! 生死都是命里定下的。俺可怜俺娘，可俺拧不过命啊。命里俺娘该死，就叫她死吧。咱没有不管她。"拐子比以前突然强硬了很多，主见了很多。

四爷就说:"好，拐子! 有你这句话，四爷我就敢尝一下阎王爷的头道菜。起来，帮着四爷弄一下。"

月亮小得羞涩，钻出来的时候还躲在云层里。有些微风，小小地掠过光秃秃的树梢。像是情人的手抚摸着脸颊。月子不喜欢出来，在云朵里穿行。村庄里的灯火渐次地熄灭了，人家慢慢地睡觉了。猫也懒得动弹，窝在破瓦罐里，只用耳朵看着老鼠的世界。

走出来的时候，四爷抬头看看天。月牙依然小，小得是孩子不敢见大人了。四爷对拐子说:"拐子，你看着你娘，有啥事你再来找我。我先回去。"

"那我送送你吧，四爷。给你送到小洼，我再回来。"拐子忧伤着说。

"别送我了。你好好看喽你娘。她要是渴了，给她喝点稀饭。你回去烧点稀饭。自个也吃点。我走了!"四爷就一头扎进了冷飕飕的夜里。

4

树的影，黑沉沉的，沉沉的又森森的。瞧远处一望，不愣神的，还以为有人站着。田野里风小，听不见，只是磨着耳朵。有鸦的叫，远远地传来，不禁让人有些心惊。昏沉沉的大地，加上昏淡淡的月光，怪叫人毛骨的。

四爷出了路庄，往西走，靠近水村的时候要转路。他犹豫了。从水村走呢？还是从小洼回去呢？从水村走，路远了。从小洼走，毕竟，那里憷得很。站定了一下，他毅然地选择了小洼这条路。在四周走了四十多年，啥事情没碰过？死人看过多少回了，还怕埋了的死人？那些娃娃家的，都该叫他老太的了。大黄还在身边呢。自己安慰着。

朝南一转，四爷就节省了很多的冤枉路。大黄和往常一样，一会往前跑，一会往后跑。左左右右，右右左左，前前后后，后后前前。它跑得并不远，绕着四爷打转儿一样地。跑了，又回来了。四爷知道大黄在跑着，心里踏实，不管它，任它跑。自个只是走。

翻过小沟，再过一个坎，就是小洼。

小洼东西两面是小小的沟坎子，南北是平地。小洼虽说小，可是洼塘子却大。洼塘子平时是干燥的地方，种麦子红薯。可塘子总湿汪汪的，没个干处。连着一大片。前些年挖河，只挖了一条沟。就堵住了洼塘子朝南延伸的路子，在新沟的地方停住了。弯弯曲曲的，洼塘子占了好大一片地呢。小洼在洼塘子西北。

下了沟坎子，四爷心里一紧。

脚下冷气往鞋篓子直灌，沿着脚脖子往上，渗透了全身。看着一个个起伏着的大小不一的土包包，他心里也打着嘀咕。奇怪的是，大黄不四周乱跑了，而是跟在他的身边，贴着他走。于是，他用手摸着大黄的头，脚下飞了一样地。为了给自己打气，他故意往西南看，那里没有坟墓，只有麦田。心里还想着其他的事情。

正看着麦田，想今年小麦的收成，脚下飞着走。可是大黄一下子脱手了，停下来在原地站着。它不叫，全身的毛支棱起来。四爷手中突然一空，心里"叽溜"一下子，浑身的寒毛"嗵"地就站了起来。飞着的脚步突然停下来。不自觉地瞧坟地看去。

他分明看见一个模糊的身影远远地站在一个坟头上。

坟头上的身影没有头，没有身骨。像是一件空空的长衣裳悬挂在坟头一样，凌空着，飘悬着。轻飘飘的身影，没手没脚的，两个袖子耷拉着垂下来。一下的，褂子的领子那里，冒出一个圆圆的东西来。光亮亮的，洁洁的，没有眉目和鼻嘴。影子仿佛跳跃了一下，从一个坟头到了另一个坟头。这一跳，只是空空的衣服晃动了一下。谁家的衣服鼓满了风一样的，吹跑了。

四爷哈出一口凉气。大黄慢慢地嘴里小声"叽叽"地叫着，往后缩。四爷就抱紧了大黄的脖子，贴着自己的大腿。四爷的脚步显然慢慢地也在跟着大黄一起往后缩了。

月牙突然沉默在灰黑的云朵里。四周一下子更加昏暗了。坟头上影子洁白的圆头更明显了。四爷看得分明，影子悬空着慢慢往前移动。它已不在坟头上磨蹭了，开始朝着四爷晃着衣服走来。四爷看清了，那影子穿的根本就是一袭长袍啊。长袍是古旧时候人穿的长袍。清朝的袍子？还是民国早期时候的袍子？也或许更早？四爷来不及思考，开始往后退却了。

长袍影子似乎看见了四爷和大黄一起往后退了。风吹着长袍子，上下不一致地摆着。长袍影子不走路，一靠近路的时候，自动地折回头来，沿着麦地往前走。月牙一下子冲出了灰黑的云朵，猛地一亮。四爷眼前像点灯了一样，黑影子一下子明晰了。月牙出来，长袍影子晃了一下，白色的圆球没有了。只是空空的长袍子追着四爷。

袍子是棉的，臃肿着，鼓鼓的。扣子是从腋下扣着的，布拧成的棉扣子。领子宽厚，竖着。袖子耷拉着摇晃，微小地晃动。

四爷看着，奇怪的是，黑影子就跳上了路面，瞧着四爷赶来。月牙照亮了路面，四爷看见袍子下面有黑黑的土渣子掉下来。土渣子很轻，分明是棺材腐烂的木头末子。四爷的腿有些软了，退却不动了。但是手却异常有力，紧紧地抱着大黄。汗就在四爷的后背上河流一样地淌下。脑子里乱乱的，轰隆隆的。

黑影子越发地近了。近了却依然地没头，也没有脚。摇摇晃晃地。

仿佛是攒足了劲似的，四爷猛地抡起两个胳膊，连拉带推地扣着大黄往前一扔。正对准了面前只有五步远的黑影子。

然后，四爷疯也一样地朝前疾跑。

5

四爷回到家，虚脱了，站在门口爬不起来了。用头哽哽地蹭门。四奶奶披着棉袄出来了，打开门没有看着人，往外一迈脚，踢着了四爷。吓了一跳。

"老头子，这是咋啦?"拖啊拖啊，就是拖不动。四奶奶就赶快去喊大儿子春贵。春贵来了，一用力，抱起四爷朝院子里走。

月亮已经慢慢地隐去了，村子里安静得让人心里发毛。

坐在连椅上的四爷，哼哼地喘着，呼噜噜地哽着。就是说不出话来。春贵不敢走，四奶奶也不敢睡。

等了一会，四爷突然着，"豁"地一下子坐了起来。坐起来，然后又躺下了。

6

天还没有亮，四奶奶就听着有人敲门。

麻麻亮的，四奶奶看清了是路庄的李小拐。"小拐啊，咋啦?夜儿个咋啦?你四爷一回来就瘫了，才睡下。"四奶奶显然是熬了一夜的，眼圈红着，疲惫着。

"啊? 四爷咋弄的? 我还急着叫四爷去俺家呢。俺娘天麻麻亮的时候张口就吐，吐了一地的脏东西。俺不知道夜儿个四爷给灌的是个啥药。四爷现在好了吧? 俺看看他……"

李小拐还没有说完，听见堂屋里的门开了。四爷眼睛毅然炯炯有神地，看着院子。"拐子啊！你娘咋样了？吐了一地？夜里闹没有？"

"夜里没有闹，今儿个一早就吐了，污泥一样的脏东西。就跟从泥塘子里捞上来的一样。咋弄的啊？您去瞧瞧吧？"拐子看着四爷，心中有些悔，又焦急着。

四爷穿好衣裳，又拿了一些药，相跟着李小拐。四奶奶就劝阻。四爷走远了。走远了，但是没有大黄相跟着在左右前后地跑了，只有拐子踮着脚跟着。

抄小路，虽然远了点，可绕开了小洼。四爷依然心有余悸。到李小拐家，突然看见屋子里冒着烟。两个人都奇怪。开门一看，李小拐的娘已经在烧锅做饭了。惊得拐子瞪大了眼睛，张着嘴巴。四爷奇了一下，笑了一下，然后就一头钻进了屋里。喊着拐子，从药箱子里拿出了一些补钙的药来。

"老姐姐啊，你从鬼门关走了一趟了啊。吃些药，压压惊。这两天你就别出去了。叫拐子下河，给你逮一条鱼来熬汤喝了。还……"四爷坐在厨屋里，和拐子娘说话，外面有人进来了。

看看是谁。是西湾王家的闺女。"闺女啊，你咋来了？"拐子娘问。一边地赶快走出来，相让着让王家的闺女进屋坐。

娥喊着四爷，坐下了。四爷坐在堂屋的连椅上。娥就说："四爷，俺大夜儿个做了梦。说他掉进了洼塘子里，喝了恁些子泥巴。扒来扒去的，啥也扒不着。听见狗叫，吭吭叽叽的。他摸了一下，满嘴的狗毛。要不是狗毛，他就被憋死了。醒了，俺爹就不行了。

说胡话，把俺当成了俺娘。光搁那里傻笑。说他是大仙下凡了。俺和俺娘都吓坏了。俺一明就去你家啦。可你不在，四奶奶说你来拐子家了。俺又跟着来了。你去瞧瞧吧。"

娥焦急地，恐慌着。

四爷笑了笑，有些诡秘，也有些解脱。"俺不用去了，拐子啊!"他喊了一下拐子，说，"你跟着娥去她家，俺给你拿药，夜儿个咋给你娘灌下的，你就咋给娥她大灌下。好了，守着。醒了，看看有啥事。再去俺家，给俺个信儿。俺还等着喝你的喜酒哩。"

拐子懵懵的。四爷让去，他就提着药，跟着娥去了。

四爷吃过饭才回家。这时，太阳已经扁扁地，从东边压着升上来了。初冬的朝阳，显得格外亲切，格外暖和。照着大地，田野就显得丰富了，不再荒凉。

7

小洼依然寂静。洼塘子里氤氲着低低的早晨的雾气。

麦苗长得壮实，坚挺着的麦叶尖子上，滴落露水的珠子。晶亮亮的，日头照着，鲜活得很。路边的枯草丛里，还有一丝丝的清新绿叶。从洼塘子到南园村的路上，灰尘味上蹿，被露水打湿着，越发浓重。

四爷走到夜儿个那地方，空空无所有。他仔细地看看脚下，大黄不见的地方，只剩下一撮狗毛……

一八九二

0

事实上，在经历过一座独木桥之后，我终于清晰地记得这个数字：一八九二。

这个数字到底是什么意思呢？它象征着什么呢？一八九二个情人？和他们睡觉并生下一八九二个孩子？那在这个数字左右分别出现的"N"和"Y"又表示着什么呢？我思考了许久，最终在看到独木桥下清冽的流水时，才恍然大悟地明白了这两个字母恰恰就是"南园村"的前两个字拼音缩写。于是，两个字母和一个数字，使我想起了村里的一件事，恰好符合了这一切。而我，只不过是这整件事的一个小小注脚而已，是她众多情人中的一个而已。

1

她叫柳小惠，也叫柳小慧。我们几个朋友因为读了几本诗书，戏称她为柳如是。柳如是并不是那种十分漂亮的女人，但是她有女人所具有的独特魅力。细腰肥臀，声音柔弱而细腻，头发飘逸而柔顺，穿着讲究而式样翻新的速度令人眼花缭乱。反正在我的眼里，柳如是所具有的女人味儿基本上是丰富到无以复加的地步。尤其是她的大眼睛，迷倒所有的诗人；她的厚嘴唇，性感而又具有挑逗性。我发觉她的身上具有诗人所要寻找的所有的东西。我之所以被她迷住，并且和她有一段缠绵悱恻的风流韵事，原因就是那个时候我正在写诗，浪漫主义得不行，自称为风流才子。不过在她的身上，我真正地尝到了什么是女人的滋味。

柳如是嫁到我们南园村已经有六个年头了。从她和四好相亲到结婚，到他们离婚，我都清清楚楚，因为我是四好的好朋友。

那年秋天，种罢麦，二十三岁的四好有一天突然在麻将桌上说他要去相亲。女人是路庄的柳如是。我一听，吃了一惊，柳如是，那不是小学时候的柳小惠吗？这两年都没有她的消息了。准确地说，应该是从初中毕业后就一直没有打听过她。我一边搓麻将，一边向四好确认着。

自从中专毕业后在艾亭镇中学教语文，我风风骚骚地沾过几个年纪大一点的女学生，可是最后都不了了之。人家再大，总比我也小上好些岁啊。再说了，老师娶学生，这传出去名声不好。我这样的条件，又不是找不着娘们儿，保准能找到一个纯处女呢。一到放假或者周末，我没事了，就骑着摩托车回南园村家里，帮爹娘干干活，会会我那一帮游手好闲的狐朋狗友。四好这个人老实，憨得很，眼看着人家都出外打工挣钱冒了油，他就是不动，守着家里的地。谁家出外，地不种了，他就拾过来种。一年倒也能挣不少的钱。混了两三年，买了拖拉机，后面还挂了一个车斗，威风起来了。这就有人上门儿提亲了。

相亲的那一天，四好把我也给叫上了，说是给他张罗个眼睛看看。我就屁颠儿屁颠儿地跟着去了。反正也没有啥事，去到了，见到美人儿，说不定还能写几首诗呢。四好在相亲上，可是好好地显摆了一把。南园村离艾亭镇起码有七八里地远，他却知会街上的三妮儿烤半只羊送来。买了一整只卤鸡，三条鲢鱼，又专门儿跑到县里搞了一堆水果，还有啥水蜜桃。吃得我难受死了。

人来了，四五个。有柳如是，还有她两个本家嫂子和她哥，她娘。四好一看，心里欢喜。人来得多才好，他四好现在混得多好啊，越多的人看，越传得开。心里一高兴，四好又去河南连村镇街上割了二十斤肉。把谢尚亭都请来了，他是我们村里的大厨师，人家嫁闺女娶媳妇的都请他来主勺。四好还搬了四箱子啤酒，五瓶五粮液。

我见了柳如是，心里惊诧了一阵。小学那会没这么美啊，黑黑的丑小鸭一样。就是初中也只是一般的少女，奶子没有发育好，脸蛋依然黑黑的。现在呢，再看看，胸脯挺拔巍峨，一走一晃动的，脸也白净净的，而且比以前大了。心里怪痒痒的，日怪着四好，他妈的，好女嫁歪汉。歪瓜瘪枣的都姘上了西施貂蝉，我这么英俊潇洒，又满腹诗书的人，居然现在还单身着。这个时候，我就开始恨上了四好。我觉得这小子不厚道，有好女人一个人霸占。心里就在诅咒他，这次相亲一定不要成功。

说来也气人，他妈的，女人都是这样的贱，傍上有钱人是她们幸福的选择。四好一顿饭，把柳如是给搞定了。

2

快过年的时候，四好说他要结婚了，请我给他记账。看着这女人没有希望了，我就死心塌地了。便宜四好这小子了。记账也好，反正寒假里放假，也没有啥事情，蹭几顿酒喝喝，再闹闹洞房，热闹一下。

婚礼定在腊月二十四，二十一晚上就有人来喝喜酒了。南园村一直有这个习惯，大家都喜欢喝头茬酒，吃头茬菜，事事抢个先。人倒也少，不用等就开饭了。我正在家里写我的长诗，内容是关于我和十几个女学生的风流故事的抒情。刚刚开了个头，正准备往下写，四好来喊我去记账。我就过去了。原来来的人是孬蛋和石头他们。这几堆货，才是真正的游手好闲的家伙，不干活，经常做个偷鸡摸狗的事儿。村里人都在背地里咒骂这些人。他们还当眼线，村里边的牛都是他们跟别村的人合伙偷的。可碍着面子，还是吆五喝六地，怪亲热。整整摆了一桌，还差点没有坐下，大家将就着吃了。四好叫我也坐下一起吃，我说我吃过饭了，回家还有事情，就先走了。回家我是为了写我的长诗，一个叫雪梅的女生是我带过的学生，那是我第一个秘密女友，拉过手，亲过嘴，摸过她的奶子，那天晚上本来差一点把她给破了，可是最后一刻她同学喊她有事，就急急忙忙地走了。不过在毕业前的几天里，我俩温存了一次又一次，我终于把她的身子给破了。尝到了处女的滋味。这时我才知道，为啥子男人都喜欢把女人看成是水。她们就是水，水乎乎的。我的第一次和她的第一次完美结合，然后又重温了好几次之后，雪梅就出去打工了，再也没有了联系。

二十三一整天，是婚礼最忙的时候。从早晨到晚上十二点，除了吃饭和上茅房，我没有离开过记账的桌子。四好结婚的酒席摆的，不说是全艾亭镇最好的，也是南园村和周围的啥子水庄、路庄、溪湾村中最好的。人家听了酒席好，平时来往只是点头微笑的人也都过来贺喜，人多得很。挤来挤去的。我烦人多，可是这时候人家给吃给喝的，咋好意思说呢。拿着毛笔，我写着名字和大写的数字。

二十四早晨，终于把新娘子柳如是给抬来了。虽然这一天没有啥客人了，记账也只是个摆设，可是我还是来了。我想看看柳如是盖着盖头的样子。我想和人家一起乱新媳妇。

噼里啪啦一阵鞭炮声，花轿和小轿车、拖拉机就从北边的土路上过来了。花轿里坐的是柳如是，小轿车里摆着她贴身的小包裹，拖拉机拉的是她的嫁妆，柜子桌子椅子被子……那架势可把南园村的人眼睛都给惊出来了。谁家闺女这么排场，够气势。

下了轿子，有人搀扶着柳如是走进西厢房。没想到哈，四好这小子惜不啦叽的，还搞一套古典婚礼。当然简化了很多。

新娘子来了，要乱新媳妇的。于是一帮子男青年，四好的表兄表弟的，一拥而上，朝着新娘子奔去，一边把四好也拉过来，让两个人捉嘴儿。大庭广众的，四好不好意思，大家就逮着他，一边推拉扯搡着柳如是。其中一个就是我。我趁着大家一哄乱，瞅准机会，摸了一把柳如是的奶子。我的口水就流出来了。那奶子，天上才有啊。坚挺的，柔软的，润滑的，水一样又天上的云彩一样。我想，这女人肯定有一把好肉，尤其是下面肯定更水。

大家乱着，不停歇。后来村里的一个长者过来，发话，也是劝，好歹给这帮子人一个台阶下。大家这才散了。柳如是头发乱乱的，衣裳几乎被撕破了。四好也一样。

后来我们就吃饭，一起喝酒。四好的一个老表喝得有点多了，说了些胡话。颇为柳如是不值的样子。这样好的女人，咋就嫁给了你小子呢？牛屎一坨，偏就插着朵鲜花，啧啧……

3

四好家的房子虽说有院子，但是后面开着窗户。没过多少天，我就听人说，夜里起来解手的时候，听见四好房子里传出来咿咿呀呀的哼叫声。人家都说柳如是个骚女人，浪摆着。后来又有传言说，咿咿呀呀的时候，灯还亮着。于是夏天的时候，孬蛋他们夜里不睡觉，猫着身子躲在四好家屋子后面看表演。

听多嘞，这帮人也就没有兴致了，便作罢了。我也在一次机缘巧合之下，猫着身子听了一回，那一次是和孬蛋、石头、军子几个人一起去的。刚去的时候，走在路上，听他几个说，把我给馋坏了。他们说柳如是浪叫起来，不单是叫，还不停地喘，哼唧，浪笑。她越是叫得厉害，四好就越是个没完，一气儿接着一气儿地干。

我去的那个晚上，天怪热哩，日愣怪地热，烤烘烘的，站那里不动，身上就一身汗。我在家里抹澡后，坐在风扇下，凉飕飕的，还怪惬意。孬蛋他们走过门口，喊了一下我，我出去一看，他们都议论纷纷，说去看表演，保证好看。我将信将疑，相跟着就去了。日他妈的个大腿，去到以为就能看表演，没有想到四好和柳如是俩人，收拾个这，收拾个那，总没有停。终于停下来，柳如是去院子里接水抹澡，然后回来睡觉。可是俩人就躺在那里，吹风扇，说这个说个那。柳如是说，她感觉自己怀上了，身上总不来红。四好憨啦吧唧的样，嘿嘿一笑，手伸过去摸柳如是的肚皮。本来以为他娘的会上，没有想到，他还是嘿嘿一笑，放着好肉不啃。

等了太长的时间，我都不耐烦了，想走。孬蛋不让，说精彩马上就开始了，走了就白来一趟了。他们还说，待会儿几个人把我抬上去，从窗户里看，比看录像还过瘾。我无奈的样子，摆摆手，罢了。终于，听到里面柳如是开始喘了，他们几个还真够哥们儿，把我一架，抬上去了，我就从窗户里看过去，眼睛精明得很。果然，四好和柳如是脱得光光的，喘着粗气，哼哼唧唧地开始干活了。这一下，超出了我的想象，四好躺在下面，柳如是撅着个大白屁股坐在四好身上，前后上下地吭吭哧哧着，一边故弄一边哼哼唧唧的，一边还用手摸着自个儿的奶子。真是一把好奶啊，上蹿下跳，扑扑腾腾，一对白鸽子一样。我看得口水都流出来了。

可是我的心里甭提多难受了。这么白净丰满的女人，居然坐在四好这个憨瓜皮身上，哼哼唧唧地干得不亦乐乎。我这样优秀的人，这样一个写诗的人，居然天天一个人，连个摸的都没有，更甭提干了。不行，我在内心里觉得委屈憋闷，就坚决地下来了。我想，我得碰一回这个柳如是，不为别的，就为着享受一下那滋味。

孬蛋他们继续听，我坚决地走了。心里愤恨得不行。我突然间受到一种刺激，这刺激比以往来得更加的直接而一针见血，我觉得自己受到了侮辱，是人格的侮辱。走在路上，我发誓我要做一点事情，证明我比四好要强。我发誓我要娶一个漂亮的老婆，比柳如是还会叫的老婆。

南园村有几个像我这样的？人长得不错，还有文化，他们都巴着眼珠子看我，我才不理嘘他们呢。南园村是一个招人的地方，哪个庄的女人不想嫁过来？管她是水庄的还是溪湾村的。我不稀罕这些个女人，都是闷不啦叽的，肉一个比一个多，能受用的一个比一个差。怪不得南园村的男人们都喜欢去艾亭镇的发廊里，摸两把，享受一晚。

走在梅怡家的厨屋边时，我突然有一个想法。我想让梅怡帮我说个媳妇。梅怡在南园村，是顶漂亮的人儿，但是人家不风骚，本分，又是一个孝道的媳妇，谁都巴不得能够让梅怡说媳妇。三里庄的人品，俺不敢保证，可是三里庄的女人，要我说，都是个顶个的棒。

下定了这样的决心，我谋划着明天或者啥时候过去和她说一说。可是我心里还是恨四好，恨柳如是。那么骚浪的女人，我得沾沾光。

4

我是怎么和柳如是好上的，源于一次偶然的相遇。我才不相信命运呢。他妈的狗屁的命运，看到、听到我都恶心。不是说咱命运不好，而是这个命把人给弄得不知道东南西北了，伸手一抓，就是个空。可是那一次，却偏偏让我给撞上了。

秋庄稼长得正浓，跳跳地活泼得很。家里的地，爹娘多半都让我来做了，我也心疼爹娘，就每天疯狂地干活。也去学校代课，但是不住在学校了，有课就去，没课了赶快回来。我们中学，老师基本上在家里都有地，谁不回去干活啊，除了留几个值班的处理事情，许多人早就心飞了。正好也是才开学，课不多。

北地的一块地，种了玉蜀黍，乖乖，不得了，草长得比玉蜀黍还旺，没办法，只好用老笨的办法，一点一点地薅草。天儿太热，玉蜀黍也长高了，把个风给遮挡得严严实实，连个气儿都没有。我的头脑热得嗡嗡叫。我看爹娘受不了，就叫他们去树底下歇歇。带来的凉水都晒得温温的了。

薅了一天的草，人都散架了。我还喂了两头牛，把草用架车拉到屋东头，在沟里洗洗。草都洗好了，拉回家，娘在屋里做饭的时候，我拿上香皂和洗头膏，就下河抹澡去了。这个时候，还有一丝凉风，吹得我舒舒服服的，不觉得就哼上了歌。我没有唱十八摸，唱的是哥哥思念妹妹，泪花儿流。

滋润得很，自在得很，谁还会多想呢。在我们南园村，一般都是这个时候下河抹澡的，而且基本上傍晚是男人的时间，黑天的时候才是女人的时间。我们都是单个儿地一个一个地蹦跶，她们都是成群结队，拿着矿灯的。

才下到半坎子上，我就开始脱衣服了，反正树稠，埂上的人看不到。三抹两抹地，我就把裤衩给脱了，打精屁股，朝河里走。在五婶家的地边，她家河坎子上栽的是棉花套红薯。谁能想到，正准备尿尿的时候，冷猛地就看见柳如是撅着个大白屁股，也在棉花地里解手。我顿时吓得尿不出来了。脑子里一片空白，一句话也说不出来，一步路也走不动，定定地站在那里，眼睛直勾勾地看着柳如是。她好像没人一样，起身提上了裤衩。我一看，一把好奶子露在外面，她连穿褂子都没有。我心想，日弄的，这女人，挑逗我吗？天还不黑就来抹澡，脱得那么光。看着是解手，咋解恁长时间嘞？

她一脸的不害羞，走过来，站在我面前，还问我好看吗。我说，好看，要是摸上一把，死了都愿意，美死的。她咯咯地笑了起来，捂在奶子上的手拿拉下来，挺起奶子对我说，你来摸吧，看看你咋样为我死。

我几乎要吓了一跳，完全没有想到要穿上我的裤衩。我哆哆嗦嗦地伸出手来，碰到了她的奶子。我敢保证，我敢对天发誓，这一次摸，和上一回乱新媳妇的时候，不一样。光滑的肌肤，软软的，嫩嫩的，我有一种欲死欲仙的感觉。一个手不够摸的，我扔掉自己

249

的裤衩、香皂和洗头膏，两个手同时开工，一边握着一只白鸽子，贪婪得很。

正摸得欢的时候，她上来搂住了我，死死地贴在我的身上。我一看，这不是送来一块肉嘛。凭着我情场老手，我知道，这个时候是应该动真格的了。我一把抱住她，到了棉花地的深处，把红薯秧子朝一块儿堆了堆，然后扳倒她，一把扯下她没有系上的裤衩，硬邦邦的家伙儿就挺进了她的身体。

真是水一样的女人，滑溜溜的，水乎乎的，嫩呵呵的，软绵绵的。我的心都飘到九霄云外了，享受做一回神仙的滋味。

完事之后，我两躺在红薯秧子上，啥都没说。过了一会儿，她开口了，说四好的家伙什不行，蔫不拉唧的，短得很，不像我，这样粗壮坚韧，每一次都撞击得她销魂万里。我这才恍惚地明白了，柳如是天天叫，并不见得她干事的快活。她每次都骑在四好身上，看来，不是四好干她，是她在干四好哩。四好真不是个男人！

否定了四好，我翻身起来，奔着温柔乡，又一次地紧紧地抱着柳如是，更加猛烈地冲击她。她小声地呻吟着，叫声小而弱，没有人能够听得见，只有我能。这一次，激情燃烧的我，千里奔袭，释放了全身的能量，干活的疲惫全部没了。

两回成仙，这时天已经麻糊眼了，越发地暗淡下来。我两起身，她说要和我一起在河里抹澡。我心里欢喜得很，鸳鸯浴，哪个男人不想啊。

下到河里，我两光着屁股，一起蹲在水里，我还不停地用手摸她的奶子和秘密处。她很享受的样子，我顺势就抱着她，站起来，

250

在水里又成了一回神仙。她这次嗷嗷地叫，声音比刚才大了不少。

5

回到家里，我的心里还是痒痒的。这么美的一个女人，真是尤物。我躺在床上，把手放到鼻子上，还能闻到她的味道。奶子香，全身都香。我还久久地沉浸在柳如是的香世界里，迷迷糊糊地就睡着了。经过三次大战，我累了。在梦里，我看着不穿衣服的柳如是，白净细腻，笑得很甜，狐狸精一样地勾人魂魄。这个时候，我面前突然站着一个人，害羞地低下头。怎么又看见了梅怡，说这是她姑家的女儿，叫小梅子。说着，她拉着我的手，就去摸小梅子，小梅子只是害羞地笑。这个时候，恰巧四好来了，看着光着身子的柳如是，转过身来就怒目而视地对着我，随即从腰里抽出一把血亮的军刀，朝着我的胸膛就刺了过来。我感觉着疼痛无比，就一下子坐起来了，嘴里还在胡乱地说着，四好，别乱来，咱还是好哥们儿呢。

醒来后，我才发现是个梦。口渴难耐，心里也有点后怕。四好人是憨，可是这个人也蛮得很，啥事惹了他，肯定就是个拼死拼活的。我去厨屋里，舀了一瓢凉水，咕咚咕咚地喝了。身上一下子就凉了。

秋天的庄稼长得快，很快地里到处都是我和柳如是缠绵的地方。玉蜀黍怎么高，成片成片的，谁看得见。我俩就跑到最深的地方，觉得不可能有人来，就脱光了衣服，搂在一起。有时候，我们在北沟的河坎子上，也要一把，这里就不能脱光了衣服。我穿着裤衩，她穿着裙子，她把裙子掀起来，裤衩脱了，我的裤衩是开裆的，直接掏出家伙儿，我俩就窝在河坎子上，激情四射。

自从和我好了后，她经常到地里干活。我也在地里干活，不管怎么样，我总是能闻到她的味儿，知道她在哪块地干活，然后拉着架车，就去人家的玉蜀黍地里薅草，然后我俩就搓在了一起。完事后，各干各的活儿。

这样的日子，不是正常人过的。我心里还在担心那个梦，四好要是知道了，肯定是愣头青一个，找我拼命。我想，我这么有才华的人，我要找一个漂亮的媳妇，光明正大地干夫妻的事情，谁也管不着。于是，我又想起了梅怡。

终于有一天，我吃过饭，去梅怡家闲坐，顺便就把自己的想法给说了。梅怡满口应承，说像我这样的人，谁家闺女不愿意。我说着感谢的话，就走了。

6

秋收过后，大地一片空白，乱七八糟的地，犁了，种了，又整整齐齐，白里泛着绿色。麦苗就长上来了。我和柳如是不能那么随心地脱光了做男女的事情。我倒是留了个心，垛柴火垛的时候，里面留了点儿空。柴火垛就在我家的屋后，靠着墙，谁也看不出那个洞。憋坏了，我俩就趁着她晚上出去解手的时间，在洞里搓一回，过过瘾。可是，这样的遭遇战，总是不能过瘾。全村人几百双眼睛，看着哪，弄不好传出去，可就真的要拼命了。我只好掖着藏着。

梅怡给我说亲，事情进展顺利。种罢麦，人都清闲了，梅怡有一天去了我家，告诉我过两天她妹子去她家，让我过去看看，行的话人家就要过来看家了。我欢心地应承着，说不尽的感谢。

别看我偷鸡摸狗地干了一些坏事，正儿八经地娶媳妇，上床，我还是十分期待的。那天晚上，我就写了首诗，激情澎湃的，和那首与柳如是好了后写的诗，差不多。

为了能够相亲成功，我开始注意自己的行为，着装，说话也比以前温和多了，村里的老少爷们儿，都一个个地笑着说话。自然，我和柳如是的事情，也就停下了。最后一次和她好，完事之后，我就跟她说，我得去学校住了，学校的事多了，咱不能这样下去了。

小梅子是我心里想的那种美女。个子很高，人长得白净，浑厚得很，头发也长，脸蛋儿也大。再看看身上，凸出的地方，饱满丰润；凹下去的地方，自然收缩。我内心里欢喜得很。等着人家走了，梅怡就问我，咋样。我说，当然好了，打着灯笼都难找呢。说好了，就开始看家了。

十一月十三的时候，小梅子来看家。我自然是准备充分，派头弄得十足。我比四好结婚准备的东西还好。小梅子，她哥，她的三个嫂子和一个本家妹子，还有梅怡，都来了。我弄了一桌丰盛的菜，各式各样。我娘不会做饭，我就把村子里会做饭的三嫂请来了。我家，不用怎么看，虽然我混得不是多么得好，可是也不差。要房子有房子，要摩托车有摩托车，养牛还有猪，什么都有。要说有毛病，那就是茅房盖得有点远，他们去解手的时候，走了老远的路。不行，再盖个茅房算啥。

我们的婚期就定下来了，腊月二十的。我就开始忙着送彩礼，送各式各样的礼。看来我之前攒钱是对的，这个时候，就全用上了。

忙着自己结婚，肯定就把柳如是全给忘了，见面也说话，可是再也没有啥了。有一天我从艾亭中学回家，在路上碰到了她。她赶集回来，割肉，还买了一只老公鸡。我就叫她坐上我的摩托车。她上车后说风凉话，忙着新的就忘了旧的。怨归怨，可是她也没有多说。坐上摩托车后，她故意往前蹭，把两个奶子紧紧地贴着我。我心里乱，想把她脱光了，再做一回。可是自从我上心自个儿的婚礼后，我就变了另外一个人。我发动摩托车，一溜烟儿地走了，直接把她送到四好的家里。

四好最近脸色不好，看谁都是阴沉着脸，闷闷不乐。但是看到我把他媳妇送回来，终于还是笑了。还叫我进屋喝两盅，我说回家有事，就走了。自从和柳如是好上，我就和四好走得远了。我害怕看见他。

我结婚的那天，喊了四好、孬蛋他们去帮忙，无非是打水干活的。记账的人，是村里的一个老先生，威望挺高。按辈分，我摊叫他爷的。忙忙碌碌地，我终于把小梅子娶了进来。那天晚上，我俩对坐了一会，我兴头儿高，拎着酒瓶子，端了两个凉菜，我俩就在屋里喝上了。小梅子的酒量怎么好，我就担心了，不让她喝。她问我咋啦，我说女人喝酒，容易喝坏，喝成别人的女人，喝上了别人的床。她抬腿把我给蹬了一下，差点儿没把我蹬倒。然后她咯咯地笑了起来。我放下酒杯，一跃身起来，把她按倒在床上，脱了她的衣服。她比柳如是还要漂亮，身上更细嫩，香喷喷的。

7

结婚之后，我没有搬到学校住，反而是从学校把东西都搬回来了。小梅子是个贤惠的媳妇，啥都帮着干，是一个能手。做饭、喂猪、牵牛等，她都忙。学校里有课，我就去上课，没有课，我成天猫在家里。要是晌午爹娘干活，或者赶集去了，我拉过小梅子就做夫妻之事。她有时候拒绝，有时候就从了。但是拒绝的时候多，她说，大白天的，哪有大白天就干那事情的，丢人，不要脸。只有实在拗不过我的时候，才勉强地从了。

自此，我彻底地改邪归正了，再也不沾柳如是了，更不要说学生了。我心里只有我的媳妇，只有小梅子。我们一旦激情起来，有时候一夜都不睡，不停地你骚扰我，我骚扰你，总之把夫妻的事，当饭吃了。

要不是发生那件事情，我可能根本就忘记了柳如是这个人。那天学校里有事，我晚上没有回来，第二天一早才骑着摩托车回家的。回到南园村，老远地就看见石头家的麦秸垛旁边围了很多人，指指点点。我走过近跟儿前，停下摩托车，问怎么回事。待我从人缝里看到里面，才发现，四好果然狠。

石头的腿筋被挑了，瘫痪在地上，绑着双手。柳如是的一根腿

255

筋被挑了，两手绑着。两个人都是光着身子，一丝不挂。虽然天没有那么冷，两个人也都冻坏了。村里人有婆婆婶婶的，拿着衣服给柳如是披上，这边石头他娘也给他披了衣服。我问四好呢，跑哪去了？人家都说四好昨儿个走亲戚去了，去大张庄他姥姥家去了。听说是他姥不在了。人家都说，已经给四好打电话了，他马上就回来了。

我想不明白，这不是四好干的，会是谁干的呢？难道四好做事这么绝？为了逮住这一对，竟然撒谎，然后杀个回马枪，打个措手不及？难道石头也是在柴火垛和柳如是相好？还是他们俩直接就在四好家里相好，被四好堵住？四好挑了他俩的筋后，拖到麦秸垛的？

四好开着摩托车回来，去到后砸了石头一脚，回头来扇了柳如是一个巴掌，然后拖拖拽拽地把柳如是弄回家了。嘴里还骂着，臭婊子，骚女人。

我心里一阵冷汗。天哪，幸亏我的小梅子保佑，嫁过来，佑住了我。不然，被挑筋的，就是我了。

柳如是被拉走的时候，我看见她身上披的衣服，分明写着"一八九二"的字样，旁边还有南园村的开头字母。

8

两个月之后，四好离婚了，柳如是被赶回了娘家，走的那一天，一瘸一拐的。她再也没有以前的那种活力了。石头呢，成天趴在地上，走不了，都是爬着，爬到这，爬到那，和村子里的小孩子玩，蓬头垢面。

小梅子给我怀了双胞胎，还不知道是男是女。我高兴坏了，买了两瓶酒，很多菜，回去犒劳小媳妇。她不喝酒，说对孩子不好，我就一个人喝。喝着，就觉得应该喊四好一起来。我问了一下小梅子，她说就喊嘛，把他家的闺女也喊来。一个人拉扯一个孩子过日子，可不那么容易。

四好推辞了一会，还是被我叫来了。他闺女三岁了，浑身都透露出柳如是的神韵，只是不知道命会咋样。

喝得昏天黑地。我和四好，一直喝到下午人们都上地干活儿回来了，才算散。我怕四好走不好路，摔着了，就把他闺女留在我家，让小梅子看着，我去送他。他不让送。快到门口的时候，他稀里糊涂地说了一句话，"看好自己的媳妇儿!"我心里头一紧，茫然地回过身来。小梅子正好起身回屋，拉扯着四好闺女，挺着大肚子。

我仔细一看，她身上穿的衣服，裤腰下面一点儿上，分明地写着"N一八九二Y"几个字样，我的头脑轰的一下。

年死

1

来运躺在床上，觉着个人快成仙啦。飞一样，像柳绵，轻飘飘的。

远处有放鞭炮的，一下，一下地，噼里啪啦，嘭—咔—咚。听着听着，声儿咋变成了个娘儿们在哭，嘤嘤的，跟水机儿里淌出来的水一样，给黄瓜浇水呢。想动动身子，挪一挪，可身子就空啦。不是一个洞，是一缕烟呀，娘吧，咋就飘了。飘了，又散了，一忽儿就寻不见啦。无边无际地，来运就一下子，只剩眼跟耳了，又叫风给刮得稀碎烂，撒了一地。再从地上站起来，畸扭拐弯地，杵在那儿，听哩。咋磁带里就唱起了黄梅戏。姑娘唱着花，来运就唱着踩竹笋。姑娘就气了，唱挑水浇园子，还唱当了驸马爷。来运就耳朵也空啦，嗡嗡吟吟，风一样，钻进了他的心里，怪凉哩。

模模糊糊的，睡着了一样，可来运明明觉得，自个儿还是在睁开着眼。就懒懒地，瞧一下。娘呀，咋怎么些子人哑，咋哪儿都站满了人啊，挤得连缝儿都没有哩。院子里是人，屋子里也都是人，床边儿，还都站上床了。站不下了，咋连墙里面站的都是人啊。窗户上还一堆。当门地下，老鼠洞里都挤满了人。大大小小，男女老少，高矮胖瘦的，人挨人，人挤人，一个人还重着人家，一层一层地，叠起来一样的。咦，怪得很，娘咋管从厨屋里，说走过来就走过来了呢？怎么些子人，咋都不让让哩？娘走过来，从条几上拿几个鸡蛋，又去厨屋了。怎么些子人，围围地，嘟嘟囔囔地，一呼啦更多了。

来运抻了抻眼，又摆了摆耳，可就是看不着南园村哩。来运就想飞呀，抻开了眼，挑起了耳，瓢泼过去一样，人就从一缕烟里，升腾起来啦。眯缝着眼，来运看着个人躺在床上，微微一息。一息里，腾云驾雾，骑着仙鹤，一跟头，管跑十万八千里呢，就看着南园村啦。

2

一入冬，南园村就不是南园村啦。

树上光秃秃的，风一刮，呜呜地，跟夜猫子哭一样。树一秃，就显得空空落落，怪荒的。风就一下子灌进了庄子里，吹起灰尘忽悠悠地转，落得四棱崩散地，哽吧脆响，满身满嘴地就都是泥巴。草都枯黄黄地，支棱着，扎在地上。日头一照，焦烘烘地，点一把火，都能烧到天上去。没了树叶子遮挡，也没有草叶子铺地，南园村也一下子就都空啦。从村子南头一眼就管看到东头，从东头再一抬眼，就管看到西头，再眨巴眨巴眼，水庄子和溪湾村都一下管看透啦，不碍眼得很。公鸡一叫唤，回荡荡地，水波一般，从南园村荡悠悠跑到了水庄子，再从水庄子荡悠悠漂到溪湾村，然后悠忽悠忽的，就走了十里八里地，都管跑到艾亭镇上了。没啥挡着，还不就跑到天边呢！

都管看那么远，听那么真，地里也没啥活计，人就变懒啦。风又怎么大，直吹，怪冷的，就都缩着手，袖在袄子里，拿块砖头头儿，靠着墙根儿，三三两两，眯缝着眼，东一句西一句，前言不搭后语地，叙话，东家长，西家短的。日头倒怪暖和的，贴着袄子，嗞溜溜地都管钻到身上，像烤火。猫也懒了，狗也懒了，趴着，窝着，也拣着日头暖儿，就搁人身边，懒洋洋地，晒日头。除非人家园子里有菜，不然就连吃饭，都端着碗，猫在墙根儿上。

人都去晒日头，来运就不管。赶不了集啦，也不管去墙边坐着啦，他只能侧耳朵听着，听着听着人就模糊了，想睡，又睡不着。到了腊月，人就一天不如一天了。也不疼，也不痒，就是没劲儿。也不知道啥病，溪湾村的盛世来瞧过，一忽儿说是胃炎，一忽儿说是肠炎。吃不下饭，人就瘦啦，精瘦精瘦的，皮包骨头，哪像三十七八的人啊。饿得慌，娘就和一点儿面稀饭，喝下去，又不得劲儿，哇一口，又都哕出来了。浑身虚虚的，来运只能躺在床上。

腊月二十三，就听娘在院子里杀鸡，扑腾腾地乱响。也听着了哥哥孬货家杀猪，刺啦啦地叫，人心都叫荒了。也听着了弟弟赖货家杀羊，咩咩地叫，到最后就啥儿啥儿地叫，临了儿，咕噜一声，就断气啦。等到腊月二十七，以往里，都是爹挖了泥巴，和上麦秸秆，从早息起来就开始敷锅台，一下子敷到晌午。可今年，还是只有娘忙着扫屋子。把一把笤帚绑在竹棍上，锅碗瓢勺、床凳桌椅、箱子柜子，找胶布子一蒙，都把钱兜兜扫掉啦，等明年蜘蛛再来织网，又一年的收成就都有啦。可来运下不了床，娘就拿了一个床单子，把他给蒙住，墙灰落下来，给他呛得乱咳，也咳不出个啥，憋得心难受，跟出不来气儿一样。憋着憋着，人就想背过去了。娘扫完了，揭开床单子，他吸溜一口气儿，人才好一下。

　　过年啦，都大年三十儿了，可忙坏娘喽。来运躺在床上，眼睁睁地瞧着个人，轻飘飘，空虚虚，还笑嘻嘻的，就跟蝴蝶一样，稀里哗啦地，飘走啦。

　　来运就觉得热，从心里热，热到嗓子眼儿。头就晕，想睡睡不着。还是抬眼，瞧一下，懒懒地。天爷呀，咋还是恁么多的人呀，赶集吗？瞧着瞧着，恁么多的人里头，来运看到了自己个儿咋也走过来了。那个来运咋恁年轻吧，还笑笑地，露出白白的牙。来运就纳闷儿，该不会自己飘回去了吧？走过来的来运，还推着洋车子，笑嘻嘻的，高兴，脚就生了风。去哪儿啊？去十里铺啊。去十里铺干啥啊？去十里铺，相亲去啊？啊，不，去十里铺，走亲戚啊，瞧瞧快过门的媳妇儿呀，瞧老丈人啊，还瞧丈母娘啊。来运躺在那里，就笑了，恁么些子人，也都笑了。

3

　　来运都二十六了，也没谁来提亲。娘操碎了心，爹都在心里嘀咕着，是要打一辈子光棍了。爹不说，只默默地吸烟。爹是认命的，再说了，落寡汉，庄子里恁么多，也不缺来运一个。来运就只能春天里来，秋天里走，春春秋秋地，一夏又一夏，一冬又一冬地过着。

　　落寡汉就落寡汉，来运也没觉着啥。可到了冬天，来运就觉得心里空得慌，被窝子里冷，缩缩再缩缩，还是个冷。一年年地，来运试着把袄子盖上，睡前烫烫脚，在他即将二十七岁的时候，突然觉得冬天里，被窝子里很暖和了。他就再也不怕落寡汉了。

　　人走运，谁都拦不住。来运想着一个人过也好，被窝子都暖得热，还怕啥啊。不就是一个人睡啊，一个人睡得劲，抻得开，滚得动。想趴就趴，想侧就侧，谁管得着啊。乐意了，弓着腰睡，搂着被子睡，得劲！就是这时候，娘操着心，终于还是让三姨给说着一个姑娘了。一个大姑娘！可不是谁家不要的小媳妇。来运就高兴坏了，乐呵呵的，成天。咋想，好歹也能有个扪脊痒的人儿啊。就想到小时候，唱的两句歌谣：小小孩儿上南场，娶个媳妇儿扪脊痒。心里就嘿嘿地笑。

　　娘还是操心，怕来运对象的时候对不上，人家姑娘看不下他。可来运真的来了运气，穿着打扮怪时髦的，人都年轻了几岁，一口白牙，一笑起来还怪排场呢。来运就推着洋车子，去了三姨家，说手是手，说脚是脚的，斯斯文文，还真就对上象了。人家姑娘满意他，老丈人也欢心他，来运就骑着洋车子，大撒把地回到了南园村。军立和四好他们就笑来运，对个象乐呵成啥样，要真能摸着人家的奶子，那才滑溜溜、软浓浓的呢。等睡一个床了，那才叫乐呵呀。来运才不管他们呢，一个个都是饱汉不知饿汉子饥的，站着说话不腰疼。来运高兴，二十七了还能寻个扛脊痒的，还是个大姑娘。爹也说，这都是命，命里有的，跑不脱，命里没有，求不来。

过完年，正月十二对的象，二月二龙抬头的时候，来运就买了一大块肉、三斤白糖、三斤红糖、一个羊腿、一只鸡、一条大鱼、两筐果子，四箱辣酒和六箱啤酒，去老丈人家，下尊雨去了。来运出外也慌了一点儿钱，尊雨就不少拿。丈母娘忙前忙后，买酒买烟，还称了一斤瓜子儿，招呼来运。老丈人正儿八经地在堂屋迎着来运，让来运坐桌子东边的上席，自己坐在西边的下席。来运老实，还憨还厚的，榆木疙瘩，不知道咋说话，就沉默着。老丈人看来运不说话，也没啥好说的，寡淡得很，就也沉默着。俩人就在那里坐着，空落落的，吸烟。只有老丈人让烟的时候，才起起身，动动步，说一回。

尊雨一下，就等着腊月接亲了。来运也放心了，就不那么拘谨扭拧了，闲着没事儿，就去老丈人家帮着干这干那的，粗活儿、脏活儿、累活儿，都是他来。人也知道卖力气。扛小麦，人家扛百儿八十斤，他非得扛一百一二十斤；人家挑麦秧子，一下子挑一叉耙子，他非得挑三叉耙子；拉车子，人家拉六袋子都吭吭哧哧的，他拉十袋子，非得跑不行。来运高兴，高兴就有使不完的劲儿，干起活来，脚下就生风，腿上就暴筋，腰上就撑起，肩上就硬朗。

秋收的时候，来运三下五除二把家里的活计干完，赶快就跑去十里铺，秋收去。等把玉蜀黍收完，芝麻、豆子、柳子都割完，磕芝麻、捶豆子、扞柳子，就是姑娘和丈母娘干了。

一场霜打下来，红薯秧子就打蔫儿了。犁地、拉耙、撒种，一样样儿，都快清爽了，就到了卖早萝卜的时候了。来运先给姑娘家种麦，完了才回家种自个儿的，爹娘都没说。军立和四好看着来运累得跟狗趴一样，都又笑他，人姑娘家嫩水还没掐一掐呢，个人先掉几斤肉，等进了门，还有劲摇床不。笑嘻嘻地，鬼一样。来运累也滋润，来运心里高兴。还是骑着洋车子，去老丈人家。

可巧，就赶上老丈人打算明儿个卖萝卜。萝卜薅了，刿好萝卜缨子，来运就骑着洋车子来了。老丈人没打算弄恁么多，只想瞧瞧集市咋样。来运来到一看，嫌老丈人弄得太少，说多弄一点儿，明儿个他去卖。丈母娘一看，女婿恁勤快，就又弄了一点儿。来运还说少，就呼呼隆隆地又薅了一大片。找架车子来着，回家又洗，又装的。丈母娘找了两个纽绳袋子，可袋子小，装不下，还剩一小堆儿。来运就过来，说他装。他又是挤，又是搡，又是拤，把萝卜拿起来使劲儿地朝袋子里插。可好，一个袋子旧了，就叫来运给撑烂了。萝卜倒没扑棱一地，袋子是不能用了。老丈人就说，装不了那么多就不装了，留一点儿搁家里吃也管。来运非说没事，换个大袋子就中了。丈母娘就只好又找了一个大一点儿的袋子，将将就就地，可着劲儿，装了满满两大纽绳袋子。赶着天黑，老丈人帮着，挪凳子，搬椅子，才装上洋车子。

早晨起来才 4 点，来运睡不着，就起床又把袋子煞紧了一下，一个人就抹黑赶集去了。等日头才想偏西，来运回来了。回来了，不是人骑着洋车子，是洋车子骑着人身上。老丈人就问来运，咋回事儿啊。来运就说，萝卜太重，洋车子走着走着，后轮子就折了，整个钢圈就变形啦，差一点儿没折断。他就把洋车子撂在人家，扛着萝卜，跑了两趟，才弄到集上。反正离艾亭镇又不远。萝卜还怪贵哩，果真就卖了个好价钱。

老丈人说，咋不搁街上修修啊？扛回来不累人呀？来运就说，急着回来，忘了。老丈人的脸就有点儿灰。可来运没看着，饿得慌，就一头扎进厨屋里，找丈母娘要吃的。填了一下肚子，扛上洋车子，说要回家呀。老丈人没让走，就叫老伴儿炒俩菜，说把来运给累坏了。来运说没啥，下回还管多弄点儿，搁前面大杠上，车把上还管再挂点儿。

果然就炒了俩菜，一个小葱炒鸡蛋，一个白菜炒馓子。来运没把自个儿当外人，从厨屋里把菜端到堂屋里。老丈人在桌前，就搁那儿坐着，也没动，脸有点儿白，看着来运忙活。来运还是没看见，忙活着端馍，端稀饭。都弄好了，准备吃饭，老丈人说，来运该累坏了，喝点儿酒，解解乏吧。起身去条几柜里，拿了一瓶文王贡酒。拿到桌子上，说没有酒盅子了，叫谢麻三给借走啦。来运说没事儿，没酒盅子，找碗喝！老丈人脸就黑了一下。黑了一下，又紫一块青一块的。来运可就没看见，他说着，就一扭头，跑到厨屋里拿碗去了。

回到家，娘一看，洋车子钢圈咋歪成那样了？来运就说带萝卜累的。娘就嘟噜来运，咋恁逞能吧，装不下，咋不会少弄一点儿？逞那能干啥？好好的洋车子，换个钢圈还得十几二十块钱呢。来运就怪他娘，懂啥！

过了没几天，三姨咋走亲戚来了。来了，还一脸的不高兴，脸黑黑的。到了院子里，就问来运，咋弄的？咋恁好逞能啊？颡①得很，哪轻哪重不知道啊？咋恁痞呀？非得喝那一口尿水子？没酒盅子还找碗喝？不喝不中啊？傻啦吧唧的，俺？可好，人家不愿了，尊雨钱都拿来啦，咋弄啊！

来运的婚事，就吹啦！一年一年，再也找不着扠脊痒的了。就拉了寡汉啦，打了光棍啦。

4

来运瞧着，那个推洋车子的来运，就走了，哭丧着脸。一堆堆人，就给他让了路，慢慢地远了。来运想哂吧一下嘴，可没有力气，就只好吧唧一下，咽口吐沫，心里寡淡得很。南园村一两声鞭炮响，许是谁家的小孩儿，有一搭没一搭地，放的吧。早息饭都吃了，还不到吃年饭的时辰。放炮，就吵着了来运，有一口没一口地喘气，都像鞭炮声。咋就有谁放了个二踢子，嘭，咔。听听，像是从大哥孬货家响出来的，不是小侄儿放的吧？就想到老弟赖货家，小侄女儿该做作业了吧？

---

① 颡，chěn，方言，逞能，霸道。

娘呀，咋还是恁么些子人吜，熙熙攘攘地，都不说话哩！还站墙里边，挤得窗户、门框上都是。好像孬货来了，去厨屋里和娘说啥话，可听不真了。一下子，孬货又走了。来运就听着吵架的声音，就看起了几年前，也听起了几年前，孬货和赖货打架的事儿。

谁都不怪，都怪娘。赖货家里说，闺女黄嘎嘎的，都是赖货没本事，吃不上好的。就上来运鸡窝里逮鸡，说给闺女补补。娘看着就不得劲，说了一句啥。可就惹着赖货家里的了，又头就来映娘，啥难听的都映。可好，映着映着，烂芝麻瘪谷子的事儿，就都翻出来啦。啥时候娘拿着一把糖，给这个，给那个，就是不给她闺女。哪一年，娘上赖货家，家里没人，咋就把钉耙拿走了，要不是赖货瞧着了，钉耙就给秘起来啦。又一年，扯了一块布，给了孬货家里的，咋就没给她啊。还一年，鸡跑麦地里，逴①狗撵鸡，把鸡给咬死了。映呀映，越映越难听，越映越朝祖宗十八辈儿上映。咋映着映着，映到来运头上啦，说来运落寡汉，都是娘心眼儿坏，毒得很，老天爷都看不过啦，罚哩！都怨娘昧着良心使坏，叫他老谢家绝一门。

许是娘叫赖货家的映恼了，许是映着来运落寡汉，刺了娘的心。娘就拐着小脚，去北垴上寻孬货。孬货听了就火，就想去打赖货，一个女人都管不住，啥男人！映娘骂爹的，无法无天了。孬货家里就劝他，消消气儿。可娘就住那儿了，说赖货家里的映一夜，映得她都不敢沾家，搁野地里睡了一夜，差点儿没冻死。孬货就更

___

① 逴，chuō，唤起，命令。跳跃，追赶。

恼了，骑着洋车子，去莲花塘找妹子。两家一商量，说打她狗日的一顿，给她过过年，叫狗日的以后还敢不敢吠娘骂爹。就说明儿个，都去南台子上，连赖货一起揍了，毁他个障子。

来运想，吠了就吠了，又不是一次两次了，吠了日子照过，也不见少啥缺啥的。他咋也想不着，孬货就带着儿子和外甥，还有嫂子和姐，一呼啦地，风风火火地就来南台子上啦。来到，啥话没说，去到赖货家里，就指着鼻子问赖货家里的，问着问着，姐也开始吠赖货家里的了。赖货家里的哪肯饶，就还了嘴，指指点点。吠着吠着，就吠到了外面，大家伙儿都出来看热闹。赖货家里的一扑棱，甩过姐的手，就厮打在一起啦。赖货就想去捞架，孬货和外甥一下子扑过来，按倒了赖货。嫂子和姐就打赖货家的，扇耳光子，拿脚朝赖货家的下身踢，嘴里还吠着，看你个骚尿以后还敢再吠娘骂爹不。

几个人扭打在一起，来运就干巴巴地，站在那里，看着，打就打吧。看着，也看娘站在那里看着，嘴里还嘟噜着啥。咋办呀，捞架咋能捞开啊，一扑棱，就把自个儿甩一边儿了。他站在那里，发愁，干着急。要爹还活着，咋也不会这样啊。庄子里的人都围过来看热闹，没人敢捞架，躲得远远儿的，指手画脚，七嘴八舌。来运杵在那儿，呆呆地，就只是看。

算是把赖货跟赖货家里的，给打软了，孬货就领着人走啦。赖货爬起来，身上淌着血，过去捞女人。女人站起来，站起来又哎哟一声，瘫坐在地下。缓了怎么长时间，才站起来，走路一瘸一拐的。看样子，下身叫踢得不轻。来运晚上也没生火，黑漆漆的，上床睡了。

明儿个，孬货就领着艾亭镇上买树的，把赖货家里的树，能砍的砍了，能锯的锯了，说都是娘的，哪有赖货一根葱啊。还把娘接走了，不叫搁来运一块儿过了，省得赖货家里的又来映娘骂爹的。

来运就一个人过了几年。几年里，赖货家里的逢人就说，兄弟一家人，打得恁么热闹，啊，人家映到脸上，咋没见还一口？操家窝子中！谢老三赖孬货偷他家的白菜，见面就映，咋没见打人家？窝里横！来运听了，也当耳旁风，没见。想想又难过，咋兄弟就打起来了呢？

5

躺着躺着，来运想干哕，呕了几下，啥也哕不出来，动静倒弄出来了。娘就跑了过来，看来运的脸煞白煞白的，娘就慌了，遮水都没来得及解下，就踮着脚，深一脚浅一脚地，去溪湾村找盛世。

来运躺在床上，看到了过去的一年年，一月月，一天天，自个儿一年一个模样地长大，放电影一样。也见着了十里铺的姑娘，还朝他笑，怎么甜哩。也瞄到了洋车子，钢圈弯着，扛在他的身上。就听到了鞭炮声，该是人家坐上桌子，吃年饭了吧。年三十儿，他本该跟娘一块，坐在桌子上，给爹放一双筷子，吃年饭的。可他抻开眼，看去，都是自己三十多年的日子，一篇一篇地翻过去，再翻过来。风像手一样，吹着，翻着。

娘气喘吁吁地带着盛世来了。来运看见盛世坐下来，摸摸他的手，翻翻他的眼皮子，再感感他的耳根子，说，不中了。娘就一下子哭啦，撕心裂肺。来运想喊，咋就不中了，还在活着哩。可嗓子像是被堵上了，塞了棉花团，细丝丝的，喊不出来。喊出来了，娘又听不着，盛世也听不着。来运就听盛世说，大过年的，婶子还是喊孬货赖货过来，弄弄后事吧。来运就恨盛世，明明好好地活着，咋就让办后事啊。

盛世也不敢走，扯着嗓子喊赖货。赖货就磨磨叽叽地过来了，过来了就才劝一下娘，也不哭，也不伤心。盛世说他去喊孬货，就走了。过了一阵子，孬货来了，来了就说一句，弄棺材，赶快埋了吧，大过年的。娘就只是哭。

来运看他们都听不着他说话，就不想说了。就觉得自己身子轻了，飘飘的，飞了一样。身子轻了，人也爽快了，就轻松了，啥都不想了。觉着，自己个儿像一缕烟，就飘啦，就散啦……

先生

0

搁俺们南园村，管老师叫先生，管大夫也叫先生。可人都知道，这先生是这先生，不是那先生。那先生是那先生，不是这先生。夕阳西下，余晖满天，娃子们回家了，大人问：今儿个先生教啥啦？先生便是这先生，大号谢德裕。因他自称南园先生，人都私下里叫了大南园。大南园不是小南园。要是艾亭镇逢集，谁家的姑娘，新新鲜鲜上街买胭脂水粉，偏巧刮了大风，吹到怀里，回家说身上不得劲，脸还红扑扑的，爹娘都说：还不赶紧去瞧瞧先生？先生便是那先生，大号谢德仁。因着常和大南园来往，人都私下里叫了小南园。小南园可不是大南园。虽说都叫了先生，可先生跟先

271

生，一口叫，两码事儿。人心里都清楚哩呀！

俩先生都好。好就好在，一个办私塾，不收学费，一学期给拎一块腊肉就中！一个是走郎中，收钱少，遇着家里穷的，一分钱不给也管！俩人差不多大，都七十几岁啦，古来稀哩！搁庄子里，虽算不上资格最老的，可谁见了，都得喊先生。这先生里，可就有了别一层含义啦！怎么大个南园村，不是谁都管叫人家喊他先生哩！老师之外，大夫之外，人又给先生塞满了敬意和尊重。常不常的，家里杀鸡了，拌面炒，再燂着吃，还搁上豆角，青辣椒。自家还没吃，女人就招呼男人，快洗手去，盛一碗给先生送去。一碗里，居多就是两碗的意思。因那先生闺女嫁远了，还有俩儿子，大儿子虽说去了省里大医院，小儿子也定居城市，可老伴还活着哩，做饭不利索，也能糊口呀。一顿两顿的，那先生也就不欠着了。这先生就不中啦，俩闺女都嫁得远远的不说，连俩儿子也都在大学里教书。虽说小儿子在颍州大学，算是近的，总不能天天儿着回家。何况儿媳妇也在颍州大学教书，儿子错开了，儿媳妇错不开，逢年过节的，还顾着出外开会，就回不来啦。跟这先生回南园村以前，没二样。怎么些年了，这先生倒是没叫饿住。且不说有晚香哩，单这家端一碗，那家盛一勺，还能缺了吃的？那不会哩！

这先生和那先生，都白发苍苍了，头上顶了白帽子啊。这先生个子高，身量也大，长得白净，还留了长胡子，没事儿好捋捋胡子，出口说一句：三月杨柳醉春风，梨花泛白桃花浓。最是一年好春色，便趁良辰做书虫。不是找南园村的土话说，是找普通话说，听着怪顺口，文绉绉地，有味得很。说的是啥，没人知道，就听着怪美哩！人嘴里就说，这先生定是文曲星下凡。谢德裕捋着胡子，微微一笑。叹口气，又说了句：昔我往矣，杨柳依依；今我来思，雨雪霏霏。人就听着不顺嘴，有点儿别扭。可瞧着这先生脸上的色儿，可不咋好，就知道这文辞儿是伤人的话哩，怪不得听着没啥味哪！这样一说，谢德裕倒笑呵呵着，背了手，像戏台子上扮皇上的，一大步一大步地迈着，走得不快，也不远，可那步子拿得好，抡得圆。人就停下来，说先生就是先生，走路都和俺不一样。先生停着步子，扭回头，带着身子也转过来，字正腔圆地找普通话说了一句：咱们都是南园人啊！人就惊着了。为啥？平日里，这先生说话都是找南园话说哩，除了念文辞。惊得一脸麻糊。这先生又是一笑，说干活去啊，搁这听个啥，没用哩！人才憨憨地笑一声，走了。往日里，人路过这先生家门口，逮眼一瞧，准能瞧着这先生穿着长袍，一板一眼。像个老辈儿人哩！

那先生个子也不矮，脸有点儿黑。可那先生人长得精，一瞧就是点子心思多的人。啥事儿到了那先生处，没有摆不下的。想啊，连病都管治好，还有啥弄不好的啊！和这先生不一样，那先生一辈子里，只说南园话，叙话是南园话，瞧病还是南园话。谁要是不得劲了，哼哼唧唧跑到那先生家，坐在苦香堂里——苦香堂是这先生给起的名儿，拿毛笔写了，给那先生挂上去的。那先生说抻手。人就把手搁在小枕头上，袖子朝上一扯。那先生就递过右手，号脉。眯缝着眼，不看人，还摇头晃脑的。号一会儿，嘴里自个儿说话：心衰则伏，肝微则沉，故令脉伏而沉。说的倒是南园话，可还是个听不懂。啥心肝啊，啥淌汗呀的，不知道。人就还侧着耳朵听。那先生还是眯缝着眼，摇头晃脑地说：脾脉长长而弱，来疏去数，再至，曰平；三至，曰离经，病；四至，脱精；五至，死；六至命尽，足太阴脉也。越说越叫人愣，都朝着死呀，脓血上说了。就是胃里有点泛酸哩呀，有恁严重？好在这么多年了，那先生的说话习惯人都知道了——他瞧病是念书，念书是瞧病，说的话是念书，手上号的脉是瞧病。得分开。高低那先生睁眼了，说没啥，开个方子，给称点儿甘草啥的，回去煮，喝了，就好啦！人就来了兴致，提着药，回去了。那先生瞧病不要钱，可那药，也是买来的呀，虽说有少数是自家栽种的，也得给钱不是？就掏了钱。掏的钱，那先生都是只留一半。

搁俺们南园村，因了有这俩先生，南园村就是南园村了，谁个管比得了？人就爽着肩膀头，鼻尖子看人，走路都眼长头上哩！牛气啊！不服？不服，你庄也弄两个先生去呀！嗛①！外带着，还白个眼！走了。气得人家，跺脚捶胸，可啥用哩？庄子里就是没有俩先生嘛！

1

立春过后，杨柳堆烟。河边上，远远地望去，柳树上就起了变化。先绿了枝头，再鹅黄了苞子。要是有两天好日头，柳枝上就冒出柳絮，风一过，微微吹，飘扬飘扬，悠悠自在的，就舞了。柳絮

---

① 嗛，qiè，象声词，表示满足、快意。

纷飞，三月落雪；不见杨花乱人眼，燕子呢喃，沾着柳絮，轻盈若翩跹。柳絮就柔媚着，飞高了，半空中旋转，飞低了，指定是落花瓣上，缠绵。河水清冽，映着天空瓦蓝，就深沉着，宁静而悠远。水中有涟漪，是微风吹，荡漾着潋滟柔波，一层层散开去，触着了岸边的泥土。泥土里，野花香味正浓，伸出一枝，倒映在水中，如美人照镜。偏巧落在水中，就洗去铅华，出水芙蓉，不沉在水里，贴着水面，朝着远处，期许了一生的梦。春江水暖，鸭子成群结队，啄食河中，偶尔昂起头来，拍打着翅膀，嘎嘎嘎地叫上两声。水面零碎，落着珠玉清脆，繁乱了花影月容，一处处尽是无限的惦念。

日子到了这时候，这先生的学堂就得开学了。这先生从不看老皇历，只背着手，着长袍，站在家门口，临了浣纱溪流，看春色光景。柳絮飘，燕子飞，油菜花厌暖吐黄蕊，麦子拔节要抽穗，这先生就知道，该开学啦。南园村里，都忙着挥鞭子，牵耕牛，下园子，犁地种菜。往年上，不知要急坏多少人的心思。习惯了，就都知道，谢先生的学堂开不开学，不是人说了算，得看天。日子暖了，春风和煦，这先生对人说，管念书啦！保准晨曦照着露珠的时候，都把孩子送来了。

这先生的学堂，名唤逸远学园，朱红的四个大字挂在院门上。门柱上，木底金字，是学堂的对联。左手边，写着：耕三分地，稻黍稷麦菽麻豆瓜养身；右手边，写着：读四部书，大学中庸论语孟子立心。学堂在院子的西手边，用了两根栋梁的柱子，对着围墙，立下去。再横着，柱子和围墙之间搭着横木，横木之间芦苇铺就，形成屋脊。四面皆见光，如亭子般，环顾可见院落里种植着的芍药、牡丹和月季。立春过后，天气转暖，这先生仍不开坛教课，皆因春寒料峭，学堂四壁漏风，免得冻着蒙童。所以才一直等，等到雨水，等到惊蛰，往往春分了，见柳絮慢慢地要飘落，田野里麦子欲拔节，才敢准了孩子们的读书声。往往这样的时节，院子里的芍药、牡丹和月季，也都冒着绿芽，生机勃勃，盎然一片。

晨曦微露，阳光湿润，漫射在树林间。有薄薄的雾，轻纱曼舞样摇曳在林间，房前屋后的树梢，就挂了仲春的温度和诗意。吃罢饭，这先生早早地收拾了行装衣衫，一袭长袍，早换了棉布衣，却是长衫。然后端坐在堂屋中，挂着孔圣人的画像，两边是庄子和王维。东西墙上，东面挂着的都是从城里带回来的大幅画像，老子、苏轼、朱熹等。西面墙上，南园村人一般都不晓得是哪一个。柏拉图、苏格拉底、卢梭、马克思和海德格尔等人。先生每次开学，都要带着蒙童们，伫立画像前，教了许多遍。却不曾有人记得清楚，记得完全。一身清爽，这先生端坐于紫檀木的太师椅上。椅子光滑，泛着岁月的光泽，敲击有嗡嗡声，若有音断续相连。右手边是茶几凳子，左手边是榆木厚重的圆桌，都是古色古香，在下摆的案子上，雕刻着梅兰竹菊，松鹤山石。茶几上，紫砂壶的杯子里，温着刚泡下的铁观音，隔着盖子和壶的壁，透着幽幽清香，淡雅如青草，素浅如春日萌芽。

就有三五个学生来，都是爹娘伴随着。爹娘只送到逸远学园的门口，不往里进，蒙童们斜挎着粗麻布缝制的书包，装了笔墨纸砚，并排，跨步，路过学堂，进得堂屋。在门槛前停下，作揖打躬。这先生也起身，作揖打躬。先生是两手合抱，弯腰，深鞠躬。蒙童抬步进屋，先生立于一旁，给孔子和庄子、王维叩首。之后，先生端坐于太师椅，蒙童唱喏鞠躬，跪拜先生。先生只说，一年之计在于春，一日之计在于晨，竖子当黎明即起，洒扫庭院。蒙童们便唱喏。立身，礼毕，献腊肉一串。本是一条肉即可，年愈久，肉愈大，足七八斤。先生接了，悬挂于客厅，朗声道：诸生赠我以腊肉，吾当传业授道解惑于诸生，三才之间立人，五行之中领命。拳拳之情终年，赤子之心永传。蒙童便回去学堂，端坐，研墨，铺纸，润笔，写春字于纸上。俊然朗朗，点画苍劲。春字一写，一年便始，耕种劳作，由此而兴。诸生并不多，最初时只十余人，都是南园村的孩童。后来，声名远了，周围村子如溪湾村，便也送来了童子无知，教愚顽于经书。蒙童们行拜师礼，春字写罢，嬉闹学堂，以待后来者。二十几个学生都来了，先生才移步学堂，手背身后，微闭双眼，起头背了《大学》。下面年龄相差无几的蒙童，便摇头晃脑，唱诵着：大学之道，在明明德，在亲民，在止于至善。

每日里，逸远学园最吸引人处，便是二十余孩童，以稚嫩之声，诵读经文之高低、抑扬、轻重。长长短短，轻轻慢慢，徐徐如春风东来，悠然似河流轻淌。村人送了孩童，并不急着离去，必悄然立于他处，等着聆听又一春里最新的读书声。孩童们读得认真，声儿传遍角角落落，就唤醒了春天，叫醒了花花草草，急忙地赶着时间。

晚香也总在人群中。晚香芳龄二十七，人长得水灵，俏媚端庄。眉是柳叶眉，一双大眼睛，拖着长发扎辫。说话声音轻柔，平日里总不急不慢，有一说一，有二说二。从不争辩，也不大笑。小小年龄，仿若洞明世事，看淡了人生冷暖样，超然物外。晚香最爱去的地方，便是先生的逸远斋，那里有许多书籍。也喜欢去先生的恭己轩。一日里夕阳落下，先生必于恭己轩中，三省其身。孔子虽曰有三省，却是与人谋、朋友交和传与习。先生却是静坐，参禅，诵经。先生焚香独坐，晚香便伴随左右，亦盘腿打坐，默然不语，心中念诵佛经，自《心经》而《金刚经》。一炷香，炉内燃尽，二人起身而立，三省一日之事，料想明晨之要。打从读了大学，晚香便是先生的学生，言传身教，影响日深，竟至于不能自拔。继而攻读硕士于颍州大学，亦随了先生。那是先生在校园最后的岁月。还未等送晚香毕业，先生便离休返回南园村，重新修葺老屋，安然守清贫与简陋。同年，逸远学园广收学徒，读书声便常有常新。待到晚香毕业，先生亲去校园，参与答辩。本该是毕业后，留在城里，安身立命。晚香却偏偏选择了回家，不愿意置身于喧闹繁华中，只想守清贫如先生，居简陋不避嫌。晚香的父亲是镇上的干部，兼着南园村的一村之长。工作倒也不愁，便在镇政府的单位里上班。好在离家不远，晚香日里来，日里去。有事去办，无事便回，一天里在先生的逸远斋的时间，多于在家的时间。常常地，为先生做饭洗衣，铺床叠被。父亲从不阻拦，因着先生的大名，早已在家乡传播，反而落得个敬老爱民的好名声。父亲全不知道晚香的心思，纵然看出，也不说破，随着闺女的性子，过她的人生。况先生令人尊敬，孝顺一二，该是应当之举。因此上，晚香来逸远学园听诵读声声，就和别人家聆听，大不相同。他人来听，只听着了孩童们的声音，晚香却在孩童们的声音中，听出了先生的声音，先生的美鬓长须如古人者，文质彬彬，儒雅气度，非凡胸怀。每一次，又总在读书声中，听出了淡然物外，静默无声，散如山中仙人，随物赋形。高妙处，只剩司空图的言语能形容，便是：落花无言，人淡如菊。晚香就听出了先生的心，魂魄出窍，缠绵山水之间，萦绕竹梅之中。自然，也听出了先生的顽童之态。先生曰，大学之道。孩童们也跟着大学之道，调子一样却荒腔走板了。某一刻，背诵着，就不知道下一句如何了。旁的孩子倒能在这一句上接下去，却在上一句上忘了。就你记住，提醒了我。我记住，又提醒了你。某一个有断续，整体上又流畅着。先生虽高屋建瓴，放眼望去，却并不提醒，而是叫蒙童们以同窗之声，唤心中记忆，反而就记住了。

等到书唱诵完毕，一日的功课也就圆满。前后大约三个小时，孩童们便携了大大的春字，散学归家了。先生仍旧坐在学堂，脸上洋溢着满足和喜悦，却不急于做饭用餐，而是手握一本线装本的古籍，正是《大学》，又兀自默然诵读了一遍。一边默背，一边摇头晃脑。一手持书，一手背后。高兴时，走出学堂，在院子里踱步，兴趣盎然。孩童散去，听书声的村人也回了，晚香就走了进去。却不急着进门，而是站在门口，默默地望着先生，眼神中充满了敬佩与爱意。她那么期许着先生，在深深的凝望中，如一汪春日的清泉，冷静而充满温暖。她的心底悄然动着水草，却并不被水面看着，好似悄然走过水的鱼，知道水的存在。然而水，却可能并未感觉到鱼的哭泣。鱼也并未哭泣，那泪珠或许便是水的存在。晚香心里静穆着，并不繁乱。春日的阳光暖意十足，照着院落，也照着她的头发和安然，正如先生的脚步和书声。

偶然一抬头，先生瞧见了晚香。微微一笑，心知肚明地，说，晚香，你来啦。晚香莞尔一笑，嗯了一声，说我来听孩子们念书。迈步走进院子，看着芍药萌芽，有红色的点在芽的端头，伸展着，迎接阳光和露水。牡丹的日子却晚，仍旧干枯着枝杈，凋萎着黄叶。先生又摇头晃脑，念诵着：大学者，大人之学也。大人者，天人也。天人之学在为民，为民之道在勤政。勤政者，在其位，谋其政。是以身居其位，虑其事，忧其心，以道合于天，设于地，成于民而修其人。修人在立心。立心者，感于天而事于己。凡事求诸己，加诸己，躬身而为，可以教民，可以修身，可以养年。

晚香听着，知道先生的心思，也明了为何逸远学园的学堂上，挂了匾额，立心堂。虽是立心，却并不住于象，不执着，不痴迷，江湖野老，闲人垂钓，清静无为，而求合于天命。先生常讲，人生一世，草木一秋，尘埃芥蒂之间，何必执念于生死。听着，也就默着声，去厨屋生火做饭。还是老规矩，从先生客厅里，取来腊肉一块，切小片，蒸锅里煮熟，只放葱花和芫荽，都切成末儿，蒸熟后撒上。再切腊肉成小粒状，在院子的一角，先生种的菠菜，拔两棵，伴腊肉小炒，兑水，煮开。半瓢面，洒点水，拌匀了，成米粒麦仁状。水开下锅，不叫粘连。少许盐，少许油，甩一个鸡蛋。晚香做得麻利，干练，三下五除二，香喷喷的咸面疙瘩，就可以吃了。晚香盛好饭，端去客厅一隅，先生雅称稻麦谷，两人分坐两边，桌子上摆着一碗蒸腊肉，一边一碗咸面疙瘩。碗是青花瓷，素净雅致，有竹子图案烤漆于上。筷子亦是竹筷，纤维纹路清晰可见。先生净手，打躬，晚香倒没起身还礼，一笑，端着饭吃着。

2

饭余，收拾停当，先生已经搬来藤椅两个，小茶几摆放中间。火炉上已然烧开了水。先生取来竹筒，紫砂壶，从竹筒拨出铁观音，倒入茶壶。开水先把紫砂壶洗了，也将铁观音泡开，算作洗茶。把茶水倒出，再倒入开水，稍许，分茶水于两个茶杯。茶杯是黑陶的粗瓷，外题了诗句，却都是先生的笔墨。淡墨浸春光，杯茗慰平生。是先生茶杯的文辞。茶酒清秀寂寞冷，怎堪辜负琥珀光。是晚香茶杯的文辞。茶杯上逸出炊烟的水气，悠然飘散，就闻着了茶的味道。先生最喜铁观音，因了那味道里，满是南园村春天的景象。野花香，青草青。麦子旺盛，树叶翻新。只有在自然里，绿色的味道才是可品尝的。先生说铁观音里有自然，有青草味，更有南园村的影子在。

两人坐着，默然无语，眼睛只看着春日的阳光，慢慢地西去。阳光暖融融地，照着手也热乎乎的。先生越到年岁了，越发沉默，一日里除了吟诵诗文，极少说话。大约是前半生里，把一辈子该说的话，都说得差不多了。先生说人该休息了，嘴巴也该休息的。晚香也不作声，看着院子里的时辰，光阴挪移着脚步，却并不快，反而可以留住少许时光。几杯茶的时间，先生开口，说抚琴吧，春光正好，不如抚琴。琴声悠悠，可慰吾心。先生就起身，去书房。逸远斋里摆放着古琴，盖着素净的丝绸，上绣的四君子图，还是晚香的手艺。先生并未急着抚琴，却取来檀香，焚香置于炉中。立时，屋内青烟袅袅，香气环绕，犹如仙境。先生再净手，揭去丝绸，感着那丝绸上是冷冷的寒，春寒最是恼人处，不叫日光透户牖。晚香叠好丝绸，放在案几。先生抬手，轻抹，复挑，柔按，巧托，接着擘剔勾摘打，缓慢处如纸落水中，悠然下沉；峻急处，铁骑迸出，铿锵有力。然《文竹操》，细细弹来，却多半是轻柔着，如一滴雨水，在古院落里的掉落，下有水缸，长满青苔。悠然一声掉落，声音漫出，播洒着，正似水中荡漾出的水花。悠长处，寂然无声，也能听出山林的景致，一团雾氤氲着山坡草丛。断断续续，似连实断，断而复接，琴声有时若细语，无时作心声。一曲《文竹操》后，先生起身，对晚香一视，悄然退于一旁。晚香起身，弹一曲《辋川慢》，手指尖，都流着王维诗文的意境，纷纷淌到先生处。

琴声悠悠，慢咀时光。院门敞开，春色可入。

不知何时，那先生却来了。来了也无声无语，只默默地立着，听琴，闻香，看人。晚香弹琴，影影着有人来，手上一停，琴声却如波纹般，荡荡漾漾。直到触及了河岸，才停住。晚香欲起身，嘴中喊着先生。那先生却抬出手，略微地往下按了按，示意晚香坐下。接着，抬着的手，再往前拨一拨，叫晚香接着弹。这先生却起身，礼让那先生坐下。仍是紫檀木的椅子，置于墙壁边，茶几其中，椅居两边。那先生坐下，这先生出门，取来茶杯，新泡了铁观音，斟茶，喝茶，听琴，沉默。只有晚香弹的琴声，缭绕其间，伴着檀香的烟雾，在梁间飘荡萦盈，进而出了门，在院子里驻足。鸟雀却来了。黄鹂停在树上，不鸣不唤，看着院子里的响动。小阳雀却不管，径直飞落院子里，急急一走，复又停下，东看西看，寻觅又似乎什么也不寻觅。也无人惊动，却独自地飞了去。飞去不久，旋即再飞回来，如此三五回。鸟雀不多，三五只，倒显得院落空旷而敞亮了。

晚香弹琴罢，取来丝绸，盖上。那先生称赞一句，说晚香的琴，越弹越有这先生的味道了，绵长悠远，须得站在山上看，才能窥探其一二。像流水，终于行了多远，是无踪迹的，也无法寻觅着。晚香莞尔一笑，不敢和这先生比。说着，那先生从布兜里掏出一个小盒，对这先生说，是些饮品。打开纸盒，里面装有胎菊和贡菊数朵，百合几瓣，莲子若干，还有枸杞子和葡萄干，外加桂圆和红枣。晚香接过来，说去炉上取开水来，给二位先生泡上。

换了一个较大的茶壶。第一遍洗茶后，泡着许多开水。晚香端来，放在茶几上，听两个先生叙谈。这先生问那先生，病患多吗？说并不多，三五个人，配好了药，回家煎熬着喝了，两服药即可。那先生问这先生，学堂开学都还好吧？孩子们可能记得住所学的东西？说只背诵，并不讲新东西，仍是去年学下的，都容易。然后就无话了，默默地坐着，手里握着茶杯，偶尔喝一口。晚香再过去给续上，说那先生配的茶也有味道，喝着清淡又绵柔。那先生就说，特意配的，能调节下这先生的铁观音。草吃多了，也需要尝一下花的味儿。

过了许久，有人来找晚香，说镇上有工作，叫去看看。晚香欠身起，说就来。一面却重新给两个先生续了茶水，再泡上一壶新的菊花枸杞茶。收拾停当，晚香对两个先生说，去去就来，你们喝茶。这先生没有言语，依然沉默着。那先生却说，路上当心，不贪时赶早的，慢慢做来便是。晚香就出去，走了。

这先生和那先生坐着，都不言语，沉默着，拿眼睛看着院落。阳雀跳跃得正欢，倒叫了几声，叽叽喳喳，并不大，却显得院子屋子里，更寂静了。一只黄鹂飞过来，落在院子里，只走路，慢慢悠悠，昂首挺胸，朝逸远斋过去了。却停在门口，并不急着飞走，也不动。芍药静默，牡丹静默，月季也静默。只有微风轻轻吹过，牡丹枯萎的黄叶摇摆了一两下，发出沙沙的响声，轻微又静悄，只怕一不小心，跌落在地，就脆薄着碎了一地。阳光铺洒在院子里，慢慢地挪移了树木和房屋的影子，像走路的光阴，不急不慢，走似非走，不走也走。寂静里，能听得到树木内部生长的声音，萌芽也急着挣脱寒冷的包裹。有早飞的柳絮飘来，落在芍药的枝头，挂在上面，作为停留，却并不着急离去。

坐了许久。说屋中微寒，不如坐在屋檐下。就端了茶，坐在藤椅上。依旧是无言着沉默，没有声音，只有远处传来的鸡啼，和村人们耕地时吆喝牛的声音。墙上挂着的钟，嘀嘀嗒嗒，响声洪亮，催促着日光快走一样。炉火正旺，水壶中的水滋滋啦啦，冒着热气。连炉火燃烧的声音，都清清楚楚。

喝了许久的茶，日头偏西，时近黄昏。那先生欠身，说我走啊！这先生也欠身，说你走啊？那先生应了一声，起身，略顿一顿，站了一两下，抬腿朝门外走。这先生相伴着，送出门口去。站在院子的西边，看着那先生朝北走去了。——那先生走得缓慢，一瘸一拐的，却并不痛苦。

3

那先生的腿不好。腿不好，是早年落下的。二十岁跟了师父学医，三十二岁上，开铺子看病。年轻气盛，医术又好，就觉得病不是病，药能治好。一年的秋天里，去了一户人家看病。病倒不是大病，却来得急，痛苦不堪。那先生瞧了，心下明白，有医案记载，还治愈过。开方子的时候，那先生就多了一层心思，要动了古人的方子，加三味药，减一味药。一来想着，能止痛，还能治病，不至于疼痛多日，折磨受罪；二来，医术总要长进，一味墨守成规，病却越发地多了，也可触类旁通，把治愈的方法，丰富了去。就大着胆子，开了方子，抓了药。人家煎药，喝了，痛就减轻，可没过几天，人没了。按说病不至于要命。那户人家便上了心，不动声色，找了许多郎中，看方子。三五个郎中都说，是方子的事儿，不是病的事儿。按老例儿，方子里少了一味药，加了三味药，却变了老祖宗的东西，对症却也可，偏巧跑了一个题目，这病就变了那病，人就没了。于是，纠集了族里的一大群人，气势汹汹到了南园村，讨公道。那先生无法争辩，白纸黑字，写得清清楚楚。人家拿方子抓药，一点不假。还是医术不精，害人致死。一声招呼，就把那先生的苦香堂，闹得翻天覆地。药箱子砸了，拿到当院，烧了。人也被绑在门口的树上，乱棍打。可不打出人命，就狠劲儿朝腿上打。人家走了，那先生却跛了一条腿。虽不至于严重到不能行走，却和往常风一样地走路，大不一样了。

以后，那先生就关了苦香堂的门，不再行医。还有人就诊，那先生只是推托。人家却说，马失前蹄，都有的事儿。偏要问诊。就隔三岔五地，还给人瞧病，但不收钱了，是帮人瞧瞧，不管治疗的事儿。日子久了，苦香堂还是人多。南园村就这么一个郎中，去远地看病，都嫌麻烦。可巧有一回，这先生回家过年。不知为啥，夜里突然就腹中疼痛，难以忍受。不得已，只能请来那先生。摸摸头，号号脉，看看脸色。那先生也没有抓药，说让从床下找一些土坷垃，戴过的草帽找来，放在一起煮了，熬水喝。照做，熬水，喝了。没多久，腹痛消失不见，什么事都没有了。这先生专门去苦香堂，找那先生，拎着从城里带来的东西，感谢去了。

　　两个人闲谈。就说到了数年前，那先生被打的事情。心灰意冷，再不愿坐堂，治病救人。治病不好，反而害人。这先生听着，却不言语。末了，叹一口气，对那先生说，草药能医治的，便是身伤。时间能疗救的，多半心伤。过去数年，还念念不忘，却不是医术的精湛，反是内心的恐惧。身病好除，心病难治。古往今来，成大医术者，莫不是披肝沥胆，救死扶伤，人未亡而身先死，几欲肝脑涂地，兢兢业业。医者所为哪般？金钱功名，粪土浮云，生不带来，死不带去。若没了那先生，这先生说身痛难当，不得安心，怎生过活？懂医者，床灰草帽，汤药皆绝，不复大用。大医者，该是参于天地而后为人，能医人者，必懂天，知地，爱人。医者，治人易，救己难。难不在身伤，而在心痛。这先生的一席话，文白夹杂，天上地下，听得那先生有些糊里糊涂。但言语中的意思，那先生是晓得的。就是从眼神中去看，也懂了这先生的期盼为何。末了，这先生走时，还说一句话，若缺钱，能借着。

没过多久，那先生又重新坐堂瞧病了。这先生还特特地从省城赶回来，祝贺。祝贺的不是别的，正是苦香堂的牌子。还说行医之人，得有牌子才行，无名无姓，难留芳名。还说，鄙人不揣粗陋，替着取了苦香堂的名号，日后传出去，也都知道南园村有个苦香堂，坐堂的是谢德仁。那以后，谢德仁的医术反而愈发精湛，用药却是更大胆。漫说改了一两味药，许多方子，都是他自己亲手调配的。为此，写下了厚厚一本方剂的书。这先生为表示隆重，特意给印制出来，取名《南园村德仁医方》。只少少的数本，献给了一些中医药大学的图书馆。

因了那先生的事，大儿子发誓如何也不学医了去。可末了，考大学，除了医学却没有其他喜欢的，无奈还是报了医科大学。但学的并非中医，而是西医。毕业后，成了著名的内科医生专家。小儿子不一样，每日总被父亲的中草药熏着，身上都散发着一股草药味。长大求学，得了中医之道，算是继承了父亲的衣钵。然而不在南园村待着，庙小，养不了大和尚。就去了城里的中医院。那先生年老，忽然明白了什么，看病坐堂仍不断，但心却淡了。以往找不着人，坐坐，叙叙。直到这先生退休了，推掉一切，回到南园村，倒开起了学堂。那以后，两个人常坐在一起，喝茶，看天。却是少说话，不说话，都沉默着。

这先生少年遍尝人间苦楚。缺衣少食，难以果腹，日子拮据时三日不曾冒烟。但是喜欢读书。为了听课，站在教室外，成年累月。后来推荐去上大学，成了人才。在颖州大学一直教书，研习古典文学和历史、文化，多少有些不务正业。身子留在当下，眼睛却巴望着古旧沉纸。泛黄的书页，线装的古籍，倒是求购了不少。可多年来，培育了不少年轻才俊，能诗善文，成文坛一道风景。大学里打算着再聘请十年，这先生却主动请辞，带着几车子的书籍，轰轰隆隆回了南园村。本想耕种一亩三分地，在自己的园地里种菜收割。惜年老体衰，无力支撑，只得交给族里子孙。既已归家，便想着给蒙童教习文化，打牢基础。虽说在南园村，一年里不断有学生和朋友来看望，带来不少消息。然而这先生却越发离得远了，听也听着，却不进耳朵，一阵风就吹走了，落得个身心干净。

4

那先生回家后，这先生端坐无事，茶罢，起身出门，走去田野。

野花铺排在路边，郁郁葱葱，翠绿着，欢得紧。花是蓝色的花瓣，白色的蒂，小如指甲，却昂向天宇，吁请且召唤。一簇簇排列着，热闹非凡，却也寂寞万分。风来，微微抖动枝叶和花朵，无风便静默如流云。蚕豆长高，淡紫色的花朵，开在绿叶间。绿叶也并不浓绿，反显出淡淡的灰色来。花香四溢，却不清雅，有些浓烈，熏人身躯，犹如春末暖阳，灼人脊背。然而能带来踏实，闻着顿觉有丰收喜悦，便见着了诸多吃食。烀蚕豆，煮稀饭，打凉粉，都在蚕豆花的香气中，一一被闻了出来。田野里，小麦绿油油。风吹过，真如波浪滚滚，推着拥着搡着，铺盖着过来。人在其间，便淹没了自身于绿色中，寻不见踪迹和人声。麦苗起身，长而成株，只待南风吹来，酿成硕果累累，在芒种前，宣告着丰收。间或地，田地里有油菜花。春天一到，菜花最先开放，却不是怒放，一枝一朵地，次第开。立春一过，十来天，柳枝都不曾发绿，菜花就把淡黄色的华贵，点缀大地。有蜜蜂嗡嗡作响，穿梭于花枝间，忙碌异常。

这先生走着，并不着急。依然背着手，喜盈盈地，看着田野，田野里的庄稼和野草香花。身上穿的，不再是长衫，是普通的衣裳。步子里，藏满沉稳和凝重，甚至带着些许滞缓。日子流逝，青春易老，步伐再快，也无法抵挡光阴的不停折磨。不如在光阴里，重造生命的刻度，不管光阴是如何，只走了自己的步调，慢也是自己，快也是自己。这先生心下早已存了这些，怎肯匆忙前行。南园村的春天，景色如画，难得一见。空气中弥漫的青草味，混合着蚕豆花香，比茶水中的绿色，竟要来得更加浓烈。

伸出手来，这先生抚摸着小麦。有些痒，却不扎心，是挠着，搔着，活蹦乱跳，如一只白兔。手上就沾了麦苗的青气儿，泛着绿的味道。放在鼻子前，深深地嗅一下，顿觉胸中充满了自然。这么的，还觉得少些什么。这先生径直蹲下，在路边，默默地看着路边的野花野草。墨绿，浅绿，淡绿，青色混合着，一两朵颜色淡雅的花，也显示出明亮的色彩来，煞是显眼抓人。小麦绿色的秸秆上，有拔节处的粉，浅浅地抹了白色在绿秆上，又多出一层意趣。

还嫌不够，走到北边河堤处，这先生不避干净腌臜，席地而坐，身子压在了青草上。绿色的汁液就浸透进先生的身体中，慢慢地，也要开出一朵花儿来。抬起头来，看着蓝天，高而且远，静谧让人心疼，安详惹人向往。天上云不多，一丝丝泛着，飘动如静止。偶有鸟飞过，反衬出蓝天的宁静淡泊，一汪如水。先生低头去看，天就倒映在水中。水还留着春寒，有些凛冽冰凉，却滋润了岸边的花草。水底有青苔，在水中兀自荡着，左摇右摆，全见姿态。水藻伴着荇菜，在水中，悠游着招摇。能在水中看见树木，看见花草，看见自己的倒影。这先生伸了下头，水中是苍老的自己的面孔，和静默如初的皱纹，以及如银的白发。

绕着田地一圈，上了河岸。夕阳西下，余晖与落霞漫天飘动，色彩浓烈。黄昏来临，静悄悄地许着夜的寂寞。夕阳照着，大地上的一切都泛着淡黄色的光，这先生就在余晖里，像一个初生的婴儿，鹤发童颜，无知如初。蓝天就逐渐地变了颜色，从淡黄，朝着黑色。再往下去，走上一段路，这先生就到了那先生的苦香堂。

站在门口，一股中草药的味道弥漫过来。先生喜欢闻这样的味道，微苦，淡漠，还有呛人的东西，却都盖不住草药中的自然味道。走进去，那先生坐在堂中，手边一壶茶，并未喝。见这先生来，起身迎着，说来啦？这先生回道，来啦！就坐在苦香堂的一边，会客的桌椅。那先生又续上开水，在茶壶中加了金银花和枸杞子。二人无语，默默坐着，间或喝一口茶。眼睛只看着外面。天色渐晚，残阳如血，终还是落入山中，不见了。亮天的光，变得微弱，而竟至于消失了。

两个先生寂寞地坐着，如两尊菩萨。不动，也无语，相伴着喝茶，枯坐。鸡鸭成群，赶回窝里。有几只，跳在树枝上，扑着翅膀，再飞下来。牵着牛回家的牧童，却没有笛声，只有老牛哞哞地叫着，传出很远。衬托着，南园村就更显得安静了。连人家屋顶上，烟囱里袅袅升起的炊烟，都带着青色，飞向天空。能听见炊烟袅袅的声音。还有打猪草的，竹筐里装着绿油油的，能闻着青草味。

这先生起身，正欲回去，晚香却来了。手里拎着大包小包的。进门瞧着两个先生，先是一笑，接着说，猜着你们坐着，告给你们一声，晚上小酌。两个先生相视一笑，看着晚香已经出门，去这先生家，准备饭菜。

5

那先生特意从屋里拎出麦糟酒，老坛子泛着岁月久远的光泽。坛子的口，用黄表纸封着，颈子处用红绒绳系紧。搬出来，就闻着一股酒香，透过坛子，幽幽传来。这先生赞了一句，好酒！伸手接过来酒坛子，拎在手上，两人相伴着，朝逸远学园去。

晚香手快，炒好几个菜。韭菜炒鸡蛋，腊肉炒蒜苗，凉拌菠菜，凉拌萝卜片，一碟花生米，三个馒头，一锅莲子粥。三人坐在堂屋的圆桌上，默然无言，开始吃饭。吃饭本为喝酒，那先生便起身，给各人杯中倒上麦糟酒，清香里有粮食的味道，还散着辣辣的酒劲。举起酒杯，三人碰了一个，一饮而尽。都说酒好喝，香，甜。晚香笑着说，开学了，一年就开始了。春天起个头，一年就顺利了。端着酒杯，敬给这先生。这先生举起酒杯，轻声一碰，也说，孺子可教，腐朽神奇，南园村的收成，可在人头上，比以往好了。还说，大学之道，还是在人。三才之中，能知天知地者，唯独人。人就是立心修身。春天开个好头，他们一辈子的路，就开了个好头啦。学堂倒不为啥，只为育人嘞。成人，天地之道也。那先生也举杯，说开好了头，才能结出好果子。就是咱们老啦，不然还能陪着他们，走得远一些。晚香打住话，不让说。光阴催人老，也催促岁月老，日子就苍凉了。想着日子苍凉，人就越是老了。小酌一杯，催着日子。就举杯，和那先生干了。

天色已晚，漆黑一片。月亮从东山爬上，朦胧而有诗意，照着幽幽的清辉。月照花冷，把院落一角的菜园，也照得冷清。篱笆的影子，投在地上，如一幅墨竹图。万籁俱寂，夜并不深，月光所照之处，尽是染着凄清，却并不冷漠，反有了春日夜晚独特的意境。有风过，吹来云朵，稍微遮挡着月亮，光就更显朦胧，素素着，像从天上抛下的白纱布，流水般飘动。

三人用罢饭，依旧泡了一壶茶，点了檀香，坐在逸远斋里，默坐无声。这先生说新打谱了一曲，《南园记》，抚琴慢操，弹给两位细听。便欲过去，说琴声倒慢着呢。端坐在古琴前，正襟庄重，伸手弹了《南园记》。听去，却不像是新曲，陌生着，却被先生弹来，舒徐自如，似手在水中摆动，毫无滞碍。曲子宁静，听来全无烟火味，味在其中，只不见了红尘俗世，依了自然，调校声音。人在曲子中，就一举一动，合乎天性，领命如斯，自然而然。反倒悠游自在了，忘乎所以，可大可小，逍遥一世。忘了人，也忘了曲子，径直身心俱空，虚无一片，混合着琴声和檀香，萦绕，婉转，飘散，无挂无碍，从容恬淡，自适有无。魂魄翩跹，心性曼妙，融化在月光中。

琴声悠悠，飘荡在南园村，伴着月光。

6

南园村有两个先生，这事儿，搁整个艾亭镇，谁不知道？一个是教书的先生，一个是行医的先生……

后记

谢尚发

1

曾在各种场合，不止一次地对身边的亲朋好友说过，我这一辈子，不管干什么，批评，写作，或学术，都只思考一个问题，那就是：生命存在的意义与死亡问题，或人应该如何生活。这种看上去虚无缥缈，大到空洞无物的问题，在这样一个强调小切口，精耕细作的年代，以这种方式提出来，多少显得有些幼稚可笑，且容易引来别人的侧目。以犬子小民之力，撼汪洋之寥廓与峻岭之崇高，不自量力乎？确实有些不自量力，还天真得紧。然而又总是固执己见，秉性难改，就怪不得人家听了之后，摇头晃脑，叹息连连了。某一个瞬间，其实连我自己，都产生了巨大的怀疑。如此问题，这样口气，除了庄子、孔子以及柏拉图，后来的黑格尔，外加中国的朱熹和王阳明，也包括海德格尔在内，敢于触碰一番之外，大概也就耶稣基督、佛陀和真主，去殚精竭虑地考校这个事情了。但回头一想，古往今来的学问也好，思想也罢，其所谓的诉求，大约不超过这样一个命题的范围。那么以这个问题作为指导方向，当作高山，又有什么问题呢？奔着这个问题去，并不是说要彻底解决这个问题。何况，对于这样的问题，又有谁敢说自己窥探到了其中的奥妙呢？更别说彻底解决。任何人，恐怕都只能够从自己的视角出发，来管窥其存在的一二罢了。这样给自己树立了一面大旗，也只是作为目标和追求，至于到底能够做到什么程度，那还是十分难说的事情嘞！毕竟，一个人倘若要去爬山，而且立志要爬出别样的风采来，他选择万米高山，就无可厚非，还应该鼓励一番——说难听一点儿，那就是不自量力；说好听一点儿，那可是志存高远哩。所以我还是想尝试一番，提供自己对于这个问题的些许理解。其实，《南园村故事》的整个写作，都自觉或不自觉地追求了这样一个方向。写作之前，不会给任何一篇小说设置什么样的"主题"，也不想找一个什么样的"思想"，诸如人性、善恶、救赎、性别、命运等之类的，都不在我的考虑范围之内。那就不禁自问，到底是要写什么呢？末了，写来写去，小说最后还是成了对这个宏大问题的某个侧面的触碰。

我一直以为，生之所以有意义，是因为有死的存在。倘若死哪一天不存在了，我们每个人都成了"老不死"的，那活着还有什么意思呢？一个人完全可以肆意妄为，随心所欲——反正又不会死！末日的审判已经不存在，作恶也好，行善也罢，总之，都会活着。只有在死的拷问下，生才会显示出它的意义，才会拥有意义。那么死就定然不是可怕的去处，反而是生的成全。只有在死那里，生才能获得最终的完成。貌似，这个问题就这么解决了。但其实不然，因为从死里看出了生，还应该从生里，看出死的种种来。这恰是千百年来，多少古圣先贤，志士仁人所念兹在兹的永恒命题。于是只能回过头来，重新思考"生命存在的意义"。

2

依然记得，在西安医学院工作的五年时间里，给学生上的每一节课。我常说，那五年是自己最为庸庸碌碌的五年，几乎一无所获。现在看来，大概是太过于偏激了。五年里，我所主张的讲台就是思考的平台，一直在实践着。对于我而言，教学与其说是给学生讲课，不如说是自我的沉思。那时候常常借助《西方名著导读》和《美学导论》的课堂，沉思并宣讲自己对这一问题的理解——生命存在的意义是什么呢？思来想去，还是觉得，其实是没有任何意义的。生命存在本身不具有先天性给予的意义，活着本身只是活着。但人为何还要活着呢？活着其实就是为了给自己的生命存在创造出属于自己的意义。如此一来，这意义就根本没有崇高、渺小、价值大小等的区分，因为任何一个人在自己的生活世界中，总能够创造属于自己的价值，或大或小，或善或恶，那都是属于他的意义。《牧羊》一篇中的安意儿，便是这样一种存在。他出生，患病，然后死去，仿佛是不存在的。但对于他而言，生命存在的意义就是牧羊，最起码他在南园村的西埂上，牧羊的那一刻，是在创造自己生命存在的意义。另外，《秋夜》一篇，说白了是一个借种的故事。对于三巧儿来说，生孩子，在孩子的身上延续自己的存在，就是她给予自己生命存在的一种意义，更是给丈夫的生命存在一种意义的行为，而不管这个孩子到底是不是丈夫的亲生骨血。对于他们而言，活着本身就是意义，此外还别求什么呢？英雄救世，帝王将相，才子佳人……虽然充满了故事性，但是我却更喜欢在几乎没有故事的地方，书写属于这些最为普通、平凡的人们的故事。他们基本上不被人知，存在于这个世界上的一隅，犹如一只蚂蚁，倘若哪天死去了，就像我们不知道蚂蚁的世界里死了一只蚂蚁一样。甚至我们还会一不小心，走路的时候，踩死一只蚂蚁。那么对于他们而言，生命存在的意义到底是什么？我们如何去理解他们的活着？

这样，我在课堂上给学生们宣讲的自己的沉思结果，也便成了我创作的动力。生命存在本来没有意义，之所以要活着，就是创造属于自己的意义，这便是生命存在的意义了。说来有些拗口，且有点儿不知所云，但确实是一直萦绕心头的沉思，也是课堂上宣讲的"圣经"。这样一来，"人应该如何生活"的问题，也就迎刃而解了。人应该如何生活，哪里有一定的程式呢？人生如戏，说得好听，可唱戏有唱戏的套路和规矩，人生哪里去找那故事的脚本和唱腔的调性呢？任何一个人，只不过各安了一份自己的生命样式罢了。乞丐有乞丐的存在样式，那就是乞讨；妓女有妓女的存在样式，那就是卖淫；书生有书生的存在样式，那就是读和写——如此，就提醒我们，千万不要以为一个书生的生活方式，就天然地比乞丐和妓女高尚，或者在道德上具有先天的优势。在领受个人的一份生活方式的过程中，所有人都是一样的，只是各安了自己的性命罢了。

从这个角度而言，《南园村故事》基本上所写都是无名小卒们，各安了自己性命的一种生活方式。或长或短，或悲或喜，或生或死……无论如何，也都是他们安顿生命的活法。如此，《一八九二》中那个好色而淫荡的中学教师和那个四处偷情浪荡的女人，又有什么好谴责的呢？《父奔》中高频率出现的性器官和性行为的字眼，又有什么好扎人的呢？那只不过是他们的一种生活样式而已！这么说，意思就是，倘若取了悲悯的角度来看，我们并不比他们高明到哪里去，并不比他们更道德、更谦谦君子！所以，写这些人物的生活，初衷里的目标，只不过是展示一种生命存在的方式罢了，且都带着悲悯的感觉去的。正如《哭丧》中，巧英对哭丧的理解，对死的想法。人都有一死，是欢歌舞蹈、鼓盆作锣如庄子一样，还是摧肝沥胆、思之如狂像韩愈、归有光一样，其实也都是没有什么分别的。那么哭丧，到底是唱，还是哭；到底是哭死人，还是哭自己，在巧英那里，已经不重要了。重要的是，要从生里看到死，再从死里看着生。以这样一种方式，那么多的沉思又返回到问题的起点上了——只有在死的拷问中，生才会显示出它的全部意义来。

3

这些小说陆续写于 2009 年到 2017 年之间，跨越的时间不可谓不长。但修改的时间却相对集中，也就这两年的事情。故乡之萦绕于心头，绝不是一时半会儿的事情，那是一辈子的期许和依托。所以无论身在哪里，处于何种境况，故乡都会随时跳出来，显出它存在的丰富性和人物的鲜活性。想起故乡，除了对外在的田野、河流、庄稼等有一个轮廓性的概念之外，便是时时跳到眼前的故乡的人物。三教九流，男女老少，他们的喜怒哀乐，悲欢离合，爱恨情仇，酸甜苦辣，以至于生老病死，就不断地跳跃在眼前。某一种时刻，恍惚中，总觉得那写的并非是我的小说，而是他们跳将出来，或自言自语，或有一搭没一搭地叙话。既然是叙话，肯定是男人之间会神神秘秘，色眯眯地说起女人；女人也会嘻嘻哈哈，把身子的那点事儿当作笑话说了。无伤大雅，或者大俗大雅，其实形容他们都不太合适，因为对于他们而言，那还不都是"自然而然的事情"？何须大惊小怪？连光棍都知道男女之事，何况那些经了男女之事的人呢！这些小说写起来，往往有时候会格外大胆而显得低俗不堪，令人诧异。但我总想，请他们出来说话，除了说这些话之外，他们还能说什么呢？聊哲学？侃人生？开口闭口都是苏格拉底、柏拉图？还是政党、体制或暴力？宏观经济学、国际贸易和金融货币？都不会。他们的日子里，有的只是柴米油盐酱醋茶，吃饭睡觉去种地，时不时地热心着男女之事。所以内有一篇，名曰《土缘》——对于乡民们而言，土里土气，才是生活的本色。

但《南园村故事》又基本上都不是实有其事。大多都是取了一个影子，添油加醋，铺排抻拉，成如今的小说模样。往往也会有一些对号入座的嫌疑，那只不过是他们的影子罢了。《杀猪》实有其人，谢法钱我该叫叔，代金富是村子西南头的邻居，也能说上是亲戚。他们杀猪我是亲眼见了的，从记事儿起到2014年左右，就亲历了不少杀猪场面。大概2000年以后，家里常杀年猪，都是他们的杰作。小说里的华山，便是用了我自己的小名，因为每次杀猪我不但要帮忙，还得操心干活，逮猪、拉猪、割肉之类的。《年死》里的来运，也是该叫作三叔的光棍，兄弟吵架，其实比小说中来得还要惨烈。那一架吵的，整个南园村没有人不知道。可没有一个劝架的，打得头破血流才算散了。那时候，来运已经死了，吵架是两个哥哥的事情。南园村里，打架最厉害最凶猛的，闹别扭扯罅隙最多的，差不多都是亲兄弟。不是一家人反倒客客气气，礼尚往来。这很奇怪，但也不奇怪。《一八九二》的原型，是初中的一个班主任，就不点名道姓了。他小有才气，吸引了不少女生的好感。一个女生初三毕业前，怀了他的孩子，为此女生的父母在校园里大闹了一夜。女生的父亲拿着铁锹就去砍那好色的班主任。后来大概是赔钱了吧，事情就算过去了。至于那个女生以后是怎么过的，也没有打听过。他们一家因了这个丑事，出外打工多年不回家，到现在也基本上是音信全无。《父奔》写好后，第一时间给一个朋友阅读，她说了一个担忧的理由——别人家到时候告你！颇使我有些顾虑。里面的叙述者，是我的小学同学，也舞文弄墨。为这个小说，还特意告诉他，将会用他的名字和故事。人有其人，事有其事，但捕风捉影，道听途说，——怕就怕我的虚构反而会变成另外一种以讹传讹。无奈，只得将姓名隐去，做了较大的修改，勉强算是符合了小说与纪实的区别，才放下心来，收入其中。《先生》虽曰小说，实则是一种心念。人无其人，事无其事，却是心中的执意，久久不能挥去，取了老辈人中的两个姓名，铺排关于他们的故事，却早已经成了渴求、期盼。但院落却是南园村的院落，花草也是南园村的花草，以至于麦田、竹林、河流，无不印刻着南园村的影子。

4

小说基本上都是截取了南园村的人们生活的某一个横断面，不刻意强调故事的吸引人，而是对一种生活状态的展示。所以褒贬是没有的，谴责与愤恨也是匮乏的，要说有什么情感的话，也顶多是——说好听了是悲悯之心，连着自己也被悲悯了一把；说得难听点，也不过是兔死狐悲罢了。人和人都是一丘之貉，也就必须铭记兔子不吃窝边草的训诫。小说也就不可能站在一个道德的制高点，以怒目圆睁和哀其不幸的方式，批判谴责他们的腌臜肮脏，龌龊猥琐，再高高在上地给芸芸众生指点迷津，从而走上康庄大道。还是那么一个意思，每个人活着，只不过是取了一种各安自己生命的样式罢了，充当圣人去指责、教会愚顽，本就是可疑的态度，自己所主张的种种也未必就在智识上高人一等。最终还是坐下来，搬个凳子，和他们平起平坐地叙话，听他们的故事，看他们的表情，说他们的心思。整个《南园村故事》就是用了一个"内在的外来人"的视角，去观察他们的生活，然后写下来，以他们的悲喜为悲喜，以他们的爱恨为爱恨，以他们的生死为生死。

这其实也是我自己的写作态度。我不是那种善于打腹稿的人，不可能把一篇小说在肚子里已经摸得滚瓜烂熟了，再动笔一气呵成地写下来。我习惯于"以意贯之"，先有了那么点儿意思存在心里，然后想他们的故事，给他们推到独特的情境中，让他们来表演，至于细节到底如何发展，还要看他们在故事中自己的表演如何。所以每一次，我只有进入到小说的写作状态中，他们的故事、行为、言语和音容笑貌，才会那么逼真地展露出来。也就是说，只有在写作中，我才知道该怎么写，才知道该写什么。毕竟，那是他们自己的表演，也就需要我自己的投注其中。《父奔》是这么写出来的，《杀猪》也是这么写出来的，几乎所有的《南园村故事》都是这么写出来的。最典型的就是《哭丧》。2016 年的冬天，萌生了写故乡哭丧的想法。原因是好几年前的冬天回家过年，有一夜，南园村的北边，大约是段庄，或者后段庄，也许是谢庄、大梁营，传来了悲戚的哭丧声，且经久不息。大概唱到凌晨三点钟左右。听来字字悲伤，句句传情，其中情感的婉转曲折、凄惨哀怨，声音的高低长短、轻重抑扬，甚是动人心魂。念念不忘，竟至觉得，应该将它写出来，把故乡的那一群哭丧的人的生活给写出来。于是就展开想象，思考如何去经营。2017 年过年回家，很悲哀的是，又听到了故乡那些老人们的丧事，却并没有了哭丧人的身影。不免心中失落。这些年，哭丧确实比以前要盛行得多，但因为火葬的政令非常严苛，而人们又想要全身下葬，不愿意死了还要再遭受火烧的痛苦，居多都是偷偷地，埋掉拉倒的，谁还会那么大张旗鼓地，哭丧呢？过年后，立春节气带来了暖意，想着该是写的时候了，但立意却不明确，想着纯粹现象的描述又太过于单调，就在聊天中，和家人说起过这个小说。至于到底如何去写，虽然心中多半是想得差不多了的，却还是觉得朦朦胧胧，细节并不清楚。于是，迟迟不能动笔。《杀猪》一篇写完后，是要开始写作《哭丧》了。走在路上，头脑里一直转着，仍旧不知道如何开头。倒是先想到了另一篇小说《先生》的开头，于是就先写下来。结果，《先生》的开头还没有写完呢，《哭丧》的开头就刷的一下，从天而降。不敢怠慢，赶快写下来。其实是极其简单的一句。后来逐渐地，自己融入小说之中，根本觉得那写的不是别人的故事，以至于究竟要怎么哭，自己先试验上一回，出声，拉腔，前推，后压，扬出去，再收回来。一次次地，模拟着哭——还得是持久战的哭，夹杂着唱的哭。写作过程中，想到悲切处，不自觉地，竟也眼泪涟涟。于是，自己在写作中，融入进去之后，也时时地像巧英一样，哭啊，想啊，揣摩啊的。那声儿，那腔调，那曲折婉转，一样也不曾少过。因此，整个小说写来，才更加地顺利。不管是悲欢，还是生死，只有把自己放进去，在文字中过活一回，小说才能写得圆满，才会写得感人，才会有一种爱充盈于文字间。

曾经在一个创作谈中言及，我特别喜欢修改自己的东西，因为觉得它们总是处在"未完成的状态"。也因此就极端地不自信，总以为写得不怎么好，需要修改，再修改。到底是不是修改后的比以前更好，我自己都拿捏不准了。但写作就是工作，认真的工作态度是对任何一位读者的负责。往往，花费在修改上的功夫，比写作还要多出几倍。写好后，妻子往往是第一读者，她从自己的角度提出的一些建议，也丰富并提升了小说的纹理和质感。可以说，她算是这本小说的第二作者哩！

常常莫名其妙地想文学到底何谓？写作到底为何？逐渐地，心中也多少得了些启发和顿悟。写作是难的，是永无止境的跋涉和不知疲惫的精神拷问，甚至有时候带着自噬其身的残忍和决绝。但真诚的写作者，应该是勇往直前的尝试者，也是执着如一的冒险家，更是躬身自省的生活人，不会因为伤痕累累而退缩，也不会因为清汤寡水而放弃——写作更像是指向自身的沉思，是返身观照自我的一种方式。它总是要求扪心自问，忏悔救赎，以便自渡渡人。生命存在的永恒命题便是认识你自己，而最智慧的人拥有的知识，也只不过仅仅是自知自己无知罢了。我也是一个无知的人，只不过是知道了自己的无知，且试图去探求更多的未知世界的摸索者而已。

我得继续前行。我还是继续前行的好吧！

图书在版编目 (CIP) 数据

南园村故事 / 谢尚发著. — 北京：北京十月文艺
出版社，2017.12
ISBN 978-7-5302-1747-4

Ⅰ.①南… Ⅱ.①谢… Ⅲ.①短篇小说—小说集—中
国—当代 Ⅳ.①I247.7

中国版本图书馆 CIP 数据核字 (2017) 第 256097 号

南园村故事
NANYUANCUN GUSHI
谢尚发　著

出　　版　北京出版集团公司
　　　　　北京十月文艺出版社
地　　址　北京北三环中路 6 号
邮　　编　100120
网　　址　www.bph.com.cn
发　　行　新经典发行有限公司
　　　　　电话（010）68423599
经　　销　新华书店
印　　刷　北京盛通印刷股份有限公司
版　　次　2017 年 12 月第 1 版
　　　　　2017 年 12 月第 1 次印刷
开　　本　850 毫米 ×1168 毫米 1/32
印　　张　9.75
字　　数　208 千字
书　　号　ISBN 978-7-5302-1747-4
定　　价　32.00 元
质量监督电话　010-58572393
如有印装质量问题，由本社负责调换。